묵향 26
묵향의 귀환
최후의 결전

묵향 26
묵향의 귀환

초판 1쇄 발행일 · 2010년 05월 15일
초판 4쇄 발행일 · 2025년 11월 30일

지은이 · 전동조
펴낸이 · 유용열
기　획 · 김병준
편　집 · 김은희, 유지원
펴낸곳 · 도서출판 스카이미디어

주소 · 서울시 동대문구 용두동 234-35번지 대명빌딩 201호
전화 · (02)922-7466
팩스 · (02)924-4633
E-mail · skymedia62@hanmail.net
출판등록 · 제6-711호

Copyright ⓒ 전동조 2025

값 9,000원

ISBN · 978-89-6122-197-9 04810
ISBN · 978-89-92133-00-5 (세트)

※ 온라인상의 불법 복제물의 유포나 공유는 저작자의 재산권을 침해하는
　 중대한 범죄 행위로 관련법에 의거해 처벌 대상이 됩니다.
※ 작가와의 협의에 의하여 인지는 생략합니다.
※ 잘못된 책은 본사나 구입하신 서점에서 교환해 드립니다.

DARK STORY SERIES Ⅲ

묵향

묵향의 귀환

전동조 장편 판타지 소설

최후의 결전

스카이BOOK

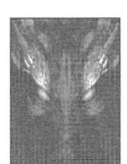

차례
최후의 결전

급변하는 정세 ··· 7

능구렁이들의 머리싸움 ································· 31

함정인가? 아니면 기회인가? ······················· 53

도대체 어디에 숨은 거야? ···························· 73

꼬리치는 여우 ··· 89

또 하나의 덫 ··· 115

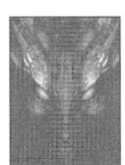

차례
최후의 결전

깨어나는 소림 ……………………………… 145

묵향을 사랑하는 여인들 ……………………… 159

차라리 죽여 주시오 ………………………… 183

건곤일척의 대전 …………………………… 215

또 다른 반전 ……………………………… 241

최후의 결전 ………………………………… 261

급변하는 정세

26

최후의 결전

옥화무제를 태운 마차는 총단을 향해 미친 듯 질주하다 저녁때가 다 되어서야 한적한 객잔 앞에 멈춰 섰다. 늦게나마 요기라도 해야 했기 때문이다.

"뭘 드시겠습니까?"

점소이는 탁자에 앉아 있는 옥화무제를 힐끔힐끔 훔쳐봤다. 태어나서 지금껏 이렇게 아름다운 여자는 처음 봤던 것이다. 만약 그녀와 함께 들어온 눈매가 날카로운 무사들만 아니었다면 좀 더 노골적인 시선으로 바라봤을지도 모른다. 무사들은 칼까지 허리에 차고 있었다. 더군다나 여인의 신분이 예사롭지 않은지 무사들은 자리에 제대로 앉지도 못하고 주위를 경계하기에 바빴다.

'정말 예쁘다. 말로만 듣던 공주님이 이런 모습일까?'

두근거리는 점소이의 마음과는 달리 옥화무제는 심드렁한 표정으로 객잔에서 판매하는 가장 비싼 음식 몇 가지를 주문했다.

그녀가 음식을 기다리고 있을 때, 갑자기 문을 박차고 무사 한 명이 달려 들어왔다. 워낙 갑작스럽게 벌어진 일이라 옥화무제를 호위하던 무사들이 깜짝 놀라 다급히 칼을 뽑아 들었다. 문을 박차고 들어온 무사는 주위를 둘러보다 옥화무제를 발견하자 그 자리에서 무릎을 꿇으며 외쳤다.

"태상문주님을 뵈옵니다!"

순간 옥화무제의 눈매가 살짝 일그러졌다. 요 근래, 지금으로 보고된 정보들치고 좋은 소식이라고는 하나도 없었기 때문이다. 하지만 그렇다고 전령의 보고를 듣지 않을 수도 없는 노릇이었다.

"무슨 일인가요?"

"총단 총관으로부터의 급전입니다. 타주께서 태상문주님께 지급으로 전하라 명하셨습니다."

그는 품속에서 작은 대롱 하나를 꺼내 옥화무제에게 바쳤다.

장거리의 경우 전서구를 이용하는 게 가장 빠른 연락 수단이었지만, 아쉽게도 비둘기의 지능이 너무 떨어진다는 점이 문제였다. 오죽하면 새대가리라는 표현이 있겠는가. 더군다나 전적으로 비둘기의 귀소본능에 의존하다 보니, 이렇듯 이동하는 대상에게는 전혀 써먹을 수 없다는 게 치명적인 단점이었다.

그렇기 때문에 총관은 그녀의 이동로 인근에 위치한 모든 분타에 전서구를 날렸고, 전서구를 받은 분타에서는 일제히 사방으로 전령을 파견한 것이다. 그들 중 한 명 정도는 옥화무제와 만나게 될 걸 기대하면서.

대롱을 열어 전서를 읽던 옥화무제의 얼굴이 점차 낭패감으로 물들기 시작했다. 지급으로 보내온 전서의 내용은 우이 마을에서 벌어진 참사에 관한 것이었다.

전서구를 통해 보낼 수 있는 서신의 분량이라는 게 뻔하다 보니, 아주 간략하게 써져 있었기에 그녀로서는 상황이 어떻게 흘러간 것인지 파악하기조차 힘들었다. 하지만 한 가지는 분명했다. 작전이 실패했다는 것, 그리고 그 피해 또한 엄청나다는 것.

"이런 망할!"

옥화무제가 거칠게 말을 내뱉으며 자리에서 벌떡 일어서자 주위를 호위하고 있던 무사들의 얼굴에 일순 긴장감이 감돌았다.

"먼저 총단으로 가겠어요."

그 순간 그녀의 몸이 날아오르더니 창문을 통과해 어딘가로 사라져 버렸다. 마치 유령과도 같은 그녀의 기쾌한 움직임에 객잔 안의 사람들은 모두 얼이 빠질 수밖에 없었다. 방금 전에 자신들이 헛것을 본 게 아닌가 하는 생각을 하면서.

총단에 도착하자마자 옥화무제는 추밀단주부터 호출했다. 웬만한 일이라면 총관에게 물어보면 되겠지만, 이번 일은 그의 권한을 넘어서는 것이었다.

그녀의 긴급 호출을 받고, 추밀단주가 허겁지겁 달려 들어왔다. 흰 수염을 길게 기른 고아한 학자풍의 노인이 바로 무영문의 모든 정보를 총괄하는 추밀단주이자, 무영문에 존재하는 4명의 장로 중 한 명이었다.

추밀단주가 자신의 방으로 들어오자마자 옥화무제는 상대에게 숨 돌릴 여유도 주지 않고 다짜고짜 질문부터 던졌다.

"도대체 어떻게 된 거예요?"

추밀단주는 고개를 조아리며 대답했다.

"태상문주님의 명령을 받는 즉시, 섬서분타주가 움직인 모양입니다. 그로서는 자신의 능력을 과시하고 싶었던 것이었겠지만, 그게 최악의 결과를……."

옥화무제는 추밀단주의 얘기를 중간에 끊으며 신경질적으로 물었다.

"그렇게 빨리 움직였다면 동원할 수 있는 인원이 얼마 되지도 않았을 텐데요?"

잠시 대답을 못하고 머뭇거리던 추밀단주는 어쩔 수 없다고 생각했는지 힘겹게 입을 열었다.

"그게…, 비영단주가 미리 언질을 줬던 모양입니다."

"비영단주가요?"

"예. 섬서분타주는 임무가 있을 거라는 비영단주의 언질을 받은 후, 곧바로 가용한 모든 전투원들을 끌어 모아 우이 마을로 달려갔답니다. 마을 인근에 포진하고 있다가, 태상문주님의 명령이 떨어짐과 동시에 치고 들어갈 작정이었던 것이지요. 그런데……."

옥화무제는 추밀단주의 자세한 설명을 듣고서야 비로소 왜 이렇게까지 일이 꼬이게 된 것인지 알게 되었다.

섬서분타주는 옥화무제의 정식 명령이 떨어지기도 전에 칼을 들 수 있는 무사들을 최대한 끌어 모은 후, 우이 마을을 향해 출발했다.

분타에 앉아 명령서를 기다릴 게 아니라, 미리 우이 마을 주변에 포진을 끝낸 후 그곳에서 명령서가 도착하기를 기다리는 게 좋겠다고 생각한 것이다. 그렇게 하는 것이 명령서가 도착한 후에 움직이는 것보다 훨씬 빠를 것은 뻔한 이치니까. 상관에게 자신의 능력을 과시할 수 있는 기회는 흔히 찾아오는 게 아니다. 더군다나 비영단주 같은 고위급 인사가 미리 언질까지 주지 않았던가.

절대로 실패해서도 아니, 작은 실수조차 허용해서도 안 되는 일이었다.

우이 마을 외곽에 도착한 섬서분타주는 몇몇 발 빠른 수하들을 보내 마을 내부를 은밀히 살펴보게 하는 한편, 어떤 식으로 작전을 전개할 것인지 심복들과 의논하느라 정신없는 하루하루를 보냈다. 그러던 와중에 도착한 태상문주의 명령서. 무영문의 살아 있는 전설이 자신에게 직접 명령서를 보냈다는 사실에 섬서분타주는 감격하지 않을 수 없었다.

태상문주는 마을의 주민들을 비롯한 살아있는 모든 생명체를 말살하라는 지시를 내렸지만, 다행스럽게도 섬서분타주가 주민들을 학살하는 만행을 저지를 필요는 없었다. 며칠 전 벌어진 마교와 개방의 충돌에 겁을 집어먹은 주민들이 모두 다 짐을 싸들고 이웃 마을로 도망쳐 버렸기에, 그가 마을에 도착했을 때는 쥐새끼 한 마리 발견할 수가 없었던 것이다. 물론, 명령서에 기록되어 있는 마교도 역시 한 명도 보이지 않았다.

이미 패력검제 일행이 마을을 탈출해 버린 마당에 장인걸의 수하들은 더 이상 이곳에서 지체할 필요가 없어 떠나 버린 것이었지만, 그런 자세한 내막을 섬서분타주가 알 리 없었다. 그렇기에 그는 혹시 마교도들이 다시 나타날 수도 있다는 생각에 주변을 경계하는 한편, 본연의 임무인 개방의 흔적을 완전히 말살하는 작업을 시작했다. 물론 거기에는 개방의 생존자들의 처리 또한 포함되었다.

워낙 훈련이 잘된 무영문도들이었기에 임무를 완수하는 데는 그리 많은 시간을 필요로 하지 않았다. 하지만 섬서분타주는 선뜻 철수 명령을 내릴 수가 없었다.

'혹시 어딘가에 못보고 넘어간 비표라도 하나 남아 있다면 어쩌지?'

충분히 그럴 가능성이 있었다. 만에 하나 그런 것이 있어 개방 쪽에 넘어가기라도 한다면 자신은 파멸이었다.

그렇기에 그는 마을에서 철수하지 못하고 수하들을 닦달하여 마을 전체를 뒤지고 또 뒤졌다. 그리고 더 이상 뒤질 데가 없자, 이번에는 땅 속까지 파서 완전히 뒤집어엎으라고 시켰다. 거기다 뭔가 흔적이 남아 있을지도 모른다는 걱정에 아예 마을 전체를 불살라 버리라는 명령까지 내렸다.

패력검제와 함께 탈출에 성공한 진곡추가 주위의 개방도들을 규합해 우이 마을에 도착했을 때는, 무영문도들이 마을을 산산이 분해하여 불사른다고 광분하고 있던 바로 그 시점이었다.

섬서분타주는 처음에 혹시나 마교도들이 습격이라도 해 올까 봐 주위에 보초를 세웠었다. 하지만 그들 역시 얼마 지나지 않아 마을 해체 작업에 동참해야 했다. 마교도들은 기본적으로 엄청난 마기를 뿜어대는 만큼, 굳이 보초를 세우지 않더라도 근처에 접근해 오면 금방 알아차릴 수가 있었다.

더군다나 마을을 완전히 분해하느라 일손까지 딸리는 마당에 보초를 세운답시고 헛된 인력을 낭비할 이유가 없지 않겠는가. 그래서 섬서분타주는 진곡추를 비롯한 개방도들이 가까이 접근해 올 때까지 전혀 눈치를 채지 못했던 것이다.

결국 진곡추를 비롯한 개방도들은 자신들의 동료들이 마을의 잔해 속에서 불타고 있는 걸 목격하고야 말았다. 마교도들의 손에서 구출해 내겠다고 죽자 살자 여기까지 달려온 것도 다 저들을 위해서가 아니었던가. 그런데 저런 천인공노할 놈들이 동료들을 살해하여 불사르고 있다니……

분노에 눈이 뒤집힌 개방도들에게 상대편의 정체가 뭔지는 중요하지 않았다. 놈들이 저승사자면 어떤가? 그들은 자신들의 전력 따위는 생각지도 않고, 적들을 향해 분노의 함성을 질러대며 달려들었다.

'어떻게 이렇게까지 일이 꼬일 수가 있지?'

보고를 듣던 옥화무제는 참담한 표정만 지었을 뿐, 분노를 표출하지는 않았다. 최선을 다해 자신의 임무를 수행한 충직한 수하들에게 무슨 잘못이 있겠는가. 잘못이 있다면 오판을 하여 명령을 내린 자신에게 있었다. 하지만 그런 것을 뻔히 알고 있음에도 불구하고, 그녀의 얼굴은 완전히 일그러져 있었다.

"우리가 입은 피해는?"

머뭇거리던 추밀단주는 참담한 어조로 대답했다.

"사상자만 100명이 넘습니다."

100명이라는 숫자를 옥화무제는 도저히 믿을 수가 없었다.

"정확한 건가요? 본문에 그 정도 피해를 입히려면 엄청난 인원을 동원했어야 가능할 텐데……. 개방에는 그렇게 충분한 시간 여유가 없었잖아요?"

"개방 쪽에 패력검제가 끼어 있었다고 합니다."

"패, 패력검제가?"

무심결에 벌떡 일어섰던 옥화무제는 현기증이 난다는 듯 머리를 감싸며 비틀거리다, 익자에 털썩 주저앉았다. 그런 옥화무제를 추밀단주는 송구한 듯 바라봤지만, 그렇다고 보고를 도중에 그만둘 수도 없는 노릇이 아닌가. 그는 내키지 않는다는 듯한 표정으로 계속 말을 이었다.

"예. 섬서분타주가 우이 마을에 도착해 숨어 있던 개방도들을 찾아내어 처리하고 있을 때, 진곡추와 패력검제를 위시한 개방의 지원군이 달려왔다고 합니다."

쌍방의 숫자는 비슷했다. 아니, 개방 쪽이 몇 명 더 많긴 했지만, 무공에 있어서 무영문도들이 월등했기에 개방도들이 학살을 당해야 마땅한 상황이었다. 하지만 화경급 고수인 패력검제가 앞에서 무시무시한 기세로 무영문도들을 학살하기 시작하자, 그들은 감히 저항할 엄두도 내지 못하고 도망치기에 급급했던 것이다.

그 결과 100여 명에 가까운 사상자를 냈을 뿐만 아니라, 섬서분타주를 위시해 40여 명이 포로가 되어 개방의 총단으로 압송되고 있는 중이라는 것이다.

마음을 추스르기 위해 차를 벌컥벌컥 들이켠 옥화무제는 다소 냉정을 되찾은 듯 한층 진정된 어조로 질문을 던졌다.

"패력검제가 그곳에 왜 있었던 거죠? 왜 개방의 일에 패력검제가 끼어들었냐는 말입니다."

추밀단주는 옥화무제의 눈치를 슬쩍 살펴본 다음, 자신이 알고 있는 모든 것을 말하기 시작했다. 처음 패력검제가 어떻게 나타났고, 또 그 때문에 이진덕 조장이 그를 가짜라고 착각하는 치명적인 실수를 저질렀는지 말이다. 처음부터 그를 가짜라고 생각했던 만큼, 패력검제가 그곳에 나타났다는 정보 자체가 옥화무제에게 전달되지 않았던 것이다.

추밀단주의 보고를 들으며 옥화무제의 안색은 점점 더 창백해지고 있었다. 아주 사소한 실수 몇 개 때문에 일이 이 지경으로 꼬였다. 어쩌면 무영문의 존립 자체가 뒤흔들릴 수 있을 정도로.

옥화무제는 눈앞이 아득해짐을 느꼈다. 얼마 전까지만 해도 천하에 부러울 것이 없었는데, 지금은 상황이 완전히 바뀌었다. 한순간의 판단 착오로 이렇게까지 상황이 악화되다니.

옥화무제는 탁자를 거칠게 내리치며 비명과도 같은 뾰족한 외침을 터뜨렸다.

"왜 이렇게 일이 꼬이는 거얏!"

"이 일을 어떻게 처리하는 게 좋겠습니까?"

"패력검제는 아직도 거기에 있나요?"

"예."

옥화무제의 얼굴이 더욱 일그러졌다.

"그렇다면 구출작전을 감행할 수도 없다는 말이군요."

"태상문주님께서 직접 나서신다면……."

동급 고수와의 대결에는 언제나 커다란 위험 부담이 따른다. 물론, 그녀는 패력검제와 싸워 자신이 패할 거라는 생각은 하지 않았다.

그녀가 망설인 이유는 그게 아니었다. 자신이 직접 나선다는 것은 곧, 돌아올 수 없는 강을 건넌다는 것과 동일한 의미였기 때문이다. 그것은 바로 개방과의 전면전이다.

잠시 생각을 정리한 옥화무제는 살짝 눈살을 찡그리며 말했다.

"내가 직접 나설 필요까지는 없을 듯하군요. 개방과 협상을 해보세요."

그 말에 추밀단주는 고개를 갸웃하며 대꾸했다.

"그들이 협상에 응하겠습니까? 칼자루를 쥔 것은 저쪽인데……."

옥화무제는 가볍게 콧방귀를 뀌며 대꾸했다.

"흥! 협상에 응하지 않을 수 없을 거예요. 패력검제가 자신들을 계속 도와줄 수 없다는 걸 그들도 잘 알 테니 말이에요."

"그건 그렇습니다만……. 개방 쪽에 해 줄 만한 마땅한 보상이 없지 않습니까?"

추밀단주는 난감하다는 듯 말했다. 사실 개방은 거지들의 집단이 아닌가. 불교와는 또 다른 방향에서 무소유를 주장하는 집단이다. 그런 그들에게 협상을 이끌어낼 만한 보상이 뭐가 좋을지 추밀단주로서는 전혀 생각나지 않았던 것이다.

하지만 옥화무제의 생각은 달랐다.

"돈 싫어하는 사람 봤나요? 듬뿍 안겨줘 봐요. 입이 헤벌쭉 벌어질 테니까."

지극히 그녀다운 생각이었다. 지금까지 살아오며 그녀는 돈을 싫어하는 사람을 단 한 명도 보지 못했다. 하다못해 수양이 깊다는 소림사의 고승들조차도 돈에서는 자유롭지 못했다. 사실, 그 엄청난 규모를 자랑하는 소림사를 돈이 없다면 무엇으로 유지 관리할 수 있다는 말인가. 방대한 조직을 매끄럽게 움직이거나, 혹은 자신을 추종하는 무리들을 관리하기 위해서는 필연적으로 막대한 돈이 필요했다.

바로 그 점이 문파의 상층부 인사들로 하여금 겉으로는 세사에 초탈한 척 점잔을 떨면서도, 뒷구멍으로는 돈을 챙겨야 하는 구조적인 모순 속에서 살 수밖에 없도록 만들고 있었던 것이다. 오랜 세월 무영문을 관리해 온 그녀는 그것을 너무나도 잘 알았다.

이렇게 말한 옥화무제는 관자놀이를 지그시 눌렀다. 갑자기 머리가 깨질 듯 아파왔기 때문이다. 그런 옥화무제의 행동에 추밀단주는 한 발 살짝 다가서기는 했지만, 감히 그녀를 건들지는 못하고 걱정스럽다는 듯 입을 열었다.

"어디가 편찮으십니까? 태상문주님."

"아니, 괜찮아요. 잠깐 머리가 아파서……."

"부디 옥체를 보중하시길 간곡히 부탁드립니다, 태상문주님. 본문의 대들보이신 태상문주님의 옥체에 문제라도 생긴다면 큰일이니 말입니다."

"추밀단주께 괜한 심려를 안겨드리는군요. 별것 아니니 걱정하실 필요는 없어요."

자신의 지시를 이행하라고 추밀단주를 내보낸 후, 그녀는 머리를 감싸쥐며 울분을 터뜨렸다. 생각하면 할수록 너무나도 분하고 원통했기 때문이다. 중원 천하에 퍼져 있는 비급들 중에서 알짜배기들을 몽땅 다 확보할 수 있는 절호의 기회를 놓쳐 버렸다. 그것도 그 망할 놈들의 방해 때문에.

옥화무제는 이빨을 뽀드득 갈며 원통스런 절규를 내뱉었다.

"빌어먹을 말코들! 너희들이 그러고도 잘되나 두고 보자! 내 기필코 복수할 것이야."

처음에는 복수를 한답시고 광분하느라 그냥 지나쳤었다. 그리고 그 다음 순간에는 개방과의 갈등에 대한 걱정 때문에 비급에 대한 생각은 할 여유조차 없었다. 하지만 이제 어느 정도 일이 수습이 될 듯하자, 비급에 대한 미련이 다시금 그녀를 덮쳐왔던 것이다. 극심한 두통과 함께…….

* * *

　개방의 비육걸개(肥肉乞丐) 장로는 총단에 남아 있던 정예의 삼분지 일을 이끌고 즉각 섬서성으로 달려갔다. 이동로 인근에 위치해 있는 분타들의 정예들을 흡수하며 이동했기에, 자장(子長) 분타에 도착했을 때쯤에는 그 수가 무려 3천에 가까울 정도로 불어났다.
　하지만 그럼에도 불구하고 비육걸개 장로의 안색은 썩 밝지 못했다. 무영문과 정면충돌까지 각오하고 있는 상황인 만큼, 3천이라는 숫자로는 썩 믿음이 가지 않았던 것이다. 무영문도들의 무공 수준이 개방도에 비해 훨씬 뛰어나다는 건 지나가는 개들도 알고 있으니 말이다.
　"어서 오십시오, 장로님."
　자장분타에 도착한 비육걸개의 모습은 평상시와 달리 꽤나 말쑥한 것이었다. 패력검제에게 좋은 인상을 보여 줘야 하는 만큼, 이곳으로 오던 도중에 개천에서 몸을 씻은 것은 물론이고, 땟국물이 흐르는 옷까지 깨끗하게 빨아 입었기 때문이다.
　비육걸개는 자신을 마중 나온 분타주들에게 그간의 노고에 대해 치하했다. 특히, 오늘의 성과를 있게 한 진곡추 분타주에 대한 치하가 컸다. 그런 장로의 칭찬에도 진 분타주는 씁쓸한 표정이었다. 자신의 오판으로 인해 얼마나 많은 형제들이 죽음을 당했는가 말이다.
　하지만 그것은 그것이고, 진곡추는 비육걸개의 등장에 크게 감동한 상태였다. 설마하니 장로급이 직접 여기까지 달려와 줄 거라고는 언감생심 바라지도 않았기 때문이었다.

"장로님께서 직접 달려오실 줄은 생각도 못했습니다. 원로(遠路)에 얼마나 고생이 많으셨습니까?"

"허허, 수많은 형제들이 죽음을 당했는데, 그 정도가 대수겠는가. 그래, 꽤 많은 무영문도들을 생포했다고?"

"운이 좋았을 뿐입니다, 장로님. 만약 패력검제 대협께서 도와주시지 않았다면, 저도 생명을 부지하지 못했을 겁니다."

"대협께서는 지금 어디에 계시느냐?"

"일단 마을 중심에 있는 용문객잔으로 모셨습니다. 낡긴 했지만, 그래도 이 인근에서는 가장 시설이 좋은지라……."

"잘했군."

개방도들이 자신들보다 무공이 뛰어난 무영문도들을 제압할 수 있었던 것은 순전히 패력검제의 덕분이라고 봐야 했다. 그리고 무영문에서 동문들의 구출작전을 쉽사리 펼치지 못하고 있는 이유 또한 바로 그의 존재였다. 옥화무제가 직접 나서지 않는 한, 패력검제를 상대할 만한 뾰족한 방법이 없었으니까. 그걸 잘 알고 있는 자장분타주였기에 총단에서 지원군이 오기 전까지 그를 극진히 모시며 이곳에 잡아 두고 있었던 것이다.

패력검제가 묵고 있는 용문객잔으로 찾아간 비육걸개는 정중하게 인사를 건넸다.

"안녕하셨습니까? 패력검제 대협."

상대의 푸짐한 덩치를 알아보자 패력검제의 얼굴에 미소가 걸렸다.

"오, 이건 비육걸개 장로가 아니십니까?"

화경급의 무예를 지니게 됨으로 인해 패력검제는 중원에서 열 손가락에 꼽힐 정도로 높은 배분을 얻게 되었다. 하지만 아무리 그래도 비육걸개 쪽이 연배가 높은 선배고수인 것은 사실이었고, 그와 모르는 사이도 아니었기에 패력검제 역시 말을 높여 주고 있는 것이다.

"방주님을 대신하여 대협께 진심으로 감사드립니다. 본방은 대협께 크나큰 은혜를 입었습니다 그려."

"하하, 서로 모르는 사이도 아닌데 무슨 인사를 그리 과하게 하십니까. 정도(正道)를 걷는 사람이라면 누구나 그리 했을 겁니다."

"정도를 걷는 무사라면 당연히 그리 해야 한다는 것을 다들 알긴 합니다만, 실제로 사건이 닥쳤을 때 끼어들 사람이 누가 있겠습니까. 그것도 상대가 천하의 무영문인데 말입니다. 은원을 맺었을 때 가장 골치 아픈 상대가 바로 무영문이 아니겠습니까."

"허어~, 이것 참……."

패력검제는 난처한 듯 수염을 쓰다듬으며 중얼거렸다.

"비육걸개 장로께서 노부의 도움을 절실하게 필요로 하시는 모양이군요. 아부가 과하신 걸 보면 말입니다."

일순 비육걸개 장로의 눈동자가 살짝 흔들렸다. 하지만 그의 자그마한 눈동자는 워낙 두툼한 살집 속에 감춰져 있었기에 다른 사람이 그걸 눈치 챈다는 것은 거의 불가능에 가까웠다. 비육걸개는 짐짓 너털웃음으로 자신의 표정을 감추며 능청스럽게 대꾸했다.

"핫핫핫, 무슨 그런 말씀을. 이미 대협께는 다 갚기도 힘들 만큼 커다란 은혜를 입은 건 사실이지 않습니까. 자, 오랜만에 만났는데

같이 술이라도 한잔 하지 않으시겠습니까?"

점소이를 불러 술과 안주를 시킨 비육걸개는 호기롭게 말했다.

"방주님께 돈을 왕창 뜯어왔으니, 제가 오늘 크게 한턱 쓰겠습니다. 핫핫핫."

               *   *   *

"저쪽의 동정은 어떻더냐?"

순우기 장군의 물음에 군관은 고개를 조아리며 보고했다.

"아무런 이상도 찾아볼 수 없었습니다, 장군."

"그래? 어쨌건 수고했다."

"옛."

더 이상 알아볼 게 없다고 판단한 순우기 장군은 군관을 돌려보냈다.

"거참, 이상한 일이로군."

군관은 몇 가지 보급물자를 수령하기 위해 여문덕 상장군의 진영에 갔다가 방금 전에 돌아왔다. 그곳에 가기 전에 상장군의 동태를 자세히 살펴보라 이미 일러 뒀기에, 그에 따른 보고를 받은 것이다.

그런데 아무런 이상도 발견할 수가 없다? 순우기 장군은 그 점이 더욱 의심스러웠다. 돌을 던졌으니, 지금쯤 상대로부터 뭔가 반응이 와야 했기 때문이다.

여문덕 상장군은 자신들의 대열에 동참하겠다는 뜻을 아직까지도 밝혀오지 않고 있었다. 그렇다고 배반을 하겠다는 것도 아닌 모양이었다. 만약 그가 상부에 밀고했다면, 벌써 오래전에 자신들을 잡기 위해 형부에서 들이닥쳤을 테니까.

"도대체가 상장군의 속셈을 모르겠군. 뭘 어쩌자는 건지……."

여문덕 상장군이 가세하지 않는다면 군사를 일으킬 수가 없다. 건곤일척(乾坤一擲)의 승부를 거는 것도 어느 정도 승산이 있을 때나 하는 짓이니까 말이다.

상장군의 결정을 하루 이틀 기다리다 보니 지금에 이르렀다. 그 동안 주요 장수들에 대한 포섭 작업은 완전히 끝났다. 모두들 악비 대장군을 부모처럼 따르며 존경하던 장수들이었기에, 포섭 작업은 순조로웠다.

하지만 그렇다고 그들을 완벽하게 믿을 수 있느냐 하면 그것도 아니었다. 열 길 물속은 알 수 있겠지만, 한 길도 채 안 되는 사람의 속은 누구라도 알 수가 없는 것이니까. 그들 중 어느 하나가 상부에 밀고라도 하는 날이면 파멸인 것이다.

"더 이상 기다릴 수는 없습니다, 상장군. 결단을 내려 주십시오."
"아무리 그렇다고 해도 자네가 그쪽으로 가는 것은……."

사태가 급박함을 알지만, 유광세 상장군은 망설이지 않을 수 없었다. 자신이 직접 여문덕 상장군을 만나서 설득하는 게 가장 좋겠지만, 그건 너무 위험했다. 그렇다고 모반의 핵심인물이라고 할 수 있는 순우기 장군을 그곳으로 보낸다는 것도 큰 모험이었다. 만약 상대가 변심해서 순우기 장군을 투옥하기라도 하는 날에는, 자신은 가장 신뢰하는 동지를 잃게 되니 말이다. 그렇다고 그곳에 다른 사람을 보낼 수도 없다. 상장군을 설득하는 중책을 맡길 만큼 믿음직스런 장수가 없었기 때문이다.

"말리신다고 해도 소장은 상장군을 설득하러 가겠습니다. 더 이상 시간을 끈다는 것은 자살행위나 마찬가지니까요."

순우기 장군이 이렇게 강경하게 말하는 이유는 며칠 전, 회하 중부 지역 방어선 중 일부를 맡고 있던 심대평 장군이 처형된 사건 때문이었다.

심 장군이 황실에서 파견된 장졸들에게 체포되었다는 소식을 듣고, 어찌된 일인지 궁금해 하던 차에 오늘 아침 추밀원에서 긴급 공문이 날아왔다. 공문의 내용은 심 장군이 금나라와 내통했고, 이에 그 죄를 물어 참수형에 처했다는 것이었다.

그걸 보면 황실의 사냥개인 황성사가 전방에 배치된 모든 지휘관들을 향해 감시의 눈초리를 번뜩이고 있음에 틀림없었다. 이런 상황에서 자신들에게 포섭된 장수들 중 하나가 입이라도 자칫 잘못 놀리는 날에는 모든 게 끝장인 것이다.

"만약 제가 4일 내로 돌아오지 않는다면, 상장군께서 배신하신 거라고 여기셔도 무방할 겁니다."

"휴우, 어쩔 수가 없군. 알겠네. 귀관의 충심은 내 잊지 않겠네."

허가가 떨어지자 군막을 나선 순우기 장군은 몇몇 호위병만을 대동한 채 여문덕 상장군을 만나러 길을 떠났다.

여문덕 상장군을 만난 순우기 장군은 상대의 표정이 예상외로 밝은 것을 보고 내심 안도의 한숨을 내쉬었다. 상대가 변심한 것 같지는 않았으니까.

"어서 오게나. 안 그래도 유 상장군을 만나러 가고 싶은 마음은 굴뚝같았지만, 갑자기 몇 가지 일이 생겨 발을 빼기 어려웠다네."

"반가이 맞아 주시니 몸 둘 바를 모르겠습니다, 상장군."

가벼운 인사가 오간 후, 여문덕 상장군은 순우기 장군을 진영 깊숙한 곳에 마련되어 있는 자신의 처소로 안내했다. 밀담을 나누기 위해서 자신을 인도하는 것인지, 아니면 함정을 파놓고 끌어들이는 것인지를 가늠하느라 순우기 장군의 머릿속은 맹렬하게 회전하고 있었다.

'지금 당장이라도 칼을 뽑아 들어야 할까?'

이런 생각을 하고 있을 때, 상장군의 처소를 경비하고 있던 군사들이 순우기 장군과 함께 따라온 장졸들을 막아섰다.

이곳은 상장군의 처소다. 상장군이 초청한 순우기 장군 외에 다른 자들이 들어갈 수는 없는 곳이다. 경비병들의 반응은 당연한 것이었지만, 순우기 장군은 하마터면 칼을 뽑아들 뻔했다. 자신을 저 안으로 끌어들여 생포하려는 속셈인 듯한 느낌이 강렬하게 들었기 때문이다.

하지만 곧 칼에서 손을 뗀 순우기 장군은 상장군을 따라 순순히 들어가기로 했다. 이곳은 상장군의 진영 한복판이다. 겨우 6명밖에 안 되는 호위병들과 함께 칼부림을 해 봐야 헛된 반항일 뿐이었다.

순우기 장군은 손을 들어 호위병들에게 밖에서 기다리라고 지시한 다음, 여문덕 상장군을 따라 안으로 들어갔다.

"앉게."

순우기 장군에게 자리를 권한 후, 여문덕 상장군은 탁자에서 하얀 비단으로 감싼 보따리를 꺼냈다. 새하얀 최상급 비단으로 감싸 있는 걸 보면, 뭔지는 모르겠지만 아주 소중한 게 그 안에 들어 있는 모양이었다.

"풀어보게."

"이게 뭡니까?"

주섬주섬 보따리를 풀던 순우기 장군의 손이 딱 멈췄다. 피에 절어 있는 관복, 순우기 장군은 이게 누구의 것인지 본능적으로 알아차렸다.

"이, 이건……?"

순간 순우기 장군의 손이 격동으로 부르르 떨렸다.

"대장군의 유품일세."

여문덕 상장군은 관복 위에 놓여 있던 비단뭉치를 풀었다. 돌돌 말려 있던 새하얀 비단이 풀리자, 그 속에서 핏덩이에 엉겨 붙은 머리카락이 나타났다.

"이, 이걸 어디서 입수하셨습니까?"

"섭 대인이 주더구먼."

그러면서 그는 추밀사 섭평의 말을 전했다. 악비 대장군의 죽음에 얽힌 비사를 말이다. 물론 그것은 섭평에 의해 날조된 것이었지만, 그걸 알 수 있는 사람은 이 자리에 없었다. 묵향이 이들에게 알려 준 것도 섭평이 대장군을 죽였다는 정도의 아주 간략한 내용이었지 않은가. 그에 비해 섭평은 아귀가 딱딱 맞아떨어지게 선후관계를 따져가며 그럴듯하게 비사를 늘어 놨으니, 도저히 안 믿을 수가 없었던 것이다.

"그렇다면 대장군을 죽인 게 진회, 그 인면수심(人面獸心)의 매국노였다는 말씀이십니까?"

"섭 대인도 대장군을 돕기 위해 최선을 다했지만, 어쩔 수 없었다는구먼. 황실 안에 재상의 손이 미치지 않는 곳이 어디에 있겠는가? 섭 대인 같은 사람도 재상의 눈 밖에 나서 결국 추밀원으로 쫓겨났다고 하더군."

이렇게 말하며 여문덕 상장군은 섭평이 제안했던 사안을 순우기 장군에게 고스란히 전했다. 매국노 진회를 몰아내고, 악비 대장군을 복권시키자고 말이다. 그리고 그 제안은 순우기 장군에게도 솔깃한 것이었다. 대장군의 복권이야말로 그들이 가장 원하는 것이었으니까.

"이 소식을 상장군께 즉시 전하도록 하겠습니다."

"잘 부탁하네."

"아닙니다, 상장군. 부탁은 소장이 해야지요. 이런 비상시국에 자신의 권력이나 탐하고 있는 쓰레기를 몰아내는 일입니다. 만약 저를 참여시켜 주지 않으신다면, 엎드려 빌어서라도 참가를 허락받고 싶을 정도입니다, 상장군."

섭평의 말이 진실일 거라고 확신하고 있는 여문덕 상장군의 말에, 제대로 된 정보를 입수하지 못하고 있었던 순우기 장군 역시 아무 의심조차 하지 않았다.

당연히 순우기 장군은 흥분을 감추지 못했다. 아무래도 사람이란 가급적이면 목숨을 건 모험은 하지 않기를 바라지 않던가. 추밀사 섭평과 함께 한다면 자신들이 하려고 하는 썩어빠진 간신들을 축출하고, 황실의 정기를 바로 세우는 일을 훨씬 더 안전하게 수행해 낼 수 있을 테니 말이다.

결국, 군부 공통의 적이 섭평에서 진회로 변경되는 순간이었다.

두 사람은 머리를 맞대고 재상 진회를 타도하기 위한 계략을 짜기 시작했다. 한참 후에야 만족스런 미소를 지으며 밖으로 나선 순우기 장군은 말을 달려 양양성으로 돌아가 유광세 상장군에게 이 모든 사실을 그대로 전했다.

그리고 섭평이 아닌 진회를 타도해야 한다는 정보를 묵향에게도 전했다. 진회의 끄나풀이었던 섭평이, 양심선언을 했다고 말이다.

군부의 일에 밝지 못했던 묵향은 그들의 말을 믿을 수밖에 없었다. 한방꺼리도 안 되는 황궁의 정세에 대해 알아보랍시고 무영문에 의뢰를 넣는 것도 귀찮은 일이고, 무엇보다 지금 그의 관심은 장인걸에게 쏠려 있었으니 말이다.

능구렁이들의 머리싸움

26

최후의 결전

비육걸개 장로가 패력검제와 함께 노닥거리며 시간을 보내고 있는 동안 진곡추와 자장분타주는 혹, 있을지도 모를 무영문의 기습에 대비하느라 정신없이 움직여야만 했다. 무영문도들이 워낙 은신과 잠행에 뛰어나다 보니, 언제 기습공격을 가해 올지 알 수가 없었던 것이다.

그런데 이때, 갑자기 총타로부터 긴급 지시가 하달되었다. 수하가 전하는 전문을 받아 읽던 자장분타주는 경악성을 내질렀다.

"이럴 수가!"

자장분타주의 얼굴에 짙은 회의감이 떠올라 있는 것을 본 진곡추는 고개를 갸웃하지 않을 수 없었다. 왜 갑자기 그가 이런 표정을 짓는 것인지 이해할 수가 없었던 것이다.

"도대체 무슨 전문인데 그러나? 놈들이 어딘가를 기습공격 하기라도 했나?"

자장분타주는 전문을 진곡추에게 건네주며 허탈한 듯한 어조로 말했다.

"그게 아닐세. 지금 당장 무영문도들을 석방하라는 명령이야."

자장분타주의 손에서 전문을 뺏듯이 받아든 진곡추는 급히 읽기 시작했다. 암호로 작성된 전문이었지만, 그 역시 분타주였기에 읽는데 전혀 문제될 게 없었다.

"미, 믿을 수가 없군. 그 많은 형제들이 무참히 살해당했는데, 놈들을 그냥 놔주겠다니……. 이럴 수가 있나!"

울분에 찬 진곡추는 다급히 비육걸개 장로에게 달려가 상부의 지시를 전했다. 이번 작전에서 자신의 부하를 몽땅 다 잃은 진곡추였기에, 그의 분노는 대단한 것이었다.

그는 차분히 전문을 읽고 있는 비육걸개를 향해 씨근덕거리며 상부의 결정을 도저히 이해할 수 없다고 성토했다. 하지만 진곡추의 예상과 달리 전문을 모두 읽은 비육걸개의 반응은 덤덤하기만 했다. 아니, 그는 이미 이런 식으로 결론이 날 줄 예상하고 있었다는 듯한 표정이었다. 그런 비육걸개의 모습에 진곡추는 마치 믿는 도끼에 발등이라도 찍혔다는 듯 분개하며 소리쳤다.

"장로님께서는 이미 이렇게 결론지어질 거라고 예측하고 계셨습니까?"

비육걸개는 내공을 끌어올려 전문을 불사르며 중얼거렸다.

"분하고 원통한 일이지만, 방주께서는 결국 화평을 택할 수밖에 없었을 걸세."

"본방은 30만씩이나 되는 제자들을 거느리고 있지 않습니까? 한번 붙어 보기라도……."

하지만 진곡추의 말은 더 이상 이어지지 못했다. 비육걸개가 갑자기 자신의 멱살을 틀어쥐었기 때문이다. 순식간에 서로의 얼굴이 맞닿기라도 할 듯 가까워졌다. 그리고 이때 진곡추는 볼 수 있었다. 살덩어리에 가려져 있는 비육걸개의 자그마한 눈에 어느새 습기가 차오르고 있음을.

"나도 잘 알아! 안다고! 하지만 놈들의 본거지를 알아내지 못하는 한, 싸워 봤자 백전백패라는 걸 자네는 모르나?"
"그렇다면 제게 기회를 주십시오!"
"무슨 기회?"
"제가 놈들의 본거지를 반드시 알아내겠습니다."
비육걸개는 진곡추의 멱살을 살며시 놔주며 말했다.
"그 말은 안 들은 것으로 하겠네. 지금까지 무영문을 감시하기 위해 투입한 인원들 중 살아서 돌아온 제자는 단 한 명도 없었으니까 말일세."
"장로님이 말리신다고 해도 절대 포기하지 않을 겁니다. 설령 그로 인해 제 목숨을 내놔야 한다고 하더라도 말입니다!"
비육걸개 장로는 잠시 진곡추의 얼굴을 그 작은 눈으로 쏘아봤다. 갑작스럽게 바뀐 비육걸개의 태도에 진곡추 역시 더 이상 말을 하지 못하고 입을 다물어야 했다.
잠시 후, 비육걸개가 허탈한 모습으로 입을 열었다.
"무영문을 감시하기 위해 투입된 인원들 중, 단 한 명도 살아서 돌아오지 못했다고 하는 노부의 말뜻을 진정 모르는 겐가?"
숨겨진 속뜻이 있다는 말에 진곡추는 잠시 당황했다. 숨겨진 속뜻이라고? 잠시 생각하던 진곡추의 얼굴에 경악감이 어렸다.
"서, 설마……?"
씁쓸한 미소를 지으며 비육걸개는 고개를 끄덕인 후, 중얼거렸다.
"자네가 생각하는 그대로일세. 본방 내에 무영문의 개들이 숨어 들어와 있다는 말이지."

"그걸 알고 있으면서도 그냥 놔두고 계신다는 말씀이십니까?"

"오랜 시간 공들여 조사한 결과 몇 놈은 찾아냈어. 하지만 아직까지도 얼마나 많은 숫자가 본방에 들어와 있는지 파악하지는 못했다네. 놈들을 완전히 일망타진 할 수 없다면, 그냥 놔두는 게 좋아. 괜히 건드려 봐야 놈들의 조심성만 키워 줄 뿐이니까."

제자들을 시켜 포로들을 놔주라고 지시한 비육걸개는 패력검제가 있는 객잔으로 발길을 옮겼다.

"젠장. 이제는 그 소식을 전해야 하는구만. 뭐라고 둘러대야 할지……"

이렇게 중얼거리며 패력검제를 찾아 발길을 옮기는 비육걸개의 어깨는 평소와 달리 축 늘어져 있었다. 그도 그럴 것이 그의 아들이 납치되었다는 정보를 이제야 전한다는 게 너무 속 보이는 행동이라는 걸 그도 잘 알기 때문이었다. 패력검제가 개방을 위해 그토록 큰 도움을 줬음에도 불구하고, 지금껏 진실을 감추고 있어야 했다는 게……. 자격지심이 들지 않는다면 그건 사람도 아니리라.

"참, 이번에 아드님이 금나라에 납치당했다고 들었는데, 대협께 뭐라고 위로의 말씀을 전해야 할지……"

비육걸개는 이런저런 얘기로 시간을 보내다가 적절한 때를 골라 슬그머니 말문을 열었다. 그리고 그 얘기를 들은 패력검제는 예상대로 경악감을 감추지 못했다.

"아니, 그게 도대체 무슨 말입니까?"

예상대로의 반응이었지만, 비육걸개는 상대의 이런 반응을 전혀 짐작하지 못했다는 듯 되물었다.

"아니, 아직 모르고 계셨습니까? 저는 대협께서 홀로 여기까지 오신 게…, 그놈들의 흔적을 추적하시다 보니 그렇게 된 거라고만 생각을……."

그 정도에서 비육걸개는 슬쩍 말을 얼버무렸다.

노회하기 그지없는 패력검제였지만, 이런 비육걸개의 교활한 속셈을 전혀 눈치 채지 못했다. 왜냐하면 그런 걸 찬찬히 따질 만큼 안정적인 정신 상태를 유지하지 못하고 있었기 때문이다.

"나는 다른 일 때문에 이리 온 거고……. 그래, 량이가 납치당했다는 건 대체 어디에서 들었소이까?"

"허, 거참. 이미 모르는 사람이 없을 정돕니다. 만약 이게 극소수만이 알고 있는 비밀스런 정보였다면, 대협을 뵙자마자 제가 이 소식부터 전했겠지요. 자제분께서는 동료 4명과 함께 만현으로 이동하던 도중에 놈들의 마수에 걸렸다고 합니다."

"만현으로 가던 도중이었다고요?"

패력검제는 머리를 갸웃하며 생각에 잠겼다. 지금 이 시점에 아들 녀석이 만현으로 갈 이유가 전혀 없지 않은가.

"혹, 위쪽의 지시를 받고 움직였던 것이었습니까?"

패력검제가 제일 먼저 떠올린 이유는 그것이었다. 문도들을 거느리고 임무를 수행하고 있었다는 것 말이다. 그게 아니라면 자신을 대신해서 제령문을 맡고 있어야 할 녀석이 만현으로 갈 이유가 없었다. 무책임한 놈도 아니고, 오히려 어떻게 보면 고지식하기까지 한 녀석이 아니던가.

"제가 듣기로는 친구들과 유람차……."

말이 채 끝나기도 전에 패력검제가 외쳤다.

능구렁이들의 머리싸움 37

"량이가 어떤 아이인데 그런 헛소리를!"
"하지만 사실입니다. 천지문의 소연과 진팔, 그리고 조령이라는 여아와 그 아이의 호위무사가 함께 움직였다고 하더군요."
소연이라는 이름이 나오자 패력검제는 솟구쳐 오르던 피가 싸늘하게 식는 걸 느꼈다.
"소연이도 함께 있었다는 말입니까?"
그 말에 비육걸개는 살집을 출렁거리며 호들갑스럽게 대꾸했다.
"오, 패력검제 대협께서도 이미 알고 계셨군요. 아마 자제분께서는 그 여아들 중 하나에 마음이 있었던 건지도……."
연막을 치기 위해 비육걸개가 이러쿵저러쿵 떠들어 댔지만, 패력검제의 귀에는 전혀 들어오지 않았다. 그는 이번 납치극이 왜 벌어진 것인지 곧바로 감을 잡았던 것이다. 그것은 바로 소연 즉, 교주의 양녀 때문에 발생한 사건이었다. 만약 그녀가 교주의 딸이라는 걸 몰랐다면 패력검제로서도 이 사건의 내막을 전혀 감조차 잡지 못했을 것이다.
'허허, 이거 참. 고래 싸움에 끼어 새우 등이 터진 격이군. 량이 이놈은 어쩌자고 소연이 하고 같이 어울리다가…….'
잠시 생각을 정리하던 패력검제가 문득 입을 열었다.
"이 사실을 마……."
여기까지 말하던 패력검제는 갑자기 말을 멈췄다. 소연이 교주의 딸이라는 건 아무도 모르는 비밀이다. 이 사건이 장인걸이 의도적으로 그녀를 납치하기 위해 벌인 것인지, 아니면 어쩌다 보니 그렇게 된 것인지 자신으로서는 전혀 짐작조차 하지 못하고 있는 상황이다.

무엇보다 정보가 너무 부족했다. 그런데 이런 상황에서 갑자기 마교 교주를 거론한다면, 눈치 빠르기로 소문난 개방의 장로가 무슨 생각을 할까? 앞으로 교주의 도움을 청하게 될 가능성이 큰 만큼, 쓸데없는 잡음은 일으키지 않는 게 좋겠다는 생각이 번쩍 들던 것이다.

그래서 급한 김에 말을 끊기는 했지만, 도대체 무슨 말을 해야 할까? 이때, 패력검제의 머릿속을 스치는 기가 막힌 생각이 하나 있었다.

패력검제는 짐짓 표정을 굳히며 낮은 어조로 질책했다.

"그러고 보니, 마을에 오시자마자 저한테 알려 주지 않고, 이제야 전해 주는 저의가 뭡니까?"

"헛, 그, 그건……."

얘기가 잘 풀렸다며 안심하고 있던 비육걸개의 푸짐한 얼굴 살이 푸들푸들 떨렸다. 이 난감한 상황을 어떻게 헤쳐가야 하나?

"조금 전에도 말했다시피 벌써 알고 계신 줄로 생각했지 뭡니까? 모르고 계신 걸 진작 알았다면 벌써 말했겠지요."

비육걸개는 난감한 표정으로 이런저런 핑계를 늘어놓다가 슬그머니 도망쳐 버렸다. 그리고 그 자리에 홀로 남은 패력검제는 누구를 찾아가서 아들의 구명을 부탁해야 할지 고심했다. 아무리 자신이 화경에 오른 고수이고, 제령문의 문주라고 하지만 자신의 힘만으로 장인걸의 손아귀에서 아들 녀석을 구출한다는 것은 불가능한 일이었다. 그렇다면 누군가의 도움을 받아야만 한다는 소린데…, 과연 누구에게 도움을 요청하는 게 가장 좋을까?

제일 먼저 떠오른 사람은 교주였다. 그도 자신의 딸이 납치된 만큼, 장인걸의 손아귀에서 딸을 구하기 위해 최선을 다할 게 분명했다.
　하지만 그렇게 생각을 하면서도 패력검제는 선뜻 교주에게로 달려갈 수가 없었다. 정파의 명숙인 자신이 교주에게 매달린다는 게 자존심이 허락지 않았다.
　그리고 지금까지 그가 들어왔던 마교에 대한 선입관도 크게 작용했다. 마교는 음모와 귀계가 난무하는 철혈의 세계라 하지 않던가. 그런 아수라장 속에서 교주까지 되었을 정도라면 보통 냉혹한 성격을 지니지 않고서는 불가능하리라. 더군다나 그는 전임 교주였던 장인걸을 내쫓고 교주가 된 인물이었다. 한중길 교주를 내쫓고, 교주가 되었을 정도로 교활하기 짝이 없는 장인걸을 상대로 말이다.
　'최악의 상황이 닥쳤을 때, 그는 딸의 목숨을 택할까? 아니면……'
　답은 이미 정해져 있었다. 교주가 지금이야 저렇게 다정다감한 성격으로 위장하고 있지만, 상황이 여의치 않으면 딸의 생명 따위는 헌신짝 버리듯 포기해 버릴 게 뻔했다. 그리고 그 선택에 의해 자신의 아들 목숨까지 함께 날아가게 될 것이다.
　"그와 함께 움직이는 것보다는, 나는 나대로 다른 길을 모색해 보는 게 나을지도 모르겠군."
　그렇게 생각하고 나니, 자신이 가야 할 곳이 명확하게 드러났다. 그곳은 바로 무림맹이었다. 먼저 맹주에게 청을 넣어본 다음, 만약 맹주가 자신의 청을 거절한다면 그때는 교주에게로 가는 수밖에 없으리라.

　　　　＊　　＊　　＊

"패력검제가 찾아왔다고?"

맹주의 물음에 접객원주는 고개를 조아리며 대답했다.

"예, 맹주님. 맹주님을 뵙기를 청하고 계십니다."

"그가 노부를 왜 찾아왔을……."

순간 맹주의 머릿속을 스치는 생각이 있었다. 이번에 장인걸에게 납치된 것은 진팔만이 아니지 않은가. 패력검제의 아들 역시 납치되었으니 말이다.

맹주는 접객원주에게 지시했다.

"노부가 지금 급히 처리해야 할 일이 있어서 시간을 내기 힘드니, 잠시만 기다리시라고 전하게."

"예, 맹주님."

"맹 내에서 가장 좋은 숙소로 안내해 불편함이 없도록 하게. 알겠나?"

"최선을 다하도록 하겠습니다."

접객원주를 돌려보내자마자 맹주는 감찰부주를 급하게 불러들였다.

"이 일을 어떻게 처리하는 게 좋을꼬?"

"깊게 생각하실 게 뭐가 있겠습니까? 굴러들어온 호박이니, 이용해 먹으면 그만이지요."

"그러다가 그가 교주에게로 가면 어떻게 하고?"

감찰부주는 별것 아니라는 듯 대답했다.

"너무 걱정하실 필요 없습니다, 맹주님. 진팔이가 교주의 혈육이라는 사실을 그가 어떻게 알겠습니까? 그걸 모르니 이리로 달려온 것이겠지요."

감찰부주의 말에 맹주의 얼굴이 환하게 밝아졌다.

"오호, 듣고 보니 그렇구먼. 이것도 다 원시천존님의 뜻인가 보구먼."

"그에게 아들을 구출하는 것에 맹에서 최선을 다해 돕겠다고 말하시요."

"하지만 그건 거짓말이 아닌가?"

묵향과의 밀약으로 인해, 조만간에 맹주는 장인걸과 비밀협약을 맺을 계획이었다. 그 말은 곧 인질 구출처럼 장인걸을 자극할 수 있는 행동은 처음부터 할 수 없다는 말과도 같았다.

하지만 감찰부주는 별것 아니라는 듯 대꾸했다.

"말로만 그렇게 약조해 주시면 됩니다. 그가 어찌 알겠습니까?"

"괜찮을까?"

"심려하지 마십시오."

감찰부주의 말에 맹주는 결심한 듯 고개를 끄덕이며 말했다.

"좋아. 그렇다면 지금 당장 그를 만나 봐야겠구먼."

* * *

묵향은 떨떠름한 표정을 감추지 못했다. 자신을 찾아온 손님이 보기 드문 미모를 지닌 아름다운 여인임에도 불구하고 말이다.

"본좌는 옥화무제와의 면담을 원했었는데?"

매영인은 예상했던 상대의 반응에 저도 모르게 미소 짓지 않을 수 없었다. 아마 자신이 기억하는 한, 이 사람처럼 변하지 않는 사람도 없다. 겉모습부터 시작해서 단도직입적인 그 성격까지. 어떻게 자신이 바로 코앞에 서 있는데도 불구하고 저런 말을 할 수가 있단 말인가.
"아무리 제가 마음에 안 드신다고 하셔도 보자마자 이렇게 면박을 주시니 얼굴이 다 화끈거리네요."
"아, 실례. 네가 마음에 안 들어서 그런 건 아니었어. 자, 그쪽에 앉지."
자리에 앉은 매영인은 공손한 어조로 자신이 찾아올 수밖에 없었던 이유를 밝혔다.
"할머니께서 많이 편찮으셔서 제가 대신 왔어요. 제 공식 직책은 무영문의 부문주니까 할머니를 대신해서 교주님과 면담할 수 있는 자격은 충분하다고 생각되는데요."
매영인의 말에 묵향의 표정은 한결 누그러졌다. 아마도 그녀의 변명을 받아들인 모양이었다.
"먼 길을 달려오느라 고생이 많았겠군."
"그렇게 힘들지는 않았어요. 올라오면서 본 경치도 정말 아름다웠구요."
묵향은 수하에게 명령해 다과와 술, 그리고 음식을 가져오라고 시켰다. 곧이어 음식이 날라져 왔는데, 산 속이라 그런지 조촐하기 짝이 없었다.
"자, 이거 보기보다 꽤 맛있어. 먹어 봐."
통으로 구운 토끼의 다리를 쭉 찢어서 건네는 묵향의 소탈함(?)에 매영인은 미소를 지었다. 그리고 이 단순한 무인의 뜻하지 않은

환대에 그녀는 한결 마음이 놓였다. 할머니가 비급을 가지고 장난쳤다는 것을 그녀도 알고 있었기에 여기까지 오면서 묵향에게 어떤 문책을 당할 것인지 간이 조마조마 했었던 것이다.
"저, 실은 사과드리러 왔어요."
"사과? 그게 무슨 말이야?"
"교주님께서 맹주께 부탁하신……."
하지만 매영인의 말은 묵향에 의해 가로막혔다. 그는 손을 들어 그녀의 말을 막으며 별것 아니라는 듯 말했다.
"지금까지 무영문에 신세진 게 얼마나 많은데 겨우 그런 것 가지고 본좌가 뚱해 있겠나. 본좌를 그렇게 속 좁은 인간으로 알고 있었다니, 이거 정말 섭섭한데?"
은근한 질책에 매영인은 다급히 고개를 조아리지 않을 수 없었다.
"죄, 죄송합니다, 교주님."
"하하핫, 이거 농담도 못하겠군."
너털웃음을 터뜨리는 묵향은 아주 기분이 좋은 듯 보였다. 그는 매영인에게 이번 일만 잘 해결되면 무림맹에 제공한 것과 똑같은 사본을 무영문에도 주겠다는 약속까지 했다. 과거 그녀와의 혼사마저 마다했던 묵향이었는데, 마음 한 구석에는 그녀에 대한 정이 있었던 것이었을까? 매영인을 대하는 묵향의 태도에는 꽤나 배려가 넘치고 있었던 것이다.

교주와 면담을 마친 뒤 무영문으로 돌아간 매영인은 옥화무제의 방부터 찾아갔다. 옥화무제는 그때까지도 몸져 누워있었다. 의생이 홧병이라고 하는 걸 보면, 비급을 잃은 충격이 크긴 컸던 모양이다.

옥화무제는 매영인을 보자 억지로 몸을 일으켰다.

"교주는 만나 봤느냐?"

"예, 할머니."

"그래, 그가 뭐라고 하더냐?"

몸이 아프기도 했지만, 그녀가 직접 가지 않은 것은 자신이 지은 죄 때문이었다. 묵향이 자신을 찾은 이유가 뻔한데, 구태여 대별산 맥까지 찾아가서 욕을 듣고 싶었겠는가. 그래서 그녀는 몸이 아프다는 핑계로 손녀를 대신 보냈다. 그런 만큼 교주의 반응이 신경이 쓰일 수밖에 없다.

"별말씀 없으셨어요. 본문에 신세진 게 얼마나 많은데, 그 정도 가지고 속 좁게 따지겠느냐는 말까지 하셨죠."

생각지도 못했던 매영인의 말에 옥화무제는 고개를 갸웃하지 않을 수 없었다.

"이상하네. 그럴 인간이 아닌데……?"

"아니에요."

매영인은 묵향과의 면담 내용을 아주 상세하게 옥화무제에게 들려 줬다. 마지막에는 이번 일만 잘 해결되고 나면, 옥화무제가 그토록 갈구했던 비급들의 사본까지 제공할 용의가 있다는 것까지.

비급을 얻을 수 있게 되었다는 말에 옥화무제의 입이 벙긋 귀밑에 걸렸다. 그토록 원했던 일이 이뤄졌으니, 지금 당장 죽어도……. 아니, 그런 거라면 다시 생각해 봐야 하겠지만, 어쨌건 그녀로서는 너무나도 기뻤던 것이다.

옥화무제는 언제 자신이 앓았냐는 듯 자리에서 털고 일어나 정원으로 나갔다.

"오랜만에 같이 다과나 함께 할까? 향긋한 차가 마시고 싶구나."

"예, 할머니. 기운 차리신 모습을 다시 뵙게 되어 너무 좋네요."

"다 네 덕분이다. 정말 수고했다."

이렇게 화기애애한 조손간의 한때를 보낸 후, 매영인이 돌아가고 혼자 남게 되자 옥화무제의 영활한 머리는 저절로 빠르게 회전하기 시작했다.

요 근래 욕심에 눈이 멀어 정상적인 사고를 하지 못했던 그녀다. 하지만 지금은 다르다. 그녀가 그토록 원했던 것을 얻게 된 지금, 그녀의 눈을 가리고 있던 집착에서 벗어날 수 있었다. 속박에서 벗어난 그녀의 머리는 그 어느 때보다도 민첩하게 움직이기 시작했다.

그리고 찾아냈다. 뭔가 앞뒤가 안 맞는 부분을.

잠시 고개를 갸웃하던 그녀는 무슨 생각이 떠올랐는지 자리에서 벌떡 일어서며 마치 비명이라도 지르듯 소리쳤다.

"가만! 그게 아니잖아!"

일순 옥화무제의 안색이 핼쑥하게 질렸다. 매영인은 감쪽같이 속아 넘어갔지만, 노회하기 짝이 없는 옥화무제는 눈치를 챈 것이다. 묵향이 그녀를 아니, 무영문을 통째로 중원에서 없애버리려고 하고 있다는 것을.

그녀는 당장 총관을 불러들였다.

"찾으셨습니까, 태상문주님."

"본문의 존망이 걸린 일이에요."

그러면서 옥화무제는 방금 전 매영인에게 들었던 묵향과의 대화 내용을 자세히 말해 줬다. 하지만 이야기를 모두 듣고 난 총관은 별것 아니라는 듯 대꾸했다.

"태상문주님의 혜안(慧眼)을 속하가 감히 의심하는 건 아닙니다만, 비약이 너무 심한 건 아닐까요?"

옥화무제는 단호하게 고개를 가로저으며 말했다.

"그건 절대로 아니에요. 나도 한동안은 그가 비급을 넘겨준다는 말에 들떠서 아무런 생각도 안 났을 정도니까요. 하지만 냉정하게 생각해 보세요. 그가 지금껏 이런 식으로 아무런 이유도 없이 뭔가를 주겠다고 했던 적이 있었나요?"

잠시 생각해 보던 총관은 어색한 어조로 대답했다. 그런 적이 단 한 번도 없었으니 말이다.

"태상문주님의 말씀이 옳으십니다. 그분께서는 그만큼의 일을 수행해 드렸을 때, 그에 상응하는 대가를 지급해 주셨지요."

"그는 절대로 선심성 발언을 남발하는 사람이 아니에요. 그가 해 주겠다고 했으면 무슨 일이 있어도 해 줬어요. 대신 그가 그런 약속을 할 때는 언제나 이유가 있었죠. 이번처럼 아무런 이유 없이 뭔가를 주는 일은 절대로 없었다는 말이에요."

이제 함정은 만들어졌고, 장인걸이 거기에 걸려드는 것을 기다리는 일만 남았다. 즉, 무영문이 앞으로 묵향을 위해 해 줄 일은 전혀 없다고 해도 과언이 아니었다.

상황을 정리해 보던 총관은 한숨을 푹 내쉬며 중얼거렸다.

"정말 냉혹한 분이시로군요."

"그런 사람이니까 철혈의 세계에서 정점에 설 수 있었던 거겠죠. 일견 아주 관대한 사람인 듯 보여도 그건 미래를 함께 할 사람들인 경우에 한해서예요. 일단 아니라고 판단하면, 그는 그 누구보다도 잔인해질 수 있는 사람이죠."

그걸 잘 알고 있으면서도 그녀가 묵향의 역린(逆鱗)을 건드리게 된 것은 비급에 대한 욕심 때문이었다. 워낙 엄청난 가치를 지닌 비급들이었기에 그녀의 눈이 완전히 뒤집혔던 것이다.

"그래도 정말 의외로군요. 본문과 오랜 세월 거래를 맺어오셨는데, 이토록 매정하게 끊어 버릴 생각을 하시다니. 더군다나 본문과는 불가침협정까지 맺지 않으셨습니까?"

"본녀도 그걸 과신했다는 걸 부인하지는 않겠어요. 하지만 아쉽게도 그는 그런 종잇조각 따위로 얽어맬 수 있는 인물이 아니에요. 더군다나 그 협정서 역시 그가 원해서 써 준 건 아니었잖아요."

옥화무제는 한숨을 푹 내쉬더니 계속 말을 이었다.

"이제 시간이 얼마 남지 않았어요. 그는 흑살마왕을 없앤 후 곧바로 나를 아니, 본문을 멸하려고 들 거예요. 흑살마왕을 없앤 후에 비급을 주겠다는 약속을 한 건, 그때까지 아무 짓도 하지 말고 얌전히 기다리고 있으라는 뜻이겠지요."

이렇게 말한 옥화무제는 총관의 눈을 정면으로 응시하며 질문을 던졌다.

"자, 이 난관을 어떻게 헤쳐 나가는 게 좋을까요? 추밀단주와 상의하기에 앞서 총관의 의견부터 듣고 싶었어요."

그만큼 옥화무제가 총관을 신뢰하고 있다는 말이었다. 사실, 그녀가 그동안 수립한 대부분의 계책들은 총관과 상의해서 수립된 것들이었고, 또 총관에 의해 실행되어 왔으니까.

"무림맹에 도움을 청하는 것은 어떻겠습니까?"

마지막에 봤던 맹주의 그 싸늘했던 눈동자를 떠올리며 옥화무제는 고개를 가로저었다.

"아마도 맹주는 도와주지 않을 거예요."

무슨 일이 있었는지는 모르겠지만, 옥화무제가 아니라고 하면 아닐 것이다. 순간, 총관의 얼굴에 난감함이 어렸다. 무림맹이 도와주지 않는다면 도대체 누가 자신들을 도울 수 있다는 말인가.

잠시 고민하던 총관이 문득 입을 열었다.

"교주께서 본문에 대한 적대감을 공공연히 드러내지 않고 있는 만큼, 아직까지는 기회가 있지 않을까요? 다시 한 번 정중히 용서를 구해 보는 건 어떻겠습니까?"

하지만 옥화무제는 고개를 단호히 가로저으며 대꾸했다.

"이미 엎질러진 물이에요. 그처럼 융통성 없는 사람은 한 번 결단을 내리면 절대로 번복하지 않는다는 걸 총관도 잘 알잖아요."

"번복할 수 있을지도 모릅니다. 그분께 압력을 행사할 수 있을 만큼의 발언권을 지니고 있는 사람을 찾아내기만 한다면요."

옥화무제는 잠시 생각에 잠겼다. 총관의 의견이 일리가 있긴 했지만, 묵향에게 압력을 행사할 만한 인물이 없다는 게 문제였다. 소연은 장인걸에게 잡혀 갔고, 의형제를 맺은 만통음제는 행방불명이다.

"참, 그러고 보니 그의 아버지라는 사람이 있었죠?"

옥화무제의 말에 총관은 기억을 되살리며 대답했다.

"아, 얘기는 들었습니다. 하지만 협정서를 맺을 당시 잠시 모습이 포착되었을 뿐, 더 이상 그분의 모습은 어디에서도 발견되지 않았습니다. 아마 십만대산에 있는 게 아닐까요?"

십만대산이라는 말에 옥화무제의 가슴은 더욱 답답해졌다. 워낙

거리가 멀어 왕복하는 데도 엄청난 시간이 걸리지만, 문제는 그곳이 비집고 들어갈 틈이라고는 단 한 치도 찾아낼 수 없는 철옹성이라서 은밀히 접촉하여 청탁을 넣기가 거의 불가능하다는 데 있었다. 천하의 무영문에서 첩자를 단 한 명도 침투시키지 못한 곳이 바로 마교 총단이었으니 말이다.

옥화무제도, 총관도 그들이 찾고 있는 대상에 마화가 포함될 수 있다는 사실은 전혀 짐작조차 하지 못하고 있었다. 그들은 마화를 그렇게까지 비중 있는 인물로 생각하지를 않았던 것이다. 그들이 본 마화는 마교의 살림꾼이 아니라, 흑풍대의 부대주일 뿐이었으니까.

"해결할 수 있는 방법이 전혀 없다면, 우리가 선택할 수 있는 건 하나뿐이겠군요."

"……."

그 말을 끝으로 깊은 침묵이 이어졌다. 입을 열어 그 선택이 무엇이냐는 말을 못하고 있을 뿐, 두 사람은 지금 같은 생각을 하고 있었다. 이제 남은 길은 단 하나뿐이라는 것을. 그것은 바로 전력을 다해 묵향을 없애는 것, 그것 외에 다른 방법은 없었다.

오랜 침묵을 깨고 옥화무제가 입을 열었다.

"대별산맥의 마교 집결지를 편복대에 노출시키도록 하세요."

"그, 그러다 교주께서 눈치라도 채게 되면 돌이킬……."

옥화무제는 단호하게 말했다.

"더 이상 미련을 가지지 말아요. 그와는 이미 건널 수 없는 강을 건너버린 상태니까요."

"지시대로 이행하도록 하겠습니다."

"참, 추밀단주를 불러 주세요. 은밀하게."

"예."

총관이 밖으로 나가자 그녀는 주전자를 들고 마치 기갈이라도 든 듯 마지막 한 방울까지 벌컥벌컥 들이켰다. 하지만 목이 바짝 타 들어가는 듯한 그녀의 갈증은 전혀 가시지 않았다.

시녀를 불러 차를 더 가져다 놓으라고 지시한 다음, 그녀는 자리에 앉아 추밀단주를 기다렸다. 현재 그녀가 가장 믿을 만한 사람은 추밀단주뿐이었다. 그녀는 일부러 이 일에서 손녀인 매영인을 배제했다. 그녀는 다음에 써먹을 데가 있기에.

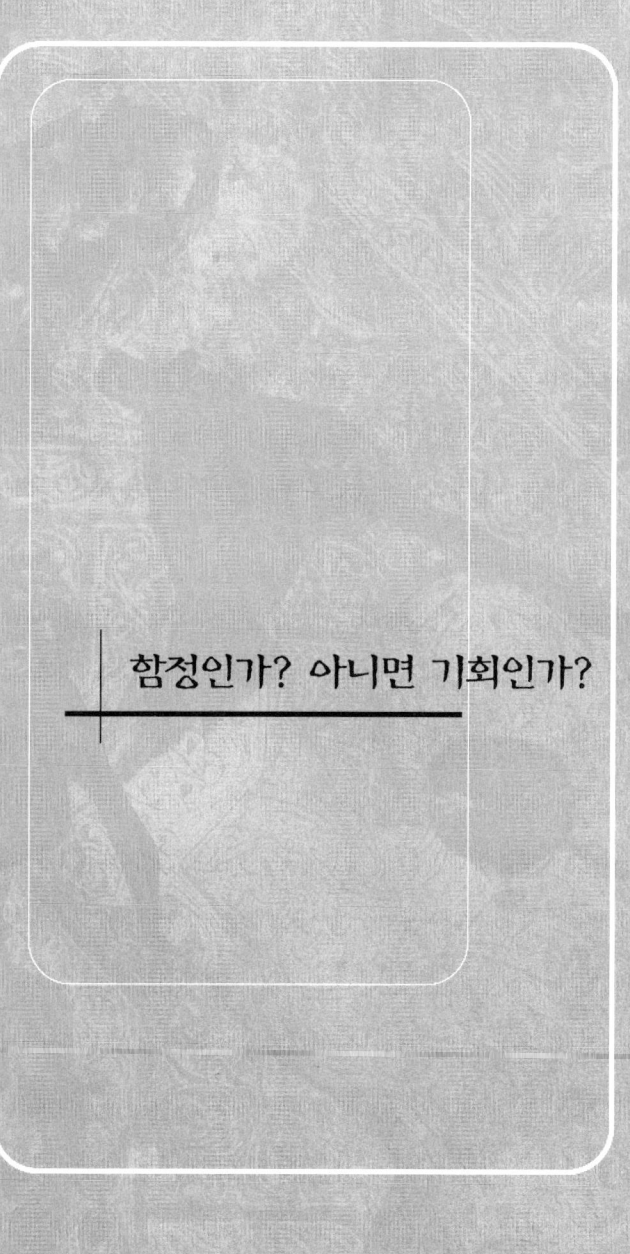
함정인가? 아니면 기회인가?

26

최후의 결전

마교에서 비급들을 입수할 수 있게 된 것은 좋았지만, 그로 인해 맹주에게는 한 가지 고민이 생겼다. 약조한 대로 장인걸에게 밀사를 파견해야 하는데, 그게 말처럼 쉬운 게 아니었기 때문이다.
 맹주는 수심이 가득한 표정으로 중얼거렸다.
 "흑살마왕에게 누구를 보내는 게 좋을꼬?"
 참으로 어려운 선택일 수밖에 없었다. 이게 제대로 된 협정이라면 상관없겠지만, 그게 아니니 문제인 것이다. 즉, 사자로 파견된 사람이 살아서 돌아올 가능성은 전혀 없었던 것이다.
 "제가 가겠습니다, 맹주님."
 보다 못한 청호진인이 자청했지만, 맹주는 고개를 가로저었다. 하지만 청호진인은 끈질겼다.
 "아무나 보낼 수도 없는 노릇이 아닙니까. 흑살마왕이 바보가 아닌 이상, 맹주님의 최측근이 아닌 인물이 사자로 온다면 의심할 게 뻔하겠지요. 그러니 저를 보내 주십시오."
 맹주는 다시 한 번 힘겹게 고개를 가로저었다. 그 모습을 본 감찰부주 역시 간곡한 음성으로 청했다.
 "사형이 안 된다면 저를 보내……."
 "어허, 너희 두 사람은 절대 안 된다. 마교에 마령섭혼심법(魔靈

攝魂沁法)이 있음을 벌써 잊었더냐?"

 맹주의 지적에 두 사람은 아차 하는 표정을 지었다. 마령섭혼심법은 상대의 마음을 조종할 수 있다는 악질적인 마공이다. 그걸 이용해서 대상의 심지를 제압한 후, 맹 내의 기밀사항들을 물어본다면 어떤 일이 벌어지겠는가. 특히, 이번 일이 함정인지 아닌지 캐내 보기라도 한다면 시작도 하기 전에 들통 날 게 뻔했다.

 정순한 내공을 쌓은 도인에게는 그런 사악한 마공이 전혀 통하지 않는다는 게 지금까지의 정설이었다. 하지만 장인걸이 그 마공을 쓸려고 마음만 먹는다면, 편법이 없는 것도 아니라는 게 문제였다.

 일단 단전을 파괴해서 내공을 흩어 버린 다음, 고문을 통해 정신까지 황폐화시킨 후라면 아무리 도사의 할아버지라 할지라도 마령섭혼심법의 제물이 될 수밖에 없으리라.

 인질을 온전한 상태로 돌려보내야 한다면 그런 악독한 수법을 쓰지 않겠지만, 일단 인질로서의 가치를 상실하는 순간 장인걸이 무슨 짓을 할지는 아무도 모르는 노릇이었다.

 그렇다면 맹의 일에 대해 그리 많이 알고 있지 않은 사람이 적임자라고 봐야 했다. 그렇다고 맹주의 측근이 아닌 사람을 밀사로 보내자니 장인걸이 의심을 할 게 뻔하고……. 이래저래 고민인 것이다.

 잠시 말이 없던 감찰부주가 어렵게 입을 열었다.

 "만수 사제를 보내는 것이 어떻겠습니까?"

 "만수를 말이더냐……?"

 "사제는 맹 내의 일에 대해 거의 아는 게 없으니 만약 최악의 상황이 발생한다고 해도 흑살마왕이 캐낼 수 있는 건 그리 많지 않을 겁니다."

 만수진인은 맹주의 측근이기는 했지만, 장로회의에서 듣는 정도를 제외하면 깊은 정보는 거의 알고 있지 못했다. 어쩌면 감찰부주는 처음부터 만수진인을 밀사로 보낼 생각이었는지도 모른다. 그에게 이번 일에 대해 그 어떤 언질도 주지 않았던 것을 보면 말이다.

 순간 맹주의 눈시울이 뜨거워졌다. 아끼던 사질들 중 하나를 희생해야만 하다니……. 하지만 운이 좋다면 살아서 돌아올 가능성도 있었다. 장인걸이 오판을 해 주기만 한다면.

 "무량수불…, 잘되어야 할 터인데……."

 맹주의 부탁에 만수진인은 군소리 한 마디 하지 않고 장인걸이 있는 곳을 향해 달려갔다. 호위는 물론이고 수행원이나 짐꾼 또한 없었다. 다만, 그의 품속에 맹주가 장인걸에게 전하는 두툼한 서신 한 통만이 들어 있을 뿐이었다. 절대적인 비밀을 유지하기 위함이었다.

 "무슨 일이 있더라도 이걸 흑살마왕 본인에게 직접 전해라."

 "만약, 피치 못할 사정이 있어서 전하지 못하게 된다면 저는 어떻게 해야 합니까?"

 "그래도 반드시 전해야만 한다. 그 때문에 노부가 너를 택한 거니까."

 자신에 대한 사숙(師叔)의 굳건한 믿음에 만수진인은 가슴이 벅차올랐다.

 "무슨 일이 있더라도 이 서신을 흑살마왕에게 전하도록 하겠습니다."

"부탁하마. 무림의 안녕은 물론이고, 무당의 미래가 걸린 일이다."

"명심하겠습니다, 맹주님."

소중하게 품속에 서신을 집어넣은 만수진인은 서신의 내용이 뭔지는 몰라도, 무슨 일 때문에 맹주가 이 서신을 장인걸에게 전하려고 하는 것인지는 내심 짚이는 바가 있었다.

며칠 전 있었던 장로회의에서 맹주는 교주가 어떤 일을 무림맹에서 행해 주기를 원하고, 그 대가로 지금까지 마교에서 약탈해 보관하던 모든 정파 무공 비급의 사본을 지급할 용의가 있음을 밝혔다. 물론 이때 맹주는 비밀이라면서 교주가 구체적으로 어떤 일을 해 주기를 원하는지는 밝히지 않았었다. 대신 그 일이 그리 어려운 것이 아니며, 맹의 위상에 전혀 해가 되지 않을 것이라는 점만은 분명히 했었다.

'이상한 일이군. 교주가 그렇게 엄청난 대가를 치른다고 하기에 흑살마왕과 하루 빨리 전면전이라도 벌여 달라는 주문인 줄 알았는데……. 그렇다면 이건 도대체 뭐지?'

품속 깊숙이 들어 있는 두툼한 서신은 제법 묵직한 무게감을 주고 있었다. 하지만 그 내용이 뭔지를 알 수 없는 만큼, 장인걸에게 이것을 전한 후에 어떤 일을 겪게 될지 알 수가 없었다. 미래의 불확실성에 대한 심적 부담감이 더욱 그의 가슴을 무겁게 짓눌렀다.

'몰래 뜯어볼까?' 하는 마음이 없었던 것은 아니지만, 그는 그 생각을 실행에 옮기지 못했다. 봉인(封印)이 되어 있기도 했지만, 사숙의 자신에 대한 믿음을 이런 하찮은 일로 저버릴 수는 없다고 생각했기 때문이다.

*　　*　　*

 신황제를 선출할 때가 되자, 지금까지 부족연합식의 느슨한 통치 체제를 구축하고 있었던 금나라의 한계가 곧바로 드러났다. 각 부족 간의 숨겨져 있던 갈등과 그 와중에 드러나기 시작하는 부족장들의 이기심이 그것이었다.
 "멍청한 것들, 그렇게 자기 생각밖에 안 하다니……."
 생각 같아서는 거슬리는 부족장들을 몽땅 다 죽여 없애 버렸으면 속이 시원하겠지만, 그렇게 간단히 처리할 만큼 그들이 만만한 상대는 아니었다. 그들은 '금'이라는 나라가 세워지기 훨씬 이전부터 여진 사회를 이끌어 가던 지배 계층이었고, 또 오랜 세월에 걸쳐 서로 간에 혼약을 통해 끈끈한 유대감을 형성하고 있었다.
 물론 장인걸이 그들을 몽땅 다 처형해 버린다면 당장 반란이 일어날 가능성은 거의 없어지겠지만, 자칫 여진 사회 귀족층 전체를 적으로 돌리게 될 우려는 있었다. 동료 부족장들이 죽어 나가는 걸 보고, 그 다음은 자기 차례라는 위기감을 지니게 된다면 귀족층 전체가 흔들리게 될 것은 자명한 사실. 그리고 그런 내부의 갈등은 치명적인 결과를 낳을 수밖에 없었다. 특히나 이런 위급한 상황에서는…….
 그렇기에 장인걸은 애써 성질을 죽이고 그들을 회유하는 데 최선을 다하고 있는 것이다. 이것은 죽여 없애는 것에 비해 훨씬 많은 시간을 필요로 할 뿐만 아니라, 난이도가 더 높은 작업이었다. 철혈의 세계에서 성장한 단순무식한 장인걸에게는.
 "지금은 모두들 동요하고 있사오나, 황제의 즉위식이 끝난 후에는 빠르게 안정을 되찾게 될 것이옵니다."

"하루라도 빨리 그렇게 되었으면 좋겠구나."

이렇게 말을 하면서도 장인걸은 답답하다는 듯 의자 손잡이를 꽉 움켜쥐었다. 튼튼한 참나무로 만든 의자였음에도 불구하고, 그의 손가락은 거칠게 나무 속으로 파고들었다.

"고정하시옵소서, 교주님."

편복대주의 말에 장인걸은 그제서야 자신이 무심결에 의자를 부수고 있음을 깨달았다. 그는 손가락에 힘을 풀며, 화제를 다른 것으로 돌렸다. 여진족 놈들 얘기만 나오면 혈압이 올랐으니까.

"참, 요즘 놈의 동태는 어떠한가?"

장인걸이 실명을 거론하지 않고 다짜고짜 '놈'이라는 식으로 부르는 자는 단 한 명밖에 없었다. 그것은 아마도 그가 묵향이라는 이름을 자신의 입으로 내뱉기 싫었기 때문이리라.

"그, 그게······."

머뭇거리는 편복대주의 모습에 장인걸의 눈이 실쭉 가늘어졌다. 지금 당장 전쟁이 터진다고 해도 전혀 이상하지 않을 상황이 아닌가. 황성이 놈에게 털린 후, 놈의 움직임을 철저히 추격하라고 신신당부하지 않았던가. 그런데 아직까지도 자신의 명령이 지켜지지 않고 있다니······. 안 그래도 여진족 놈들 때문에 짜증이 나 있던 상태였다. 장인걸의 얼굴이 분노로 일그러지기 시작했다.

"설마···, 지금 놈이 어디에 있는지조차 파악하지 못하고 있는 것은 아니겠지?"

화가 머리끝까지 치밀어 오른 듯한 장인걸의 질책에 편복대주는 몸 둘 바를 몰라 하며 바닥에 넙죽 엎드렸다.

"송구스럽습니다, 교주님. 제발 고정하시기를……. 워낙 무공이 고강한 자라, 도저히 추격할 수가 없었사옵니다."

장인걸이 보기에 놈은 겉보기와 달리 아주 교활하기 짝이 없었다. 놈은 강력한 무력을 지니고 있음에도 불구하고, 정면대결을 즐기지 않았다. 아니, 비열하게 최대한 적의 빈틈을 노려 뒤통수치는 걸 더욱 좋아했다. 그전에도 그런 식으로 뒤통수를 맞아서 십만대산에서 쫓겨나지 않았던가.

더군다나 놈은 일전의 전투로 인해 막심한 전력 손실을 입은 상태였다. 그리고 그때의 전투 이후로 꽤나 많은 시간이 흘렀다. 손실을 입은 전력을 보충하기 위해 마교의 정예를 몽땅 다 양양성 방면으로 이동하고도 시간이 남을 정도로.

장인걸의 시선이 빠른 속도로 지도 위를 달리기 시작했다. 그의 표정에는 씁쓸함이 묻어 나왔다. 똑같은 수법에 두 번이나 당할 수는 없지 않겠는가.

하지만 그런 장인걸의 마음을 알 리 없는 편복대주는 눈치를 살피며 조심스럽게 입을 열었다.

"몇 군데에서 부교주에 대한 정보를 입수하기는 했사온데, 아직 확인되지 않은 정보라 교주님께 말씀 올리지 못한 것이옵니다."

혹시나 하는 마음에 장인걸은 편복대주에게 명령을 내렸다.

"확인되지 않은 거라고 해도 상관없다. 말해 보거라."

"예. 여러 가지 정보가 있었사오나, 그중에서 가장 신빙성이 높은 것은 그가 십만대산으로 되돌아간 것이 아닌가 하는 것이옵니다."

편복대주의 말에 장인걸은 어이없다는 듯 되물었다.

"십만대산에? 거기에 갔다는 게 왜 가장 신빙성이 높다는 것이냐?"

 "다른 곳에서는 그자의 모습을 전혀 찾을 수가 없었다는 게 첫 번째 이유이옵니다. 그리고 두 번째는 그 정보가 꽤나 공신력이 있는 곳에서 획득한 것이라는 것이옵고, 세 번째는 그자가 이동할 수밖에 없었던 이유를 제대로 설명하고 있는 유일한 정보인지라……."

 "그래, 뭣 때문에 놈이 십만대산으로 갔다고 하더냐?"

 "예. 이번에 엄청난 피해를 입은 만큼, 장로들의 반발을 무마해야 할 것이 아니겠사옵니까? 부교주가 올해 안으로 전쟁을 끝내지 못한다면, 십만대산으로 완전히 철수하겠다고 장로회에서 선언했다고 하더군요."

 편복대주의 보고에 장인걸은 떨떠름한 표정으로 대꾸했다.

 "흥! 말도 안 되는 소리."

 "예? 이건 무림맹 내에서도 꽤나 고위급에서 흘러 들어온 정보이옵니다."

 "너는 십만대산에서 성장하지 않았기에, 그런 엉터리 정보를 믿었던 것이겠지. 본교에서 교주의 권위는 절대적이다. 교주가 장로들에게 양해를 구하는 일 따위는 결단코 일어나지 않아. 수하들은 교주의 명을 목숨이 다할 때까지 완수하기만 하면 되는 것이야. 설혹, 교주가 잘못된 명령을 내렸다고 하더라도."

 "하, 하지만 그렇게 하면 장로들이 반발할 수도 있지 않겠사옵니까?"

 장인걸은 주먹을 꽉 쥐며 대답했다.

 "그 정도는 힘과 공포로 억누르면 된다. 물론 그러다가 자신의 능력이 모자라면 수하들에 의해 축출당할 수 있겠지. 하지만 그것도 다 그자의 힘이 모자라는 것일 뿐, 더 이상 무슨 변명이 필요하겠느냐."

"그렇다면 그가 십만대산으로 돌아간 이유가……?"

장인걸은 생각할 것도 없다는 듯 확언했다.

"십만대산에 있는 모든 병력을 꺼내 이쪽으로 집결시키기 위해서겠지. 아니, 그따위 일로 놈이 직접 거기까지 달려갔을 리 없다. 명령서만 보내도 충분하니까 말이야. 그편이 편리할 뿐더러, 훨씬 빠르지 않겠느냐?"

장인걸은 벽에 걸려 있는 커다란 지도 쪽으로 시선을 획 돌리며 계속 말을 이었다.

"이렇게 많은 시간을 투자하여 수색했음에도 불구하고 아직 비밀분타를 발견하지 못했다는 것은, 놈이 그런 곳에서 허송세월하지 않고 있다는 뜻이겠지."

장인걸은 양양성 일대의 몇 군데를 손가락으로 짚으며 말했다.

"지금쯤이라면 이 일대 어딘가에 마교의 모든 전력이 집결되어 있을 게다. 그런 식으로 뒤통수를 치는 게 놈의 장기니까."

과거 십만대산을 기습당했을 때도, 그는 놈의 주력부대가 이동하고 있다는 걸 눈치조차 채지 못했었다. 그는 똑같은 일을 두 번씩이나 당할 만큼 멍청한 인물은 절대로 아니었다.

편복대주는 슬쩍 장인걸의 눈치를 살핀 후 자신의 의견을 제시했다.

"만약 모든 병력을 꺼냈다면…, 그렇다면 십만대산이 텅 비어 있을 게 아니겠사옵니까? 집결지를 찾는다고 시간 낭비를 할 것이 아니라, 지금 당장 병력을 투입해 빈집을 터는 것은 어떻겠사옵니까?"

꽤 타당한 의견이었지만, 그건 마교의 현실을 모르는 계책이었다.

"구양운 장로에게서 듣지 못했느냐? 십만대산이 지금껏 단 한 번도 외세의 침략을 불허한 이유는, 그곳이 천혜의 요새라는 점도 있지만 원로원(元老阮)의 존재 때문이야. 원로원이 보유한 무력은 본교 전체 무력의 3할에 달하지. 모두들 과거에 한가락씩 했던 놈들이 은퇴해서 원로원에 들어가는 거니까 당연한 것이 아니겠느냐?"

전체 무력의 3할에 달한다는 말에 편복대주는 경악감을 감추지 못했다.

"어마어마한 전력이로군요. 그런데 어찌하여 속하가 아직까지 원로원의 존재를 듣지 못했는지……?"

"원로원은 교주의 명령을 받지 않아. 그리고 그 어떤 공격에도 가담하지 않지. 원로원이 움직이는 경우는 단 한 가지, 십만대산이 적의 공격에 노출됐을 때뿐이야."

"그래서 여태껏 외부에……."

"교주가 중원 정벌을 하겠답시고 모든 고수들을 이끌고 나가서 몽땅 다 죽어 버렸다고 해도 그게 본교의 패망으로 연결되지 않은 이유지. 이제 알겠느냐?"

"예, 교주님."

"편복대의 총력을 동원해서라도 놈을 반드시 찾아내라!"

"존명!"

이때, 밖에서 가벼운 문 두드리는 소리가 아주 작게 들려왔다. 장인걸은 살짝 눈살을 찌푸렸다. 이에 찔끔한 편복대주는 장인걸의 양해를 구한 다음 급히 문 쪽으로 달려갔다. 회의 도중에 방해

받는 걸 장인걸은 대단히 싫어했다. 흐름이 끊어지기 때문이다.

누군가와 잠시 소곤거리던 편복대주가 급히 장인걸에게 돌아왔다. 그가 뭐라고 말을 꺼내기도 전에 장인걸이 먼저 입을 열었다. 그의 예민한 귀는 이미 편복대주가 문 앞에서 주고받은 말을 빠짐없이 들었던 것이다.

"도대체 만수라는 말코가 누군데 나한테까지 보고가 올라온단 말이더냐?"

"무당파의 전대고수들 중 한 명인 만수진인이옵니다."

편복대주의 말에 장인걸은 그제서야 그가 누군지 떠올릴 수 있었다. 그는 무림맹의 장로로서 맹주의 최측근들 중 한 명이었다.

"그를 본좌가 만나 볼 필요가 있을까?"

"많은 수행원들을 거느리고 온 거라면 그렇습지요. 하지만 그는 이곳에 혼자 왔사옵니다."

순간 장인걸의 눈매가 실쭉 가늘어졌다.

"그렇다면 비공식적인 일이라는 말이로군."

"예."

"설마 그 고지식하기 짝이 없는 말코들이 굴복을……?"

장인걸은 자신의 생각이 말도 안 된다는 듯 고개를 저었다. 중원 북부를 점령한 후, 장인걸은 영토 내에 있는 제법 이름깨나 알려져 있던 문파들을 몽땅 다 토벌해 버렸다. 저항이 만만찮았지만, 장인걸이 무리를 하면서까지 그들을 잡아들인 이유는 단 한 가지, 무림맹에 압력을 가하기 위해서였다.

그리고 그 과정에서 감옥에 감금해 놓은 무림인들의 수도 엄청나게 많았다. 자신의 말을 듣지 않는다면 그들을 몽땅 다 죽여 버리겠다는 협박을 수없이 했음에도, 무림맹의 반응은 완전히 마이동풍(馬耳東風)이었다. 금나라에 대한 적대 행위가 전혀 줄어들지 않고 있는 것만 봐도, 자신의 협박이 씨알도 먹히지 않고 있다는 것을 쉽게 알 수 있었다.

이에 분기탱천한 장인걸은 그 보복으로 잡아들인 인질들에 대한 세뇌 작업을 지시해 버렸다. 인질로서 가치를 상실한 만큼, 그렇게 해서라도 써먹는 게 그의 방식이었으니까.

그런데 그렇게 뻣뻣하던 무림맹이 갑자기 숙이고 들어온다? 그것도 지금은 마교의 동참으로 인해 저쪽이 월등한 전력적 우세를 보이고 있는데 말이다.

"거참, 이해할 수가 없구먼. 맹주가 본좌에게 비밀리에 사람을 보낼 이유가 없지 않느냐?"

"뭔지는 모르겠사오나 비밀스런 제안을 하기 위해서 달려온 것이겠지요."

비밀스런 제안이라는 말에 장인걸은 슬쩍 입맛을 다신 후, 편복 대주에게 명했다.

"말코를 만나 보도록 하지."

"존명!"

잠시 후, 만수진인이 무장의 안내를 받으며 장인걸의 집무실로 들어왔다. 이제 갓 40대 후반쯤으로 보이는 팽팽한 피부를 가지고 있었지만, 그는 무당파가 자랑하는 전대고수들 중 한 명이었다. 송충이가 기어가는 듯한 짙은 눈썹에 부리부리한 눈을 가진 대단히 남성적인 얼굴이었다.

불진으로 도복의 먼지를 탁탁 터는 그의 모습에서, 이런 마의 소굴에 자신이 들어온 것에 대한 짙은 불쾌감을 감지할 수 있었다. 그런 그의 모습을 보면서 장인걸은 저 말코가 왜 자신을 찾아온 것인지 더욱 궁금하지 않을 수 없었다.

간단하게 인사를 건넨 만수진인은 곧바로 본론으로 들어갔다. 최대한 빨리 자신이 할 일을 끝내고 여기를 떠나고 싶었던 것이다. 그는 품속에서 서신을 꺼내 장인걸에게 건네며 말했다.

"맹주께서 전하는 친서(親書)올시다."

그 서신을 편복대주가 장인걸을 대신해서 받은 다음, 장인걸에게 고개를 돌려 그의 허락을 구했다. 장인걸이 살짝 고개를 끄덕이자, 편복대주는 봉인을 뜯고 내용물을 먼저 읽었다. 혹, 독극물이라든지 생각지도 못했던 암수를 사용할 우려가 있기에 취해지는 의례적인 안전장치였다. 사실 독극물을 써봤자 극마급 고수인 장인걸에게는 씨알도 먹혀들지 않겠지만.

꼼꼼히 내용물을 살펴본 편복대주는 서신에 아무런 이상이 없다는 것을 확인한 뒤 곧바로 장인걸에게 전했다. 읽고 싶지 않다고 해도 조사하는 과정에서 내용의 상당 부분이 편복대주의 눈에 들어올 수밖에 없었다. 그 내용이 워낙 충격적이었던 까닭에 장인걸에게 서신을 바치는 그의 손이 미세하게 떨리고 있었다.

그런 편복대주의 감정 상태를 장인걸이 놓칠 리 없다. 과연 맹주가 어떤 제안을 했기에 침착하기 이를 데 없는 편복대주를 저렇게 만들어 놨을까? 잠시 후, 맹주의 서신을 읽어 가는 장인걸이 눈동자에도 열기가 떠오르기 시작했다.

장문의 서신에는 현재 무림맹이 처한 상황이 비교적 소상하게 기록되어 있었는데, 그중 전반부의 대부분을 차지하고 있는 것은 마교 교주에 대한 험담이었다. 교주가 저질러 놓은 여러 사건들, 그런 그의 오만한 행동때문에 맹은 크나큰 어려움을 겪고 있다는 하소연이었다.

특히, 이번에 교주가 단독으로 연경을 친 것도 도저히 이해할 수 없는 행동이라고 맹주는 지적했다. 만약 이 전쟁에서 승리할 생각을 교주가 조금이라도 가지고 있었다면, 맹과 합동작전을 전개했을 게 아닌가. 하지만 그는 그렇게 하지 않았다. 그걸 보면 그는 전쟁의 승리만을 목표로 하고 있는 것이 아니라, 뭔가 다른 속셈을 지니고 있음에 틀림없다고 결론을 내리고 있었다.

이렇게 다른 속셈을 지니고 있는 자와 동맹을 유지한다는 것은 자살행위나 다름없는 바, 자신으로서는 차선책을 선택하는 수밖에 도리가 없다. 그런 만큼 귀하는 우리와의 동맹을 어찌 생각하는가 하고 맹주는 묻고 있었다.

맹주는 장인걸이 금나라 장수로서 오랜 기간 금 황제를 위해 충성하는 것을 높이 평가하고 있었다. 사실, 장인걸이 신의가 없는 인물이었다면 오래전에 그 자신이 금의 황제가 되고도 남았을 테니 말이다.

장인걸은 같잖다는 듯 피식 웃으며 만수진인에게 이죽거렸다.

"이걸 본좌에게 믿으라는 말이더냐?"

만수진인은 자기와는 상관없는 일이라는 듯 무표정하게 대꾸했다.

"서신에 어떤 내용이 쓰여 있는지 빈도는 전혀 모르고 있는 만큼, 뭐라고 대답하기가 어렵소이다."

"내용조차 모른다고? 여기 있다. 한번 읽어 보거라."

서신은 장인걸의 손에서 떠나 천천히 만수진인에게로 날아갔다. 대단히 뛰어난 허공섭물의 응용이었다.

서신을 받아 급히 읽고 있는 만수진인의 손이 부들부들 떨리고 있는 것을 보면, 읽어 보지 않았다는 그의 말이 결코 거짓은 아닌 듯했다.

서신을 다 읽은 후, 고개를 드는 만수진인의 얼굴에는 짙은 당혹감이 어려 있었다. 자신이 왜 이따위 서신을 전하기 위해 여기까지 힘들게 달려온 것인지 이해하기 힘들다는 듯.

"그래, 이제 읽어 봤으니 얘기해 줄 수 있겠지? 그걸 본좌가 어떻게 받아들여야 하겠느냐?"

순간 만수진인의 얼굴이 살짝 일그러졌다. 그의 표정만으로 봤을 때, 그는 지금 맹주가 추진하는 일을 전혀 찬성하지 않는다는 것을 금방 알 수 있었다.

"믿지 않더라도 빈도로서는 별로 상관없소이다."

장인걸은 만수진인의 얼굴을 잠시 노려보더니, 이해할 수 없다는 듯 말했다.

"본좌로서는 이해할 수 없는 점이, 맹주가 진실로 본좌와 조약 맺기를 원하는가 하는 것이다. 밀사로 파견된 네놈조차도 조약을 맺는 것에 대하여 이렇게 회의적인데, 어찌 본좌가 이따위 허무맹랑한 말에 혹하기를 바란단 말이더냐?"

장인걸의 질문에 만수진인은 뚱한 표정으로 대꾸했다. 그는 더 이상 장인걸과 대화하고 싶지 않았던 것이다. 맹주의 명을 완수한 만큼, 이제 그는 모든 걸 다 털어 버리고 맹으로 돌아가고만 싶었다.

"그건 빈도도 이해할 수 없는 바외다. 다만, 맹주께서 손수 그 서신을 빈도에게 주시며, 무슨 일이 있어도 그걸 귀하에게 전하라고 명하셨기에 이리 달려왔을 뿐이오. 서신을 귀하에게 전달했으니, 빈도로서는 할 일을 다 했소이다. 이제 남은 것은 귀하의 선택일 뿐."

"좋다. 본좌가 결정을 내릴 때까지 여기에 머무르겠는가?"

순간 거절하려던 만수진인은 뭘 생각했는지 어쩔 수 없다는 듯 고개를 끄덕였다. 답신을 가져가라는 것까지 거절할 수는 없지 않겠는가.

장인걸은 수하를 불러 만수진인에게 숙소를 마련해 줄 것과 그가 이곳에서 머무는 동안 불편함이 없도록 배려해 주라고 명했다.

만수진인이 물러간 후, 그는 편복대주에게 물었다.

"함정이라고 보기에는 너무나도 어수룩하다 보니, 오히려 사기극이라고 치부해 버리기가 더욱 힘들구나."

만수진인에게서 넘겨받은 서신을 세심하게 읽고 있던 편복대주는 장인걸의 물음에 서신을 슬쩍 내려놓으며 대답했다.

"만수진인이 이런 한심하기 짝이 없는 함정이나 파겠다며 소모해 버릴 만한 인물은 아니지요. 속하의 판단으로는 함정은 아닌 듯하옵니다. 맹주는 동맹이 체결됨과 동시에 양양성에 파견된 모든 무사들을 철수시키겠다고 했사옵니다. 이래가지고서야 무슨 함정을 팔 수 있겠사옵니까?"

장인걸도 그 말에는 찬성한다는 듯 고개를 주억거렸다.

"본좌의 생각도 그래. 그게 더 이해할 수 없는 점이기도 한데…, 당최 이런 제의를 맹주가 본좌에게 하는 영문을 모르겠구먼."

"한 가지 가능성은 그가 가짜일 수도 있다는 것이온데……."

장인걸은 생각해 볼 것도 없다는 듯 대꾸했다.

"가짜라고 보기에는 무공이 너무 뛰어나."

장인걸은 극마급 고수답게 한눈에 상대의 무공 수준을 파악해 냈다. 무당파가 자랑하는 전대의 고수답게 만수진인의 무공은 화경의 벽에 가로막힌, 그야말로 갈 데까지 간 상황이었던 것이다.

장인걸의 말에 편복대주는 맹주 쪽의 제안에 대해서 좀 더 깊이 있게 생각해 봤다. 만약 이게 함정이 아니라 진짜라면?

"저쪽의 제안이 진짜라고 가정해 본다면, 교주님께서는 맹주의 제안을 받아들이실 용의가 있으시옵니까?"

그 말에 장인걸은 음산하게 미소 지으며 대답했다.

"이게 진짜라면 거절할 이유가 없지. 하지만 그 전에, 너는 이게 놈들이 시간을 끌기 위한 잔꾀가 아닌지부터 철저하게 조사해 보거라."

"존명!"

장인걸의 명령에 편복대주는 급히 밖으로 달려 나갔다.

편복대주에게 조사해 보라고 명령하기는 했지만, 장인걸은 내심 이게 함정이 아닐 것이라고 확신했다. 왜냐하면, 이 조약을 통해 맹주가 원하는 게 대단히 타당한 것이라는 생각이 들었기 때문이다.

맹주가 원하는 것은 단 하나뿐이었다. 장차 금나라가 중원을 통일한 후, 지금까지 중원을 제패했었던 역대 제국들이 그러했듯이 무림을 그냥 놔둬 달라는 것이다. 그것만 약속해 준다면, 지금 당장이라도 양양성에서 무림연합의 고수들을 몽땅 다 철수시킬 용의가 있다고 했다.

"그 정도 요구라면 충분히 들어줄 수 있지. 사실, 묵가놈을 없애

지도 못한 상황에서 무림맹 따위에 신경 쓸 여력은 없으니까. 먼저 함께 손 잡고 묵가놈부터 없앤 뒤 그 다음에 무림맹을 없애는 게 순서겠지.”

갑자기 장인걸은 미친 듯 광소를 터뜨리며 외쳤다.

“크하하핫! 내 손으로 본교의 숙원(宿願)을 이룰 수 있게 되다니. 이 무슨 운명의 장난이라는 말인가!”

이렇게 통쾌하게 웃어 본 게 몇 년 만이던가. 지금까지 그의 가슴 속에 응어리져 있던 모든 짜증스런 것들이 한꺼번에 다 날아가 버리는 듯했다.

도대체 어디에 숨은 거야?

26

최후의 결전

그렇지 않아도 무림의 세세한 움직임마저도 놓치지 않으려고 바쁘게 움직이고 있던 편복대였는데, 장인걸의 새로운 지시사항들이 떨어지다 보니 더욱 바빠지게 됐다.

장인걸의 집무실에서 나온 편복대주는 수하들에게 지금까지 수집한 묵향에 대한 자료를 몽땅 다 가져오라고 지시를 내렸다. 그런 다음 장인걸의 지시를 이행하기 위한 수색대를 편성하려고 했지만, 이게 보통 까다로운 게 아니었다.

수색해야 할 면적은 1개 성(省) 단위보다 조금 더 넓었다. 엄청나게 광활한 면적이라는 말이다. 이렇게 넓은 지역을 최소한의 시간 내에 수색하려면 많은 인원을 집중적으로 투입하는 게 최선이겠지만, 문제는 편복대에 여유 인력이 거의 없다는 데에 있었다. 인력 충원을 위해 편복대주가 적잖은 노력을 기울이고 있음에도 불구하고, 만성적인 인력 부족에 시달리고 있었던 것이다.

편복대주는 참모들을 모아놓고 여기저기에서 뽑아 낼 수 있는 가용 인력을 최대한 따져 봤다.

"32개 조……. 그 이상은 곤란합니다, 대주님."

그 조들이 빠져나가서 생긴 빈틈을 인근의 조들이 메워 주기는 하겠지만, 임시방편일 뿐이었다. 1개 조가 맡을 수 있는 구역보다 훨씬 더 많은 일을 시키면, 결국에는 구멍이 날 수밖에 없지 않겠는가. 사람은 강철로 만들어진 게 아니라, 피와 살로 만들어져 있으니까.

그렇기에 정보에 있어 어느 정도 구멍이 뚫리는 걸 각오하고 빼낼 수 있는 인원의 최대치가 32개 조였던 것이다.

혹, 3~5명으로 이뤄진 각 조에서 사람을 한 명씩 차출해 새로운 조를 만들면 되지 않겠느냐는 생각도 해 볼 수 있다. 이게 장기적으로 수행해야만 하는 작전이라면 그렇게 하는 게 옳겠지만, 적을 찾아내기만 하면 끝나는 단기작전인 만큼 오랜 시간 손발을 맞춰 온 조를 통째로 투입하는 게 훨씬 효율적일 것은 뻔한 사실이었다. 그렇기에 편복대주로서도 선택의 여지가 없었던 것이다.

수색대를 투입한 후, 그들의 보고가 들어오기 전까지의 여유 시간을 활용해 편복대주는 묵향과 무림맹 사이에 있었던 사건에 대한 모든 문건들을 조사하기 시작했다. 그가 조사하고자 하는 내용의 핵심은 간단했다.

'과연 무림맹이 자신들과 비밀협약을 맺으려고 할 만한 타당한 이유가 있을까?'

너무 오랜 시간 집중해서 문건을 조사한 탓일까? 편복대주는 읽고 있던 문서를 탁자 위에 내려놓은 다음 피로해진 눈을 비볐다. 그의 눈은 어느새 시뻘겋게 달아올라 있었다.

편복대주는 마치 자신에게 질문이라도 던지듯 중얼거렸다.

"나 같으면 이런 인물을 믿을 수 있을까? 이렇게 끊임없이 사건을 일으켜대는 인물을 말이야."

무림맹으로서는 치명적인 일이었겠지만, 첩자들의 조사를 토대로 앞뒤를 잘 따져 본다면 이해 못할 일은 의외로 그렇게 많지 않았다.

하북팽가의 장로 팽선을 묵사발 낸 것이라든지, 그 후에 양양성 무림인들의 총수(總帥) 수라도제를 칩거하게 만들어 버린 사건 같은 것들 말이다. 자세한 부분까지 알아낼 수는 없었지만, 십중팔구 권력 다툼이었을 가능성이 컸다. 한 산에 두 마리의 호랑이가 함께 살 수 없듯, 둘 사이에 알게 모르게 충돌이 일어날 수밖에 없었으리라.

하지만 편복대주가 가진 상식으로는 도저히 이해할 수 없는 일들도 있었다. 그중 대표적인 게 바로 왜구를 끌어들인 것이었다. 그는 왜 하등의 쓸모도 없는 왜구 따위를 끌어들여서 황실 및 무림맹의 의심을 자초했던 것일까? 10만이나 되는 왜구가 황도 부근을 통과한다고 하면 그걸 황실에서 기꺼이 허락해 줄 거라고 생각했던 것일까?

더군다나 악비 대장군의 죽음을 둘러싸고 황군과 충돌까지 일으키지 않았는가. 그 때문에 지금 황실은 묵향을 없애라며 무림맹에 압력을 가하고 있는 상황이었다.

"도저히 이해할 수가 없어. 이런 짓을 반복한다면 맹주가 얼마나 커다란 심적 부담을 느껴야 될지 그는 모른단 말인가? 어떻게 이렇게 생각이 짧은 인물이 교주님을 밀어 내고 반란에 성공한 거지? 도저히 이해할 수가 없네."

고개를 갸웃거리는 편복대주. 그처럼 총명한 사내가 그걸 이해할 수 없었던 것은 그가 정통 마교도가 아니었기 때문이다. 그는 십만대산에서 성장한 게 아니라 장인걸이 요동 땅에서 직접 키운 인물이었으니까.

한동안 고심하던 편복대주의 머릿속에 문득 한 단어가 스쳐 지나갔다. 강자지존(强者之尊). 철혈을 숭상하는 마교인만이 지니고 있는 독특한 사고관이다. 강하기만 하면 누구든지 지존(至尊)이 될 수 있다.

언뜻 생각해 보면 강한 단체를 만드는 데 있어서 이보다 더 좋은 방법은 없을 듯싶지만, 이건 치명적인 문제점을 안고 있었다. 무공밖에 모르는 무식한 인물이 지존이 되는 만큼, 효율적으로 조직을 이끈다는 게 거의 불가능하게 되어 버린다는 점 말이다.

일대일의 격투라면 몰라도, 집단과 집단 간의 대규모 전쟁이 벌어지면 단순히 무공만의 고하로 승리를 점치기는 힘들다. 조직을 효율적으로 관리할 수 있는 모사(謀士) 형태의 두뇌가 더욱 필요하게 되는 것이다. 아마 그 때문에 마교는 그토록 강대한 무력을 보유하고 있음에도 불구하고, 무림일통을 이룩하기는커녕 지금껏 저 머나먼 변방을 떠돌고 있는 것이리라.

"그래. 그는 본교가 배출한 최강의 고수라고 했지. 탈마의 경지를 개척한 유일한 고수."

편복대주는 자신의 생각에 고개를 끄덕였다. 그것 외에 다른 답이 있을 수 없었다. 강자지존의 세계인 마교였기에 그의 반란이 성공할 수 있었으리라. 아니, 그는 반란을 일으킬 필요조차 없었을지도 모른다. 그는 강자였기에, 마도를 걷는 모든 고수들이 그에게로 모여 들었을 테니까.

하지만 그가 성장한 곳이 마교가 아니라 다른 곳이었다면? 그의 반란은 절대로 성공했을 리가 없다는 게 편복대주의 생각이다. 그런 멍청하기 짝이 없는, 자기 마음 내키는 대로 행동하는 무공광에게 자신의 인생을 의탁할 멍충이는 단 한 명도 찾기 힘들 테니까. 어떻게 뒤통수를 쳐서 반란에 성공했다손 치더라도 그 문파는 곧이어 자중지란 속에서 역사의 뒤안길로 사라지게 되리라.

1주일에 걸쳐 묵향과 무림맹의 관계에 대한 치밀한 조사를 진행한 후, 편복대주는 장인걸에게 조사 결과를 보고했다.

"검토 결과 맹주의 제안이 함정일 가능성은 거의 없다고 사료되옵니다. 더군다나 맹주는 협약을 맺음과 동시에 양양성에 집결한 고수들을 해산하겠다고 약속했사옵니다. 직속 무력 세력을 보유하지 못하는 무림맹의 특성상, 모여 있던 고수들을 해산해 버린 다음에 다시 모집하려면 상당한 시간을 필요로 하지 않겠사옵니까?"

편복대주의 보고에 장인걸은 어깨를 으쓱하며 대꾸했다.

"해산하겠다는 말을 과연 믿을 수 있을까? 자신의 최측근에게조차 본좌와 동맹을 맺겠다는 사실을 숨겼을 정도인데…, 그걸 다른 문파의 장문인들에게 어떻게 납득시키지?"

"그 부분도 생각해 봤사온데…, 한 가지 방법이 있사옵니다."

장인걸의 눈에 호기심이 어렸다.

"그 기책(奇策)이 무엇이더냐?"

문파를 이끄는 수장들이 무공 실력만 높다는 선입견을 가졌다가는 큰 코 다치는 수가 있다. 물론 무림이 세계에서 힘이 강한 게 최선의 미덕이기는 했지만, 강대한 문파들 틈바구니에 끼어 있는 상태에서 생존해 나가려면 시류를 읽는 외교적 감각 또한 필수였다.

특히, 대놓고 힘으로 모든 걸 해결하기에는 아무래도 도의상 꺼림칙한 구석이 많은 정파 계열의 문파들일수록 그 감각의 필요성은 더욱 컸다.

그렇게 뛰어난 감각의 소유자들을 속여 넘긴다는 것은 결코 쉬운 일이 아니다. 더군다나 아직 상대가 사용하지도 않은 술수를 짚어 본다는 것은 더욱 어렵다. 그럼에도 불구하고 편복대주가 그걸 알아냈다고 하니 장인걸로서는 놀라울 수밖에.

"저희들이 예전에 진행하던 보물찾기가 그 해답인 것 같사옵니다."

"그건 일전에 놈들에게 들켰다고 하지 않았더냐? 그 때문에 어쩔 수 없이 작전을 중지할 수밖에 없다고 말이야."

"예, 교주님. 그런데 맹에서는 그 사실을 아직까지도 각 문파에 공포하지 않고 있사옵니다. 오히려 그 부분을 더욱 과장되게 문파들에 전함으로써, 모든 문파들을 두려움에 떨도록 유도하고 있다고 하옵니다."

"거~ 참, 이상한······."

여기까지 중얼거리던 장인걸의 눈이 번쩍 빛났다. 그도 눈치 챈 것이다. 바로 그 점을 이용해서 맹주가 양양성에 집결해 있던 무림인들을 해산하려 하고 있다는 것을. 각 문파들이 처한 보이지 않는 위협을 좀 더 과장해서 선전한다면, 양양성에는 단 한 명의 무림인도 남아 있지 않게 되리라.

무림맹의 각 문파들에 대한 통제력은 강제적이지 못했다. 각 문파들이 맹의 지시에 따르는 것은 어디까지나 자발적인 것이다. 하지만 자신들의 발등에 불이 떨어져 있고, 맹은 하등의 도움이 되지 않는다면 어느 누가 맹의 지시에 따르려 하겠는가. 더군다나 그 일이라는 게 무림의 안녕을 위한 것도 아니고, 썩어 빠진 황실 따위나 유지시키는 것이었으니 말이다.

거기까지 생각이 미친 장인걸은 맹주가 대단히 진지한 자세로 협약에 응하고 있다고 판단하지 않을 수 없었다.

"맹주가 우리 쪽에 접근하는 게 거짓이 아니라면, 굳이 양양성에서 정파 세력을 철수시킬 필요는 없지 않을까? 그들이 철수한다면 묵가놈도 곧바로 뭔가 이상하다는 것을 눈치 챌 테니 말이야."

"속하도 그 부분을 교주님께 말씀드리고 싶었사옵니다. 대신 같은 이유로 이쪽에서 감금하고 있는 무림인들을 계속 인질로 붙잡아둘 수 있으니, 절대 손해 보는 것은 아닐 것이옵니다. 더군다나 그 인질들의 상태가 석방하기에는 좀……."

이미 몽땅 다 세뇌시켜 버린 마당이니 석방할 인질이 어디에 있겠는가. 편복대주는 그걸 말하고 싶은 것이리라.

그것은 장인걸도 인정하는 바였기에 고개를 주억거리지 않을 수 없었다.

"흠, 과연 그렇군."

이어서 편복대주는 정파 세력이 양양성에서 철수한 이후에 벌어질 일들에 대해 장인걸에게 보고했다.

양양성에서 정파 세력이 완전히 철수한다면, 묵향은 어떻게 나올까? 이곳에서 장인걸과 정면대결을 펼칠 가능성도 있긴 했지만, 십만대산으로 후퇴하여 그곳에서 농성할 가능성이 더욱 컸다.

그렇게 되면 장인걸로서는 더욱 골치가 아파진다. 광활한 평야라면 또 모르겠지만, 무공도 제대로 익히지 않은 군사들을 이끌고 천혜의 요새인 십만대산을 공략한다는 것은 말도 안 되는 짓이었으니까. 설혹, 장인걸이 직접 수백만의 병사를 이끌고 가더라도 말이다.

"부교주와 비교했을 때, 우리 쪽은 질적인 측면에서는 떨어지지만 양적인 측면에서는 월등하지 않사옵니까. 그런 만큼 60만 대군이라 하더라도 아무런 어려움 없이 움직일 수 있는 드넓은 전장으로 적을 꿰어 내는 게 관건이라고 봐야 할 것이옵니다. 그러자면 부교주가 필승을 다짐할 수 있을 정도의 미끼를 던져 주던지, 아니면 그가 그런 선택을 할 수밖에 없는 상황으로 몰아 붙여야만 하옵니다."

"옳은 말이야. 어쨌건, 맹주에게 기별을 넣도록 해라. 맹약을 맺자고 말이다."

장인걸의 결정에 편복대주는 고개를 조아리며 답했다.

"존명! 만수진인에게 교주님의 고견(高見)을 전하도록 하겠사옵니다."

"잠깐."

장인걸은 물러나려는 편복대주를 불러 세웠다. 그에 편복대주는 발길을 멈추고 고개를 조아렸다.

"예, 하명하시옵소서."

"기별은 만수진인을 통하지 말고 다른 사람을 보내도록."

"예?"

"그 말코는 인질로 잡아 두도록 해."

장인걸의 얼굴 가득 음흉한 미소가 번졌다. 만수진인은 고지식하기는 했지만, 아주 쓸 만한 인재였다. 무공도 꽤나 고강했고 말이다. 그런 사람을 맹주에게 곱게 돌려보낼 생각은 추호도 없었다. 묵향을 없애고 난 다음에는 무림맹과 싸우게 될 게 뻔한데 그런 인물을 곱게 돌려보낸다는 것은 말도 안 되는 짓이었다. 그렇다면 선택은 이미 정해진 거나 다름없었다. 인질로 쓰다, 이용 가치가 없어지면 세뇌를 해서 활용해 먹으면 그만이다.

"지시대로 이행하도록 하겠사옵니다."

고개를 조아리는 편복대주를 향해 장인걸은 갑자기 생각났다는 듯 서둘러 말했다.

"마교 세력을 찾아보라고 했던 것은 어떻게 되었느냐?"

"수색해야 할 면적이 워낙 넓다 보니 시간이 지체되고 있사옵니다. 조금만 더 시간 여유를 주시옵소서."

"알겠다. 나가 보거라."

편복대주가 나가고 난 후, 장인걸은 지도를 보며 생각에 잠겼다.

깊은 산골짜기에 숨어 있다고 하지만, 적도들의 수는 만 명이 넘는다. 더군다나 그 많은 숫자가 저마다 짙은 마기까지 흘려대고 있다. 그런 적들을 아직까지도 찾아내지 못하고 있다는 것은 말이 안 되지 않는가.

장인걸은 고개를 갸웃하며 중얼거렸다.

"내가 잘못짚었나……. 그렇다면 놈은 지금 도대체 어디서 뭘 하고 있는 거지?"

결정적인 순간에 뒤통수를 까여서 마교에서 쫓겨나는 치욕을 당했다. 그런데 이번에도 전황이 무르익고 있는 시점에서 놈의 위치를 놓쳤으니 찜찜하지 않을 수 없었던 것이다. 지도를 훑고 있는 장인걸의 두 눈에는 이번에는 절대로 뒤통수를 맞지 않겠다는 결연한 의지가 묻어 있었다.

 편복대주는 마치 지도와 눈싸움이라도 하듯 노려보며 서 있었다. 장인걸이 슬슬 조바심을 내는 걸 보면, 그를 기다리게 하는 것도 이제 한계점에 달한 모양이었다.
 '도대체 어디에 숨었지?'
 지도를 척 보기만 해도, 놈들이 숨을 만한 곳은 빤히 드러난다. 산세가 험하여 사람들이 접근하기 힘든 곳, 거기에다가 만 명 단위를 상회하는 대규모 집단이 주둔하기에 충분할 정도의 면적까지 갖추고 있어야 했다. 더군다나 놈들은 마교가 자랑하는 최정예인 만큼 무시무시한 마기를 뿜어 대고 있을 게 아니겠는가.
 편복대주는 장인걸의 명령을 받을 때만 해도 이 수색 작업을 빠른 시간 내에 완수해 낼 수 있을 거라고 생각했었다. 하지만 하루 이틀…, 점차 시간이 흐르고 있음에도 불구하고 적들을 찾아냈다는 보고는 들어오지 않고 있었다. 대별산맥이 아무리 넓다고는 하지만, 수십 리 밖에서도 파악이 될 만큼 지독한 마기를 뿜어 대고 있는 놈들을 찾아내지 못하고 있다는 것은 말이 되지 않았다.
 하다못해 대별산맥을 터전으로 살아가는 나무꾼이나 사냥꾼, 그리고 약초를 캐러 다니는 자들을 붙잡고 탐문해 봤지만, 그런 괴이한 기운을 느꼈다는 자는 단 한 명도 만날 수가 없었다. 그야말로 귀신이 곡을 할 노릇이었다.
 '여기가 아니라면 대파산맥(大巴山脈)쪽인가? 그렇지 않고서야 이렇게 많은 인력을 투입했는데, 아직까지 흔적조차 발견하지 못할 리가 없잖아.'

양양성의 뒤를 받치고 있는 거대한 산맥 즉, 대별산맥(大別山脈)에 놈들이 숨어 있을 거라고 보고, 그곳부터 수색을 시작했다. 하지만 4일이나 샅샅이 뒤졌음에도 '마기'의 '마' 자도 감지되지 않은 걸 보면 헛다리를 짚은 게 아닌가 하는 생각이 점점 더 그의 뇌리를 지배해 가고 있는 중이었다.

어쩌면 대파산맥일지도 모른다. 양양성에서 좀 더 멀리 떨어져 있기는 했지만, 대별산맥에 비해 산세가 훨씬 험해서 숨기에는 더욱 좋았으니 말이다.

하지만 섣불리 그렇다고 단정 짓기도 어려웠다. 진세를 이용해 자신들의 기척을 숨기는 수법도 존재하는 게 사실이었으니까. 아니, 놈들도 바보가 아니라면 진세를 이용해 기척을 숨기고 있을 가능성이 컸다. 그렇다면 수색 작업은 훨씬 더 많은 시간이 걸릴 수밖에 없으리라. 의심나는 곳을 하나하나 꼼꼼히 살펴봐야만 할 테니까.

"어찌된 게 쉬운 일이 하나도 없군. 젖먹이 어린애도 기척을 느낄 수 있다는 마교도를 찾지 못해서 이렇게 시간을 끌고 있다니……. 쓸모없는 놈들! 좀 더 노련한 조들을 투입할 걸 그랬나?"

이렇게 중얼거리던 편복대주는 수하들 중 한 명을 향해 질문을 던졌다.

"각 조로부터 생존 신호는 제대로 접수되고 있나?"

편복대 같은 정찰조들의 경우, 하루에 한 번은 자신들이 생존하고 있다는 신호를 보내온다. 그걸 보내오지 않는다면, 그 조는 전멸한 것이라고 봐도 무방했다. 그리고 그것은 곧 그들이 정찰하는 위치에 적이 있다는 말과도 같은 것이었다.

"5개 조를 제외하고는 다른 조들의 생존 신호가 모두 접수되었습니다."

이때, 편복대원 한 명이 뭔가를 그에게 건네 줬다. 받아서 재빨리 읽어 본 그는 보고 내용을 정정했다.

"방금 84조의 생존 신호가 접수되었답니다."

편복대주는 고개를 끄덕인 다음, 다시 시선을 지도로 옮겼다. 그의 머릿속에는 두 가지 고민이 충돌하고 있는 중이었다.

'얼마나 더 오랫동안 대별산맥을 뒤질 것인가?'

'차라리 몇 개조만이라도 대파산맥으로 보내는 게 좋지 않을까?'

어느 쪽이 정답인지 알 수가 없는 상황이었다. 자신의 판단에 따라 적을 포착하는 시간이 더욱 늦춰질 수도 있었다. 그리고 그것이 크나큰 실책으로 연결될 수도 있는 것이다.

편복대주는 고민에 고민을 거듭했지만, 선뜻 결정을 내리지 못했다. 사실 그의 업무가 워낙에 많다 보니 이 일에만 매달릴 수도 없었다.

그렇게 망설이는 동안에 어느덧 하루가 지나가 버렸다.

"대파산맥으로 10개 조를 이동시키도록 해라. 그런 다음 이쪽과 저쪽을 중심으로 수색을 시작하라고 지시하도록."

"옛."

결국 편복대주는 몇 개 조를 먼저 대파산맥 쪽으로 보내기로 결심했다. 어제부터 계속 고민해 오던 문제를 결정하기는 했지만, 막상 그러고 나니 자신이 잘못하고 있는 게 아닌가 하는 걱정이 새록새록 일어났다.

'차라리 총력을 다해 대별산맥을 이 잡듯 뒤지는 게 낫지 않았을

까? 그놈들이 있을 가능성이 제일 높은 곳은 대별산맥인데…….'
 그러다 문득 어제 부관이 보고하던 내용이 떠올랐다.
 "각 조의 생존 신호는 모두 다 접수되었나?"
 "그게…, 아직 1382조로부터의 연락이 오지 않고 있습니다. 하지만 그리 큰 문제는 아닐 것으로 판단됩니다."
 생존 신호는 당연히 전서구를 통해 보낸다. 깊은 산골짜기에서 폭죽을 터뜨린다고 해 봐야 누가 그걸 볼 것이며, 비표를 남긴다고 해도 그들을 뒤따라 다니며 챙길 인원을 따로 투입할 수도 없었다. 그런데 문제는 비둘기 고기를 즐기는 놈들이 꽤나 많다는 데 있었다. 각종 야생동물들부터 시작해 사냥꾼들까지…….
 편복대주도 처음에는 좋게 생각하고 넘기려고 했다. '다음 생존 신호가 날아올 때까지 기다리는 게 좋지 않을까?' 하고 말이다. 하지만 이내 그는 고개를 가로저으며 명령을 내렸다.
 "방금 전에 하달했던 인원을 분산시키겠다는 지시는 취소한다. 대신, 1382조가 담당하던 지역 쪽으로 지금 당장 132조와 286조, 그리고 427조를 투입해라."
 편복대의 경우 대체적으로 평준화된 실력을 지니고 있었지만, 뒤쪽 번호보다는 앞쪽 번호를 부여받은 조의 실력이 좀 더 우수했다. 그럴 수밖에 없는 게 그 뒤 번호의 조들보다 그들이 조금이라도 더 빨리 편성되었기에, 더욱 노련한 인물들이 많았기 때문이다.

 "아직까지 연락이 들어온 게 없나?"
 새로이 투입된 3개 조에서도 연락이 들어오지 않고 있었다. 이게 도대체 어떻게 된 일이란 말인가? 분명히 3시진(6시간)마다 한 마리씩 생존 신호를 보내라고 지시했었는데……. 그렇다면 지금쯤 첫 번째 전서구가 들어왔어야 하지 않는가.

편복대주가 초조하게 기다리는 와중에도, 그의 마음을 아는지 모르는지 무심하기 짝이 없는 시간은 쉬지 않고 흘러갔다. 이제 다른 일은 손에 잡히지도 않았다. 벌써 1시진째 지도만을 멍하니 바라보며 앉아 있는 편복대주를 안쓰럽게 생각했는지 부하 하나가 따뜻한 차를 권했다.

"고맙네."

찻잔에 기계적으로 입을 대고는 있었지만, 그의 시선은 지도에서 떨어지지 않았다.

'뒤이어 투입한 3개 조와의 연락까지 두절된 지금, 저쪽이 놈들의 집결지일 가능성은 9할 이상이라고 봐야 하겠지. 그렇다면 지금 당장 교주님께 보고 드려야 할까? 아니면 좀 더 확실해진 다음에 보고를 드려야 하나…….'

꼬리치는 여우

26

최후의 결전

요즘 옥화무제는 일선의 업무에서 완전히 손을 뗀 상태였다. 어떻게 하면 묵향을 파멸시킬 수 있을지 궁리하는 것만으로도 잠자는 시간이 아까울 정도였다. 상대는 무림 역사상 최강급에 들어간다는 고수. 단 한 번의 실수도 용납되지 않는다.

어쩌다 한 번씩 자신의 처지가 왜 이렇게까지 초라하게 전락했는지 한심하다는 생각마저 들었지만 어쩔 수 없었다. 살아남기 위해서라면 무슨 짓이라도 해야 하기에.

연못 속을 헤엄치고 있는 커다란 비단잉어들은 그녀의 복잡한 마음도 모른 채, 던져 주는 먹이를 먹느라 입이 찢어지도록 빠끔거리고 있는 중이다.

파드드득!

서로 간에 치열한 몸싸움까지 벌이면서 말이다.

잉어에게 먹이를 던져 주고 있던 옥화무제는 뒤도 돌아보지 않고 조용한 어조로 말했다. 자신의 뒤로 총관이 다가왔다는 걸 느낀 것이다.

"무슨 일이지요? 총관."

조용히 시간을 보내고 있는 태상문주에게 어떻게 말을 걸어야 할지 난감해하고 있던 총관이었기에 즉각 대답했다.

"지급으로 도착한 전문입니다."

옥화무제는 총관의 손에서 빼앗듯 전문을 받아들었다. 지급이라는 말과는 달리 전문에 기록되어 있는 글자는 단 하나밖에 없었다. 그것은 바로 「觸(촉)」이라는 글자였다.

총관은 잠시 망설이는 듯하더니 조심스럽게 입을 열었다.

"태상문주님께서 하시는 일인데 주제넘은 말일지는 모르겠지만, 겨우 이 정도 가지고 되겠사옵니까? 하다못해 마교 쪽에서 행하고 있는 작전을 모두 알려 주는 정도가 아니라면, 그분께 타격을 가하기는 힘들 것입니다."

"그 정도는 본녀도 알고 있어요."

옥화무제는 다시금 시선을 잉어들에게로 돌리며 뒷말을 이었다.

"이건 선물일 뿐이에요."

"선물이라고 하시면……?"

"이쪽에서 정보를 알려 준다고 해도, 흑살마왕이 그걸 덥석 받아들일 것 같아요?"

"흠, 그것도 그렇군요."

"정보 제공자에 대한 신뢰가 없다면, 아무리 훌륭한 정보라도 쓸모가 없는 법이에요. 아니, 오히려 혼란만을 가중시킬 뿐이죠. 지금은 흑살마왕에게 본문과의 합작이 얼마나 유익한 것인지와 서로에 대한 신뢰를 형성하는 게 중요해요. 그와는 단 한 번도 거래를 한 적이 없었으니까요."

"흑살마왕과 접촉할 만한 복안은 생각해 두셨습니까? 첫 접촉인데다, 그를 직접 만나 의사를 타진하려면 문주님이나 부문주님 정도는 되어야 격이 맞을 것입니다."

태상문주를 거기에서 뺀 것은 늑대굴에 그녀가 들어가기에는 너무 위험하기 때문이다. 그녀는 곧 무영문이었다. 그녀가 만약 장인걸에게 생포라도 당한다면 그날로 무영문은 끝장이었다.

하지만 옥화무제는 대답하지 않았다. 그녀는 그저 가벼운 미소만을 지은 채, 잉어만을 바라보고 서 있을 뿐이었다.

잠시 말없이 서 있던 옥화무제가 문득 입을 열었다.

"맹주는 아직까지도 맹을 나서지 않았나요?"

"예. 하지만 조만간에 밖으로 나오지 않겠습니까? 만수진인이 흑살마왕과 접촉한 지도 시간이 꽤 흘렀으니까요."

그렇게 대답하던 총관의 머릿속을 스치는 생각이 있었다. 맹주가 맹을 나서는 이유는 당연히 장인걸을 만나기 위해서일 것이다. 그리고 그 둘은 서로를 믿지 못하는 만큼, 호위도 거의 거느리지 않은 채 아주 단출하게 만날 가능성이 컸다. 장인걸은 어떨지 몰라도 맹주는 이 일을 비밀에 붙이고 싶어 할 테니까.

총관이 느끼기에는 옥화무제가 맹주를 만나기 위해 밖으로 나오는 장인걸과 접촉할 생각인 듯했다.

"직접…, 만나시겠습니까?"

"당연한 거 아닐까요. 한 배를 타고자 한다면, 그 정도 성의는 보여 줘야죠."

"그럼 맹주의 일거수일투족을 확실하게 감시하라고 지시하도록 하겠습니다."

"그럴 필요 없어요."

"예?"

"어디서 만날지 이미 짐작하고 있으니까요."

꼬리치는 여우 93

그 말에 총관은 고개를 조아리지 않을 수 없었다.

"과연! 태상문주님의 혜안에는 고개가 절로 숙여집니다."

"본녀는 잠시 밖에 나갔다가 올 테니 그리 알고 있으세요."

"호위들을 준비시키도록 하겠습니다."

"그럴 필요는 없어요. 조용한 곳에서 혼자 생각을 좀 정리하고 싶으니까요."

"예."

"그리고 본문 전체를 대상으로 인원을 한 번 더 철저하게 점검하도록 하세요."

어느 문파든 첩자가 끼어들 수 있기에 정기적으로 인원 점검을 행한다. 특히 무영문은 중원 최고의 정보 집단이자, 모든 것이 신비의 장막으로 감싸져 있었기에 다른 모든 정보 집단의 표적이 되고 있는 것 또한 사실이었다.

"즉시 시행하도록 모든 지단에 공문을 발송하겠습니다."

명령을 이행하기 위해 서둘러 발길을 옮기던 총관은 문득 고개를 뒤로 돌려 옥화무제를 바라봤다. 옥화무제는 연못을 바라보며 뭔가 골똘히 생각에 잠겨 있는 듯했다. 장인걸을 만나서 뭐라고 말을 꺼낼 것인지 고민이라도 하고 있는 듯…….

* * *

"흑살마왕이 미끼를 물었습니다."

"그거 반가운 소식이구먼. 그래, 만수 사질은 돌아왔느냐?"

맹주의 질문에 감찰부주는 머뭇거리더니 힘겨운 목소리로 대답했다.

"사제는…, 돌아오지 않았습니다."

"……."

맹주의 안색이 어두워진 것을 본 감찰부주는 재빨리 화제를 돌렸다.

"그자가 맹주님과 직접 만나기를 원하는데…, 어떻게 하시겠습니까?"

방금 전까지 원수로 지냈던 사이다. 그런 만큼 직접 만나는 것에는 커다란 위험부담이 따른다. 하지만 맹주는 담담한 어조로 말했다.

"최대한 빨리 약속 장소를 잡도록 하거라. 괜히 시간을 끌면 저쪽이 의심할 수도 있으니 말이야."

"알겠습니다, 맹주님. 그런데……."

"이미 엎질러진 물이다. 예서 그만둘 수는 없는 노릇이 아니더냐."

"맹주님, 그게 아니라 호위의 규모를 어떻게 해야 할지……."

그제야 맹주는 감찰부주가 고민하는 이유를 파악할 수 있었다. 만일의 사태를 대비해 호위무사를 많이 데려가자니 비밀 유지가 힘들게 뻔하고, 그렇다고 최소한의 인원만 거느리고 가자니 아무래도 불안한 것이다.

그에 맹주는 별것 아니라는 듯 말했다.

"호위는 필요 없으니 너무 신경 쓰지 말거라. 그자가 막대한 병력을 투입하여 천라지망(天羅之网)이라도 치지 않는 한, 나에게 위해를 가할 수나 있을 것 같으냐?"

맹주의 말이 옳다. 아무리 장인걸이 많은 병력을 투입한다 해도 개개인의 실력은 아주 낮다. 퇴로만 적절히 확보할 수만 있다면, 절대로 장인걸은 맹주에게 위해를 가할 수 없을 것이다.

그 말에서 뭔가 실마리를 얻었는지 감찰부주는 고개를 깊이 조아리며 대답했다.

"최대한 빨리 적당한 장소를 물색해 보도록 하겠습니다."

며칠 후, 정사의 거두들이 만났다. 장인걸은 편복대주를, 그리고 맹주는 감찰부주만을 대동한 아주 단출한 회동이었다.

"본좌는 귀하가 이곳에서 만나자고 제안할 줄은 생각도 하지 못했소."

장인걸은 저 멀리 아스라이 보이는 양양성의 잿빛 성벽을 멀뚱한 표정으로 바라봤다. 어쩌면 그는 그 순간, '저놈의 성만 없었다면 지금쯤 중원 전체를 짓밟아 버릴 수 있었을 텐데' 하고 생각하고 있었을지도 모른다.

맹주는 비밀 유지 때문에 수하들을 동원하기 힘들었고, 장인걸은 주변에 양양성이라는 막강한 무력집단이 있기에 많은 수하들을 데리고 올 수가 없었다. 그런 의미에서 보면 소수의 인원이 비밀리에 회담을 나누는 데 있어 이만큼 좋은 장소도 찾기 힘들 것이다.

혹시 맹주의 함정일 수도 있을 거라는 예상을 장인걸이 할 수도 있겠지만, 그는 이 만남을 호쾌하게 받아들였다. 물론 겉으로야 대장부답게 받아들였겠지만, 그도 내심 약간 찜찜했는지 천마혈검대 일부를 주위에 매복시켜 놓은 상태였다. 귀식대법으로 기척을 숨기고 있는 그들을 관 속에 넣은 다음, 편복대원들이 옮겼기에 맹주는 그 사실을 전혀 눈치 채지 못하고 있었다.

맹주는 협정서에 서명한 것을 장인걸에게 건네주며 말했다.

"본맹은 이제부터 중립을 지키도록 하겠소이다. 양양성에서 무사들이 완전히 철수하는 데까지는 시간이 조금 필요하니, 괜한 오해는 하지 마시구려."

그 말에 장인걸은 내심 쓴웃음을 짓지 않을 수 없었다. 중원 각지에서 벌어지고 있는 혈겁이 더욱 위맹을 떨치고 있으니 주의하라는 공문이 며칠 전 무림맹에서 각 문파에 배송되었다는 정보를 이미 입수한 상태였다. 그걸 보면 맹주가 부리려는 수작이 뻔하지 않은가? 고지식하기 짝이 없는 도인인 줄로만 알았는데, 속에는 능구렁이가 열 마리쯤 들어 있는 모양이었다.

"양양성에서 무사들을 철수시킬 필요는 없소이다."

장인걸의 말에 맹주는 의외라는 듯 되물었다.

"그건 무슨 말씀이시오? 서로 간에 오해가 없게 하기 위해서는 무사들을 철수시키는 게 좋지 않겠소이까?"

"철수하는 건 좋지만, 그렇게 해서야 묵가놈이 본좌하고 싸우려고 들기나 하겠소?"

장인걸의 반응에 맹주는 내심 감탄하고 있는 중이었다. 아무런 말도 꺼내지 않는다면 장인걸은 양양성에서 철수할 것을 요청하겠지만, 그 반대인 경우 가만히 있어 달라고 요청할 거라며 교주는 예상을 했던 것이다. 장인걸과 오랜 세월 싸우다 보니 상대의 속셈을 훤히 꿰뚫고 있는 것인지, 아니면 그의 모사(謀士)들 중에서 아주 뛰어난 인물이 있는 것인지…….

하지만 맹주는 시침을 뚝 떼며 자신으로서는 상대가 이런 요구를 해 올 거라고는 생각도 해 보지 못했다는 듯 너스레를 떨었다.

"아, 그걸 미처 생각하지 못했구려. 나는 우리 쪽에서만 중립을 지키면 충분할 거라고 생각했었는데 말이외다."

"기왕에 협정을 맺은 사이니, 놈을 없애기 위해 그쪽도 조금 힘을 보태 주셔야겠소."

"알겠소. 하지만 최선을 다해 돕긴 하겠으나, 주위의 이목도 있고 하니 티 나게 돕지는 못한다는 점을 이해해 주시구려."

"그 정도를 가지고 오해할 만큼 본좌의 속이 좁지는 않소이다."

장인걸과 비밀회담이 끝나자마자, 맹주는 곧바로 양양성으로 향했다. 맹주가 감찰부주만을 대동한 채 양양성을 향해 출발했다는 것은 이미 무림맹 내에서도 여러 명이 알고 있는 사실이었다. 맹주가 맹을 나서는 이상, 그의 호위대나 최소한 몇몇 장로들에게는 행적을 알려 줘야만 했기 때문이다. 무림맹은 마교와 달리 맹주 마음대로 모든 걸 할 수 있는 단체는 아니었으니까.

특히나 전임 맹주였던 옥청학이 맹 밖으로 비밀리에 출타했다가 행방불명되어 버린 이후, 그 절차는 더욱 까다로워졌다. 두 번 다시 그런 일이 되풀이 되는 것을 장로들이 원치 않았던 것이다.

"맹주님이 아니십니까? 무량수불! 기별이라도 주시지 않고."

맹주가 도착했다는 전갈에 곤륜파의 무량 대장로는 황망히 달려 나왔다.

감찰부주는 대장로에게 인사를 건넨 후 말했다.

"기밀을 요하다 보니 먼저 기별을 드리지 못한 점 죄송하게 생각합니다, 대장로님."

"허허, 별말씀을 다 하십니다. 이런 변방까지 맹주께서 직접 찾아 주신 점 영광입니다, 무량수불."

"무황께서는 계십니까?"

"자, 안으로 드시지요. 이미 기별을 넣었습니다."

곤륜무황은 맹주 일행을 반가이 맞이했다.

"이쪽은 본맹의 감찰부주를 맡고 있는 아이입니다."

"청수(淸水)라고 합니다. 뵙게 되어 영광입니다, 곤륜무황 대협."

"아, 그대가 맹의 대들보 중 하나인 감찰부주였구려. 어서 오시구려."

곤륜무황은 손님들에게 차를 권한 후, 맹주에게 물었다.

"기별도 없이 여기까지 어쩐 일이시오이까?"

《방금 전에 흑살마왕을 만났지요.》

어기전성으로는 그렇게 대답을 하면서 겉으로는 딴전을 부린다.

"우연히 근처를 지나다가 귀하가 보고 싶어서 왔소이다."

이런 식으로 방금 전에 장인걸과 있었던 일을 설명하기 시작하는 맹주. 그런 맹주의 행동에 곤륜무황은 내심 불쾌감을 느끼지 않을 수 없었다. 혹 엿듣는 자가 있을 수도 있기에 신중을 기하는 것임을 잘 알고는 있었지만, 맹주가 이렇게까지 하는 이유는 곤륜파 제자들에 대한 불신에서 비롯된 것이 아니겠는가.

《강력한 전력을 보유한 전투단을 1개 운용했으면 하오. 물론 그 존재를 흑살마왕 쪽에서 의심하지 못하도록 말이오.》

맹주의 말에 곤륜무황은 별것 아니라는 듯 되물었다.

《그거야 그렇게 하시면 되지, 왜 빈도에게 말을 하는 것이오?》

《왜냐하면 양양성에서도 2천 정도를 차출해야겠기에 하는 말이외다. 그렇게 하면 양양성에 집중된 전력을 약화시키는 것처럼 흑

살마왕을 속일 수도 있으니 일거양득이 아니겠소?》

《그러면 어떻게 해 드리면 되겠소?》

그 물음에 맹주는 침중한 어조로 답변했다.

"이번에 무림 곳곳에서 자행되고 있는 혈겁에 대한 명확한 단서를 잡았소이다."

두 가지 방향에서 동시에 대화가 전개되고 있었기에 곤륜무황으로서도 그에 맞춰 대화를 전개하는 건 쉬운 일이 아니었다. 더군다나 그는 맹주가 지금 뭘 원하는지 모르고 있지 않은가.

"축하드릴…, 일이군요. 그래, 범인이 누구라고 하더이까?"

"놀랍게도 흑살마왕이 벌인 일이었소이다. 혹시나 했지만, 그게 사실일 줄은 몰랐소이다. 그자의 치밀한 술수에 무림 전체가 놀아난 꼴이 된 것이지요."

그러면서 맹주는 장인걸이 벌여 놓은 '보물찾기'라는 작전이 어떤 식으로 진행된 것인지 자세히 설명했다. 사람이 지닌 원초적인 욕망을 이용한 장인걸의 기발한 계책에 곤륜무황은 감탄을 금하기 힘들었다.

"이렇게 해서 저들의 정체를 밝히는 데는 성공했으나, 문제는 그들을 어떻게 타도하느냐 하는 것이오. 저들의 세력이 워낙 신출귀몰하다 보니 가뜩이나 적은 본맹의 무사들만 동원하기에는 벅찬 노릇이고……."

미리 어기전성으로 양해를 구한만큼 곤륜무황도 입을 맞춰 주었다. 하지만 속으로는 불만을 가지지 않을 수 없었다.

《이런 연극까지 해야 할 필요가 있소이까?》

《만사불여튼튼이라 하지 않소? 그만큼 이 일이 중요하기 때문이

외다.》
"그럼, 이렇게 하면 어떻겠습니까? 양양성에서 2천을 투입할 테니, 맹에서도 그만큼의 정예를 투입하는 것으로 말입니다."
"그게 좋겠구려."
곤륜무황과 회동을 마친 후, 맹주는 양양성에 있는 각 문파의 수뇌부를 초청하여 간단한 주연을 베풀며 그들의 노고를 위로했다. 이곳에 자신이 오지 않았다면 모르겠지만, 이미 많은 사람들이 온 것을 알고 있었다. 그런데 곤륜무황만 만나고 가 버린다면 양양성에 모여 있는 각 문파 사람들의 불만이 터져 나올 수도 있었기 때문이었다.

다음 날 새벽, 맹주는 맹으로 돌아갔고, 곤륜무황은 각 문파의 대표자들을 소집해 맹주의 뜻을 전했다. 각 대표자들은 맹주가 2천의 정예를 모집한다는 것에 지지를 보냈다. 안 그래도 여기저기에서 벌어지고 있는 혈겁 때문에 은근히 찜찜함을 느끼고 있던 상황이 아니었던가. 이제 이 일로 더 이상 본가가 털릴 걱정에서 해방되게 생겼으니 기분이 좋지 않을 리 없다.
"우리 쪽 무사들의 통솔은 서문 가주께서 맡아 주시는 게 어떨는지요?"
곤륜무황의 제안은 모두에게 뜻밖이었다. 모두들 지휘권을 곤륜파에서 가질 것이라고 짐작했기 때문이다. 그런데 이런 결정이 떨어지자 서문세가의 장로들은 크게 감동했다.
맹주가 이곳 양양성까지 직접 행차했음에도 불구하고, 그가 독대를 나눈 사람은 곤륜무황뿐이었다.

수라도제가 빠져나간 지 얼마나 지났다고, 양양성에 있는 문파들 중 가장 강력한 전력을 가지고 있는 서문세가가 이런 홀대를 받아야 하나 그들은 내심 서운해 하고 있었던 참이었다. 그런데 이런 결정이 나오자 그들은 맹주와 곤륜무황의 마음씀씀이에 크게 감복하지 않을 수 없었던 것이다.

"최선을 다하도록 하겠습니다."

* * *

맹주와 만나 기분 좋은 협정을 체결했음에도 불구하고, 그걸 사방에 알릴 수 없다는 게 장인걸로서는 아쉬울 따름이었다. 만약 이 사실을 묵향 그 잡것이 알게 된다면 당장 보따리를 싸 십만대산으로 줄행랑을 칠 게 아니겠는가.

그런 기가 막힌 구경거리를 포기해야만 한다는 게 한스러웠지만, 뭐 결국 놈의 잘린 머리통을 구경할 수 있을 테니 그 정도 욕구쯤이야 웃으며 참아 줄 수 있는 노릇이었다.

회동을 마치고 돌아가는 도중 편복대주는 제법 그럴듯해 보이는 객잔으로 장인걸을 안내했다.

"저기서 요기를 하고 가시는 게 어떻겠사옵니까? 음식 맛이 교주님의 마음에 드실 것이옵니다."

"앞장서거라."

"예."

유명한 곳인지 객잔 안은 수많은 사람들로 붐비고 있었다. 편복대주는 장인걸을 3층으로 안내했다. 객잔은 위로 올라갈수록 더욱 호화롭게 꾸며놨고, 음식의 가격 또한 아래층에 비해 훨씬 더 비쌌다.

주문한 음식이 나오기를 기다리고 있을 때, 연한 초록빛 성장(盛裝)을 입은 아가씨 한 명이 걸어 올라오는 게 보였다. 보기 드문 그녀의 미모에 식당 안에 앉아 있던 모든 남자들의 시선이 한순간에 계단 쪽으로 집중되었다. 편복대주 또한 남자였기에 그녀에게로 가는 시선을 억제하기 힘들었지만, 장인걸의 앞이라 그의 눈치를 보지 않을 수 없었다.

그런데 편복대주로서는 의외였던 게, 장인걸 역시 다른 사내들처럼 아주 흥미로운 시선으로 그녀를 쏘아보고 있다는 점이었다. 장인걸만한 위치에 있는 사람이 그동안 미녀를 한두 명 겪어 보았겠는가. 연경으로 돌아가면 그의 저택에 수십 명의 미희(美姬)들이 줄을 지어 그를 기다리고 있다. 그녀들과 비교해서 그리 빼어난 구석도 없어 보이는데도 장인걸이 넋을 잃고 바라보고 있으니 의외라고 할 수밖에.

편복대주가 그리 생각하고 있을 때, 그 미녀는 살풋살풋 걸어오더니 이윽고 그들의 탁자 앞에서 걸음을 멈췄다. 이런 상황은 정녕 예상조차 하지 못했기에 편복대주의 머릿속에는 오만가지 생각이 스쳐 지나갔다. 도대체 그녀의 정체가 뭐기에……

"합석을 청해도 실례가 되지 않을까요?"

왜 이 여인이 의도적으로 접근해 오는 것인지 그 이유를 생각하느라 편복대주는 정신이 없었지만, 장인걸의 태도는 의외로 담담했다. 그는 맞은편 자리를 가리키며 말했다.

"얼마든지."

그녀가 자리에 앉자 장인걸은 무감정한 어조로 말했다.

"설마, 귀하를 직접 만날 수 있으리라고는 꿈에도 생각해본 적이 없었소."

미녀는 살포시 미소 지으며 대답했다.

"대금제국 대원수께서 저같이 미천한 야인(野人)을 한눈에 알아 봐 주시니 영광이네요."

"누가 감히 무제(武帝)의 칭호를 얻은 사람을 미천하다고 하겠소."

무제의 칭호를 얻었다는 말에 편복대주의 두 눈이 화등잔만 해졌다. 그 말은 눈앞의 이 아름다운 여인이 옥화무제라는 말이었으니까. 하지만 그는 끽소리도 내지 못했다. 자신이 낄 자리가 아니었던 것이다.

"워낙 대단하신 분이라 조용히 만날 수 있는 기회를 잡기가 너무나도 힘들군요."

장인걸의 얼굴에 쓴웃음이 떠올랐다. 일부러 접근한 걸 보면, 비밀을 요한다고 했음에도 불구하고, 자신의 행적 자체가 무영문에 완벽하게 노출되어 있다는 걸 깨달았던 것이다.

"본좌를 찾아온 이유를 들을 수 있겠소?"

옥화무제는 달콤한 목소리로 속삭였다.

"당신과 손을 잡고 싶어요."

장인걸은 씨익 미소 지었다. 무림맹과 밀약을 맺은 이상, 조만간에 천하는 자신의 것이 될 게 뻔했다. 그걸 알고 이 교활한 계집이 자신에게 접근한 것이리라. 일단 상대의 속셈을 짐작할 수 있게 되자, 마음이 한결 느긋해졌다.

"세인들은 무영문이 중원 최고의 정보 조직이라고 하지만, 본좌는 그리 필요성을 느끼지 못하고 있소."

장인걸의 말이 채 끝나기도 전에 옥화무제는 아주 재미있는 얘기라도 들었다는 듯 맑은 웃음을 터뜨렸다. 그녀의 웃음은 아주 매력적인 것이었지만, 장인걸의 인상은 일그러졌다. 자신을 비웃는 듯 느껴졌기 때문이다.

"웃지만 말고 얘기를 해 보시오."

"만나기에 앞서 선물까지 드렸었는데, 그쪽에서는 그걸 받았는지도 모르고 있다니 정말 재미있군요. 그렇지 않나요? 편복대주."

갑자기 옥화무제가 자신을 보며 말하자 편복대주는 당황하지 않을 수 없었다.

장인걸은 편복대주에게로 시선을 돌리며 물었다.

"선물이라니?"

편복대주는 어색한 미소를 지으며 대답했다.

"그, 그건 속하도 잘……."

"워낙 정보가 어두운 것 같아서 대별산맥에 숨어 있는 묵향 교주의 위치까지 알려 드렸잖아요. 설마 그걸 자신들의 힘으로 알아낸 거라고 생각하는 건 아니겠지요?"

그 말에 편복대주의 얼굴이 시뻘겋게 달아올랐지만, 장인걸의 표정은 거의 변함이 없었다. 그는 느긋한 어조로 입을 열었다.

"선물이 그 정도라면, 그보다 더 중요한 정보들을 가지고 있다는 말이 되겠군."

"그건 상상에 맡기겠어요. 어때요? 아직도 본문의 정보가 필요 없다는 기존의 생각에 변함이 없나요?"

"아니, 점차 구미가 당기기 시작하는군. 그것보다 그쪽에서 원하는 걸 듣기로 하지. 본좌에게 뭘 원하는 거요?"
"무공 비급이요."
"무공 비급?"
뜻밖의 제안에 장인걸의 눈매가 일그러졌다. 그는 떨떠름한 얼굴로 말을 이었다.
"이미 정파의 심법을 익힌 상태에서 역혈심법을 추가로 익히는 건 별로 권장하는 것이 아닌데……."
옥화무제는 새침한 표정으로 말했다.
"장난치는 건가요? 아니면 말귀를 못 알아듣는 건가요?"
장인걸은 진짜로 그녀의 말을 이해하지 못했다. 그렇기에 그는 편복대주에게로 시선을 돌리며 물었다.
"저쪽에서 원할 만한 비급을 보유하고 있는 게 있었나?"
편복대주는 고개를 조아리며 대답했다.
"개봉을 점령할 당시 황궁무고(皇宮武庫)와 비고(秘庫)에서 입수한 비급들이 있사옵니다."
"아! 그게 있었지."
장인걸은 시선을 옥화무제에게 돌리며 물었다.
"그걸 원하는 거요?"
하지만 옥화무제가 원한 건 그게 아닌 모양이었다. 그녀는 콧방귀를 뀌며 대꾸했다.
"흥, 그쪽에서 기억하지 못할 정도로 쓸모가 없는 거라면 본문과의 계약 성사를 축하하는 선물 정도로는 적당할 듯하군요."
순간 그녀에 대한 신뢰감이 조금 상승했다. 사실, 묵향을 배반할 정도라면 상식적으로 생각해도 막대한 대가를 원해야 정상이 아니겠는가. 그러나 상대가 원하는 게 뭔지 짐작하지 못하고 있는 만큼 장인걸은 난감하기만 했다.

"흐음…, 그것도 적지 않은 분량인데 만족하지 못하시겠다? 이거 전해 들은 것보다 훨씬 더 배포가 크구먼."

"황궁에서 긁어모은 비급들 중에서 쓸 만한 건 거의 없어요. 그건 그쪽에서도 잘 알 거 아니에요?"

장인걸은 씨익 미소 지었다.

"그건 그렇지. 하지만 그거 외에 가지고 있는 거라고는 마공 비급밖에 없소. 설마 그걸 가져다가 익히고는 제2의 천마신교라도 창립하실 생각이시오?"

옥화무제는 새침하게 대꾸했다.

"마공 따위는 필요 없어요. 본녀가 원하는 건 십만대산에 쌓여 있는 정파의 무공 비급들을 말하는 거예요. 그리고 귀교에서 그 무공들에 대해 연구한 자료도 원해요."

그제야 장인걸은 상대가 원하는 걸 알 수가 있었다. 마교에 쌓여 있는 막대한 양의 무공 비급. 그 안에는 거의 모든 명문정파들의 절전비기들도 수두룩하다는 걸 장인걸도 알고 있었다. 무공 비급 한 권에 목숨을 거는 무림인의 생리상, 그 정도라면 충분히 모험을 할 만한 가치가 있지 않겠는가.

"흐음…, 그러니까 그 비급들을 얻기 위해 묵향을 없애는 일에 동참하시겠다는 말씀이시구려."

"맞아요. 묵향 교주를 없앤다면 귀하가 다시금 교주로 추대될 가능성이 높다고 본녀는 생각하고 있어요. 설마, 교주가 되는 것에 관심이 없는 건 아니겠죠?"

그녀의 목소리는 장인걸이 지금껏 들어왔던 그 어떤 계집의 목소리보다도 더욱 달콤했다. 장인걸은 옥화무제의 혓바닥이 간교하기 짝이 없다는 소문을 익히 들어왔었다. 하지만 그걸 알고 있으면서도 장인걸은 그녀의 제안을 뿌리칠 수가 없었다. 그게 바로 그가 가장 원하던 것이었으니까.

본거지로 돌아가자마자 장인걸은 편복대주에게 말했다.
"그녀의 말대로 함정을 설치하는 게 좋겠어."
"적격지를 선정하여 최대한 빨리 보고 올리도록 하겠사옵니다."
편복대주가 그렇게 대답했음에도 불구하고, 장인걸은 이미 장소를 생각해 놓은 모양이었다. 그는 벽면에 걸린 커다란 지도 중 한 지점을 가리키며 말했다.
"여기에 설치하도록!"
장인걸의 손가락이 가리키고 있는 곳은 태산(泰山)이었다. 편복대주는 어리둥절한 표정으로 대답했다.
"구태여 태산에 설치할 이유라도 있으시옵니까? 거리가 너무 멀어 그곳까지 인원과 장비를 보내려면 시간이 너무 지체되지 않을까 염려되옵니다."
"물론 그렇겠지. 하지만 여기에는 태산파가 있어. 태산파의 연공실을 최대한 이용하도록 해라."
그 말에 편복대주는 감탄하지 않을 수 없었다. 맞다. 태산파라면 정파의 명문들 중 하나로 한때는 9파1방에 들어갔을 정도로 거대한 규모를 자랑했다. 그리고 그렇게 큰 문파인 만큼, 문주급이 사용하는 연공실로 들어가는 통로에는 수많은 기관진식들을 설치해

났을 게 분명했다. 그걸 이용한다면 최소한의 시간으로도 완벽한 준비를 갖출 수 있을 것이다.

"즉시 공사를 시작하도록 지시하겠사옵니다."

편복대주가 밖으로 뛰쳐나가자, 장인걸은 호피(虎皮)로 장식한 호화로운 의자에 앉으며 한숨을 푹 내쉬었다.

"본좌도 귀계(鬼計)에는 꽤나 능숙하다 자신하고 있었거늘……."

옥화무제를 만난 후 그는 자신에게 뭐가 부족한지 명확히 깨달을 수 있었다. 지금 그에게는 계책에 능한 책사가 없었다. 편복대주는 정보의 처리에는 능했지만, 그것들을 응용해서 적을 타격할 계책을 꾸미는 것에는 한계점을 지니고 있었다. 그것은 그에게 재능이 있고 없고를 떠나, 사악함이 없었기 때문이다. 목적을 위해서는 수단과 방법을 가리지 않는 그런 사악함이 말이다.

'그때 무슨 짓을 해서라도 혁무상 장로를 데리고 탈출했어야 했어. 정말이지 두고두고 후회되는구먼.'

자신이 권좌에서 밀려났던 바로 그날을 떠올리면 씁쓸하기 짝이 없다. 그때 이렇게 했더라면, 그때 저렇게 했더라면……. 꼬리에 꼬리를 물고 전개되는 자기반성. 그런 식으로 자신을 채찍질했기에 그는 더욱 성장할 수 있었다. 그리고 다시 한 번 기회를 잡았다. 십만대산으로 돌아갈 수 있는 기회를.

이런 저런 상념에 잠겨 있던 장인걸이 갑자기 자리에서 벌떡 일어섰다.

"참, 이러고 있을 게 아니라 말코나 손봐줘야겠군. 그흐흣…, 감히 본좌를 가지고 놀려고 들다니. 깜찍한 놈들 같으니라구."

음흉한 웃음을 지으며 그가 향한 곳은 만수진인이 기거하고 있는 방이었다.

  *   *   *

패력검제는 무림맹에서 하릴없이 시간만 보내고 있었다. 맹주는 그의 아들을 구출하는 데 있어 전폭적인 협조를 약속했지만, 며칠 동안 동정을 살펴본 결과 그 어떤 움직임도 보이지 않고 있었다.

거의 매일 감찰부주가 찾아와 서량이 감금되어 있을 만한 장소를 찾고 있다며 말해 주기는 했지만, 그런 말들을 곧이곧대로 믿어 버릴 만큼 그는 맹을 신뢰하고 있지 않았던 것이다.

'계속 이대로 기다려야만 하나?'

초조한 듯 방안을 서성거리던 패력검제의 머릿속을 꿰뚫고 지나가는 생각이 있었다. 교주도 딸을 납치당하지 않았던가. 맹주는 자신의 일이 아니니 옆집에서 난 불구경하듯 할 수 있지만, 교주는 다를 것이다. 그는 자기 집에 불이 난 상태니까.

'맹으로 올 게 아니라, 처음부터 교주에게로 갔었어야 했어. 정파에 적을 두고 있다는 그놈의 자부심이라는 게 뭔지……. 아까운 시간만 잡아먹었군.'

패력검제는 검을 집어 들고 일어섰다. 결단을 내렸으니 더 이상 이곳에서 머무를 필요가 없었던 것이다. 하지만 그는 곧 깨달아야만 했다. 방에서 나온 직후부터 자신의 일거수일투족을 훔쳐보고 있는 누군가가 있다는 사실을 말이다.

'정말 이상하군. 한 명이라도 더 투입해서 정보 수입에 힘을 쏟아야 마땅한 이때, 왜 나를 감시하고 있단 말인가?'

패력검제는 곰곰이 생각해 봤지만, 맹에서 자신을 감시할 이유를 전혀 찾아낼 수 없었다. 맹에 소속된 문파와 분란을 일으키지도 않았다. 오히려 무영문과 충돌에서는 개방을 도와주기까지 하지 않았던가. 그런데 왜?

문득 패력검제에게 한 가지 생각이 떠올랐다. 혹시 소연에 대한 정보를 맹에서 파악하고 있을 가능성에 대한 것이었다. 과연 그렇게 생각하니, 지금 행해지고 있는 무림맹의 알 수 없는 행동이 이해가 갔다.

맹주는 그가 교주에게로 가는 걸 싫어하는 것이다. 물론 감시자들의 능력으로 패력검제가 탈출하는 걸 막을 수는 없겠지만, 교주의 사람들이 그에게 접근하는 걸 방해할 수는 있었다. 그들은 패력검제가 이미 진실을 알고 있을 거라고는 전혀 짐작조차 하지 못하고 있을 테니 말이다.

패력검제는 씁쓸한 듯 입맛을 다셨다. 장인걸에게 납치당한 사람들을 구하는 데 전력을 기울여도 시원찮을 지금, 이따위 견제로 시간을 낭비하고 있으니 말이다.

패력검제는 그 길로 맹주의 집무실 쪽으로 달려가 면담을 요청했다. 하지만 돌아온 대답은, 지금은 바쁘셔서 시간을 낼 수 없으니 다음에 찾아달라는 것이었다. 패력검제는 치솟는 분노를 억제하기 힘들었다.

"아들을 찾는 걸 도와주기는커녕, 나를 붙잡고 지금 뭐 하자는 겐가? 내가 그렇게 할 일이 없는 사람으로 보였더냐!"

패력검제의 노성에 문사는 적잖이 당황한 듯했다. 그는 윗사람이 시킨 대로 했을 뿐이었다. 그 말을 듣고 패력검제가 노성을 터뜨리라고는 생각도 못했던 것이다.

"진, 진정하십시오, 패력검제 대협. 제가 다시 한 번 더 윗선에 보고를 올려 면담 날짜를 잡아 보도록 하겠습니다."

"됐다. 노부가 거지새끼도 아니고, 맹주를 믿은 게 잘못이지. 맹주에게 전하거라. 내 아들의 목숨은 내가 직접 구하겠다고 말이다."

이제 더 이상 볼 일이 없다는 듯 패력검제는 밖으로 뛰쳐나가 전력으로 경공술을 전개했다. 감히 현경급 고수의 뒤를 쫓을 생각까지 했을 정도로 뛰어난 경공술을 자랑하는 그였다. 그런 그가 전력으로 경공술을 전개하자, 그의 신형은 순식간에 까마득한 점으로 화해 버렸다. 패력검제는 단숨에 무림맹을 감싸고 있는 성벽을 뛰어넘어, 어디론가 사라져 버렸다.

"뭣이? 패력검제가 뛰쳐나가 버렸다고?"

"예, 맹주님."

"허어~, 좀 말리지 않고."

"그럴 여유조차 없었습니다. 맹주님께 면담을 청한 다음, 그게 거부되자마자 불같이 화를 내며 자기 아들은 자기가 직접 구하겠다고 하며 달려 나갔다 합니다."

"이러고 있을 게 아니군. 내가 직접 찾아가서라도 그를 데려와야겠어. 지금 그는 어디에 있느냐? 감시는 붙여 뒀겠지?"

그 말에 감찰부주는 고개를 푹 숙이며 대답했다.

"워낙 엄청난 경공술이라 도저히 추적 자체가 불가능했다고 합니다. 뛰어난 애들 몇을 보내 흔적을 뒤쫓고는 있습니다만, 기대는 하지 않으심이……."

"허허, 이거 참. 도저히 이해를 할 수가 없구먼. 그렇게 혼자 뛰쳐나가서 도대체 뭘 할 수 있다고."

"저로서도 의외였습니다. 그가 그런 선택을 할 거라고는 전혀 예상조차도 하지 못했으니까요."

잠시 말없이 앉아 있던 맹주가 문득 입을 열었다.

"혹, 그가 교주의 혈족도 자신의 아들과 함께 납치되었다는 사실을 알아낸 게 아닐까?"

맹주의 의문에 감찰부주는 단호하게 대답했다.

"그럴 가능성은 절대로 없습니다."

"확신할 수 있느냐?"

"예. 그가 맹에 들어온 뒤부터 실력 있는 애들을 배치해서 24시간 철저히 감시했습니다. 그동안 그와 접촉한 인물은 단 한 명도 없었습니다."

"그렇다면 더욱 이해하기 힘들구나."

"어쩌면 이쪽에서 보여 준 진행 상황이 너무 지지부진한 듯하자, 속이 타서 밖으로 나가 버린 게 아닐까요? 그도 일문의 주인이고, 무림에 두터운 인맥을 쌓아 뒀을 게 아니겠습니까? 자기 힘으로 어떻게라도 해 볼 생각인 것이겠지요."

"그렇다면 당장 각 문파에 협조 공문을 띄우도록 해라. 패력검제를 발견하면 맹에 알려 달라고 말이다."

"그런 식이라면 오히려 역효과가 날 우려도 있습니다."

이렇게 말한 감찰부주는 잠시 생각히더니 맹주에게 말했다.

"이렇게 하는 게 좋겠습니다. 패력검제 아들의 행방에 대한 작은 단서를 발견했다고 말입니다. 그걸 알려 주기 위해서 그를 찾고 있는 거라고 말이지요."

"오호, 그거 좋은 생각이로구나."

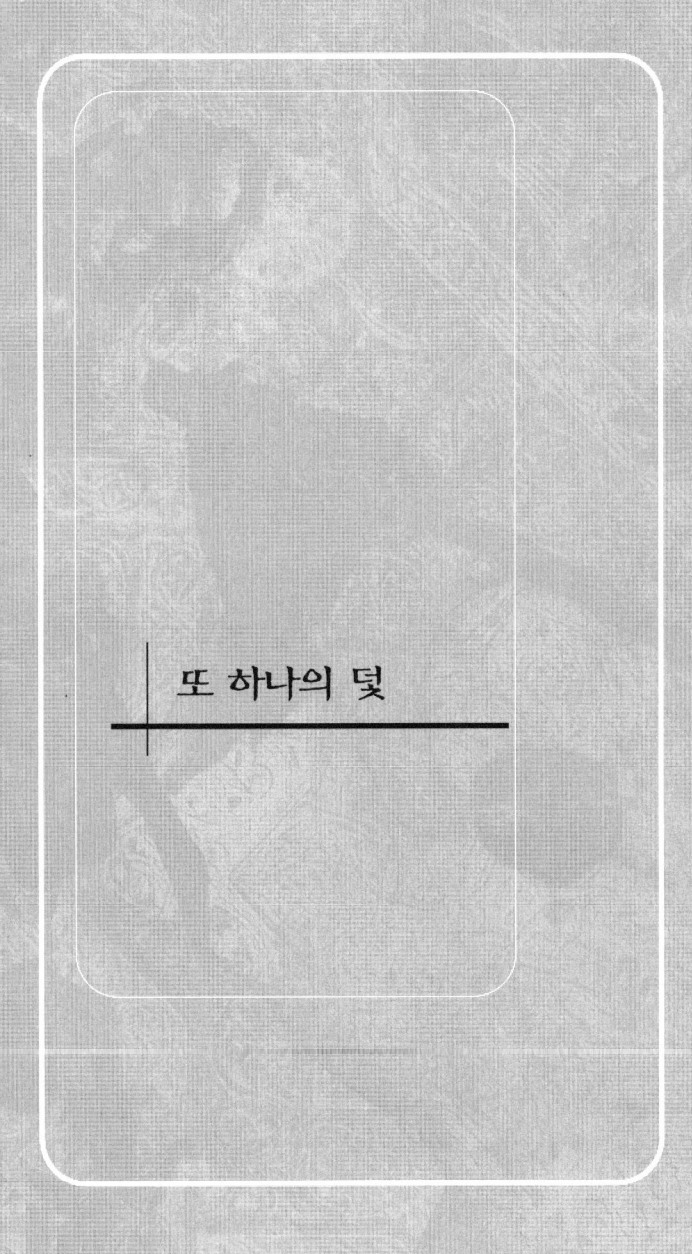

또 하나의 덫

최후의 결전

패력검제가 맹을 떠난 다음 날, 맹주는 생각지도 못한 여인의 방문을 받게 되었다. 그녀의 이름은 바로 옥화무제였다. 뻔뻔스럽게도 그녀가 이렇게 빨리 자신을 찾아올 거라고는 전혀 예상하지 못했던 맹주였다.

그는 옥화무제를 일단 귀빈들이 묵는 숙소에서 기다리도록 문사에게 지시를 내렸다. 한동안 기다리게 만들며 그녀의 애를 태울 속셈이었던 것이다. 그런데 그녀의 접대를 담당한 문사가 황급히 달려와 또 다른 보고를 올렸다.

옥화무제를 귀빈용 숙소로 안내하려 하자, 그녀는 그것을 정중히 거절했다고 한다. 그러면서 그녀는 우연히 근처를 지나다 재미있는 소식 한두 가지를 알려 드릴까 하고 들렀는데, 맹주님께서 바쁘신 듯하니 그냥 가야겠다고 했다는 것이다.

"재미있는 소식이라는 게 뭐지?"

보고를 들은 맹주는 궁금하기 짝이 없었다. 대체 어떤 정보이기에 감히 옥화무제가 이렇게 뻔뻔스럽게 자신을 찾아올 생각을 할 수 있었는지 말이다.

그녀의 요청을 받아들여 만날 것인가, 아니면 그냥 돌아가도록 방치할 것인가. 그녀에게 모멸감을 안겨 주려면 후자가 훨씬 좋겠지만, 그렇게 되면 정보를 들을 수 있는 기회 역시 놓치게 된다.
 고심하던 맹주는 감찰부주를 불러 그녀의 처리를 어떻게 할 것인지 상의했다.
 "일단 만나 보시는 게 좋겠습니다. 아무리 꼴 보기 싫다 해도, 그분의 뒤에는 무영문이 있습니다. 무영문의 본거지를 파악하지 못한 이상, 그분을 홀대할 수는 없지 않겠습니까?"
 "그도 그렇구먼. 봉공에게 이리 오라고 일러라."
 잠시 후, 맹주가 자신을 만나고자 한다는 기별을 받은 옥화무제가 집무실 안으로 들어섰다.
 "바쁘신데 제가 방해하는 것은 아닌지 모르겠습니다, 맹주님."
 "허허, 무슨 그런 말을. 노부가 아무리 바쁘다고 해도 봉공과 만날 수 있는 시간은 없어도 만들어야지요."
 맹주는 옥화무제에게 자리를 권한 후, 탁자 위에 놓여 있는 작은 종을 흔들어 시녀를 불러서는 다과를 내오라 일렀다. 향기로운 차를 마시며 옥화무제는 맹주에게 말했다.
 "혹시 공공대사라는 분에 대해 알고 계시나요?"
 그러자 감찰부주가 옆에서 끼어들었다. 지금에 이르러 공공대사라는 이름을 기억하고 있는 사람은 그리 많지 않았지만, 맹주나 감찰부주는 그와 같은 시대를 살았던 인물이다. 세인들은 불계불황(不戒佛皇)이나 만사불황(萬邪佛皇)이라는 명호밖에 기억하지 못하고 있지만, 두 사람은 공공대사가 소림의 등불로서 추앙받았던 때를 기억하고 있었다. 그때 공공대사라는 명호는 무적(無敵)이라는 단어와 거의 같은 의미로 쓰였을 정도였다.
 "불황(佛皇)의 근황에 무슨 문제라도 생겼소?"

"역시 모르고 계신 모양이네요. 시간을 내 들린 보람이 있군요."
옥화무제는 화사한 미소를 지어 보인 후 말을 이었다.
"공공대사가 정신을 차리셨어요. 더군다나 현경의 경지에 이르렀다는 말도 있구요."
"그, 그게 사실이오?"
그 정보가 진실이냐는 것을 묻는 맹주. 하지만 감찰부주는 인상을 찡그리더니 다소 초점이 어긋난 질문을 던졌다.
"그분이 정신을 차리신 게 언제입니까? 혹, 알고 계시다면 알려주십시오."
"그 일이 봉문 전에 벌어진 건지, 아니면 그 후에 벌어진 건지 그게 궁금한 건가요?"
"그렇습니다."
"봉문 전에 벌어진 일이에요."
감찰부주의 얼굴에 짙은 의심이 차올랐다.
"그렇다면 말이 좀 안 되는군요. 그게 사실이라면 소림은 봉문을 선언할 필요조차 없었을 테니 말입니다."
"아니, 소림의 봉문을 절대적으로 지지했던 게 바로 그라고 들었어요. 불법만을 세우면 되지, 허황되기 그지없는 명성에 집착하여 살생을 하는 게 더욱 치욕스런 일이라고 말이에요."
그 말에 맹주의 안색이 일그러졌다.
"그렇다면 무림에 전혀 도움이 안 된다는 말이지 않소?"
"아뇨. 그건 맹주께서 하시기 나름이지요. 방장을 움직여 보세요. 소림의 법도상, 방장이 하고자 한다면 공공대사도 어쩔 수 없이 끌려올 수밖에 없을 거예요."

"하지만 그게 쉽겠소? 공공대사의 말에 의해 봉문까지 선택했다면서……."

"지금 소림은 무승들의 훈련에 박차를 가하고 있어요. 지난날의 치욕을 설욕할 생각이 없다면 무승들을 다그칠 이유가 없지요."

"허허, 참으로 놀라운 정보구려."

정파 무림에 현경급 고수가 출현했다는 말에 맹주는 정신이 없었다. 그는 차를 음미하며, 이 정보가 가져올 맹 내의 변화에 대해 측근들과 상의해 보고 싶었다. 하지만 옥화무제는 전혀 떠날 기색이 아니었다. 그녀는 잠시 미소를 짓다가, 문득 생각이라도 났다는 듯 말을 이었다.

"참, 그러고 보니 한 가지 더 알아낸 게 있는데…, 이건 좋은 소식이 아니라서 전해 드리기가 좀 그러네요."

"기탄없이 말해 보구려. 새로운 정보라면 언제든지 환영이니까."

"교주가 주기로 했던 것 말이에요. 바로 그 비급들……."

"그게 어쨌다는 말씀이시오?"

"비급들을 받아 내는 데 있어서 제가 많은 무리수를 뒀던 점 깊이 사과 드려요. 뭐, 결국은 하나도 건진 게 없지만……."

안 좋은 소식이라는 말에 내심 긴장하고 있었던 맹주는 옥화무제가 정중히 사과를 해 오자 호탕한 웃음을 터트리며 손을 저었다.

"핫핫핫, 봉공의 사과는 받아들이겠소."

"맹주의 너그러우심에 깊이 감사드립니다. 하지만 그래도 미련이 남아서 십만대산을 관찰하던 중에 아주 흥미로운 사실을 하나 발견했지요."

"그게 뭐요?"

"교주가 비급을 줄 생각이 전혀 없다는 것을 말이에요."

"그게 사실이오?"

"생각해 보면 당연한 거 아니겠어요? 흑살마왕만 처치해 버리면, 그에게는 더 이상 적이 없어요. 이제 곧 있으면 흑살마왕과의 대회전이 벌어질 거예요. 그런데 그는 아직까지도 비급을 전해 줄 생각조차 하지 않고 있죠. 그렇다고 십만대산에서 비급을 실은 마차들이 출발한 것도 아니구요."

옥화무제가 상큼한 미소를 짓는데 반해, 맹주의 얼굴은 점점 더 일그러지고 있었다. 비급을 받아 낼 수 있다고 장로들에게 이미 공포했다. 당연히 장로들도 자신들이 소속된 각 문파의 문주들에게 이미 그 보고를 했을 것이다. 그런데 비급을 받지 못한다면 결국 맹주인 자신이 교주의 손바닥에서 놀아난 꼴이 되지 않겠는가.

"과연 일이 다 끝났는데도 교주가 비급을 챙겨 줄까요?"

"그 말 책임질 수 있소?"

"물론이에요. 곧 있으면 모든 게 밝혀질 일인데, 제가 맹주님께 거짓말을 해서 무슨 이익이 있다고 그러겠어요."

"크흠……."

"그리고 한 가지 더. 아마 교주는 이번 일이 잘 마무리되고 나면, 그 다음에는 무림일통(武林一統)을 시작할지도 몰라요."

순간 맹주의 얼굴에 수심이 차올랐다.

"그, 그럴 리가……?"

"당연한 것 아니겠어요? 지금 그에게는 흑살마왕이라는 관심을 끌 대상이 있잖아요. 만약 그가 없어지면 그 다음에는 어떻게 할 거라고 생각하세요? 전설에나 등장하는 생사경을 뚫기 위해 또다시 기나긴 연공에 들어갈 거라고 생각하세요?"

옥화무제는 맹주와 감찰부주의 일그러진 얼굴을 재미있다는 듯 둘러본 다음 계속 말을 이었다.

"그는 이미 20년간 폐관수련을 했어요. 그동안 그는 깨달았겠죠. 더 이상 수련해 봤자 시간 낭비라는 것을 말이에요."

"죄송합니다만, 그렇게 단정 짓는다는 것은 너무 성급한……."

감찰부주가 뭔가 반박을 하려 했지만 옥화무제는 신경도 쓰지 않고 계속 말을 이었다.

"성급한 게 아니에요. 그는 20여 년간의 공백을 깨고 갑자기 튀어나왔어요. 그리고 시작한 게 바로 흑살마왕에 대한 복수였죠. 그에게 있어서 흑살마왕을 처치하는 게 그렇게까지 중요한 일이었을까요? 하지만 그는 수많은 무리수를 두고 있어요. 마치 자신의 능력을 시험이라도 하겠다는 듯 말이죠. 비급들의 사본을 제공하겠다는 둥, 그리고 자신들이 모든 피를 뒤집어쓸 테니 무림맹은 그저 보고만 있어라 하는 식으로 말이에요."

옥화무제의 말에 맹주와 감찰부주는 아무 말도 할 수가 없었다. 듣다 보니 그녀의 말이 꽤나 타당했던 것이다.

"이것 하나는 단언할 수 있어요. 만약 나에게 그토록 죽이고 싶은 원수가 있다면, 절대 20년씩이나 기다리고 있지 않을 거라는 것을 말이에요. 물론 능력이 모자라서 그걸 갖추기 위해 시간이 필요했다면 이런 생각까지는 하지도 않았을 거예요. 하지만 그는 20년 전부터 흑살마왕따위는 한 방에 처치해 버릴 만한 능력을 가지고 있었죠. 오히려 20년씩이나 기다려 주는 바람에 흑살마왕이 다시금 재기하는 기회를 얻은 거잖아요. 안 그래요?"

"……."

"이제 흑살마왕을 없애고 난 후, 그는 어떻게 할까요? 십만대산으로 돌아가 얌전히 눈 구경이나 하면서 여생을 마치면 좋겠지만…, 그가 과연 그렇게 할까요? 없는 적도 만들어서 없애는 사람인데 말이죠."

"그래서 내린 결론이 바로 무림일통이라는 말이오?"

"뭐, 제 말을 믿지 않으셔도 뭐라 할 말은 없어요. 저는 그저 관찰자일 뿐, 무림사에 직접적으로 관여해 온 적은 없었으니까요. 그냥 옆에서 구경만 할 생각이에요. 무림의 위대한 절대자의 탄생을 말이죠."

옥화무제의 말에 맹주는 창백하게 질린 표정으로 중얼거렸다.

"허허, 이거 참. 무량수불……."

* * *

"어서 오게, 군사."

설민은 묵향에게 예를 올린 다음, 자리에 앉았다.

"본좌가 지시한 것에 대한 조사는 해 봤나?"

"예, 교주님."

그는 지도에서 춘릉성(春陵城)을 가리키며 입을 열었다.

"결전의 장소로서 속하가 추천 드리는 곳은 바로 이곳입니다."

묵향은 지도를 보며 인상을 찡그렸다. 그가 보기에도 그곳은 전투를 벌이기에 썩 좋은 위치가 아니었기 때문이다.

"춘릉성을 택한 이유를 들어 볼 수 있을까?"

"예. 춘릉성은 대별산맥 끝단에 위치해 있는 작은 성입니다. 전략적인······."

이때, 홍진 장로가 허겁지겁 달려 들어오며 외쳤다.

"교주님, 큰일 났습니다."

"무슨 일인가?"

"금나라에서 테무진에게로 황녀를 보냈다는 정보가 입수되었습니다."

"황녀를? 그놈 참 재주도 좋군."

묵향은 피식 미소 지었다. 테무진 같은 인물을 매수한다는 것 자체가 불가능하다고 묵향은 생각했지만, 홍진 장로의 생각은 달랐다.

"웃으실 일이 아닙니다. 테무진 그 망할 놈이 황녀 외에도 막대한 재물까지 요구했다는 것을 보면 진심임에 틀림없습니다. 지금처럼 중요한 시국에 그놈이 손을 떼면, 장인걸의 세력이 훨씬 더 커질 것은 불 보듯 뻔하지 않습니까? 그 촌뜨기 놈이 누구 덕분에 그렇게 세력이 커졌는데, 이제는 제법 대가리가 컸다고 배신을 하다니. 지금 당장 이팔삼 대장에게 기별을 보내 그놈을 없애 버리라고 하는 게 좋겠습니다."

홍진 장로는 길길이 뛰고 있었지만, 묵향의 표정에는 변화가 없었다.

"용의 눈을 가지고 있는 사람을 그런 하찮은 걸로 옭아맬 수는 없어."

"하찮은 거라니요? 그놈이 해마다 받아 처먹기로 한 세폐(歲幣)만 해도 은자 10만 냥에 비단 30만 필이란 말입니다."

묵향은 귀찮다는 듯 손을 내저으며 말했다.

"아아, 그 얘기는 그만하게. 나는 그놈을 믿어."

"뒤통수를 얻어맞고 난 다음에는 너무 늦습니다, 교주님."

홍진 장로의 어조는 급박했지만, 묵향은 마치 자신과 전혀 관계가 없는 일이기라도 하다는 듯 퉁명스럽게 대꾸했다.

"그건 맞고 난 다음에 생각해 보기로 하세."

묵향은 다시 설민 쪽으로 시선을 돌리며 물었다.

"춘릉성의 전략적 가치가 어쨌다고?"

"예. 그곳은 전략적 요충지하고는 거리가 먼 곳에 자리 잡고 있기에 성곽의 높이도 그리 높지 않은데다, 장인걸이 대군을 움직이기에 용이한 평야 지대에 위치하고 있어서 방어하기가 아주 힘든 곳입니다. 그러니 우리가 본진을 그쪽으로 옮겼다는 걸 알게 되면 틀림없이 곧바로 달려들 겁니다."

처음에는 무슨 소린가 하고 조용히 듣고 있던 홍진 장로는 마지막 말에 겨우 감을 잡을 수 있었다. 춘릉성으로 거점을 옮기자는 말이 아닌가. 그 위험하기 짝이 없는 곳으로 말이다. 순간 홍진 장로의 얼굴이 한층 더 시뻘게졌다.

"그건 말도 안 됩니다!"

홍진 장로는 매서운 눈초리로 설민을 노려보며 질책했다.

"그게 도대체 무슨 망말인가! 춘릉성으로 옮기자니, 자네가 장인걸에게 뇌물을 받아먹지 않은 다음에야 어찌 그런 망령된 제안을 할 수 있단 말인가?"

서슬이 시퍼런 어조로 뇌물 운운하자 안 그래도 심약한 설민의 안색이 새파랗게 질려 버렸다.

"저, 저, 저는 결코……."

이때, 묵향이 손을 들며 단호한 어조로 끼어들었다.

"홍진 장로."

"하명하십시오, 교주님. 저놈을 당장 끌어내다가 목을……."

그러자 묵향은 고개를 가로저으며 말했다.

"그게 아닐세. 그건 자네가 오해한 거야. 내가 군사에게 지시한 걸세. 장인걸과 결전을 벌이는 데 적합한 장소가 어딘가 하고 말이야. 군사가 제대로 된 장소를 찾은 것 같군. 정보를 다루는 자네조차 기겁을 할 정도로 기가 막힌 장소를 말이지."

설민은 두려운 듯 홍진 장로의 눈치를 살피며, 묵향에게 다시 입을 열었다.

"거, 겉으로 봤을 때는 이쪽에 유리한 점이 단 한 개도 없는 듯 보입니다만, 자세히 파고들면 꽤나 그럴듯한 이점들이 몇 가지 있습니다. 특히, 이곳에 있는 두 개의 강이 놓여 있는 위치가 너무나도 절묘합니다. 강폭도 그리 넓지 않고, 수심도 얕기에 장인걸 쪽에서 진격해 들어오는 데는 아무런 지장도 주지 못합니다. 하지만 전투에 패해서 추격을 당하는 상태로 건너기는 쉽지가 않지요. 제대로 걸리기만 하면 이 일대에서 그의 대군을 완전히 전멸시켜 버릴 수도 있을 겁니다."

그 말이 마음에 들었는지 묵향은 흡족한 표정으로 고개를 끄덕였다.

"오늘 밤, 자정쯤 춘릉성에 도착할 수 있도록 출발 시간을 조정하도록 해."

"존명."

옆에 서 있던 홍진이 한 마디를 참견했다.

"내일 아침이 되면 장인걸이 기절초풍하겠군요."

"그게 바로 본좌가 원하는 거지. 놈은 고심하지 않을 수 없을걸? 달려들어야 하나, 말아야 하나 하고 말일세."

설민은 조심스럽게 입을 열었다.

"결국은 걸려들 겁니다. 이런 기회는 몇 번씩 오는 게 아니거든요. 그리고 이쪽에서 방어진을 구축하는 듯한 움직임을 보인다면, 더 빨리 달려들 겁니다. 방어선이 갖춰지기 전에 싸우려고 들 테니까요."

"그래, 그 말이 맞아. 자네는 지금 당장 다른 장로들에게도 이 작전을 알려 준 뒤 실수가 없도록 하게."

"존명."

명령을 이행하기 위해 설민이 밖으로 달려 나가자, 묵향은 홍진 장로에게로 시선을 돌리며 말했다.

"테무진 쪽은 걱정할 필요가 없을 거야. 그러니 그런 곳에 신경 쓸 시간에 소연이가 감금되어 있을 만한 곳이나 좀 더 열심히 찾아봐."

"수하들이 열심히 찾아다니고는 있지만, 아무래도 고정 첩자망이 없다 보니 입수할 수 있는 정보에는 한계가 있습니다. 혹시 무영문에서 뭔가 발견한 게 있을지도 모르잖습니까?"

"그쪽도 아직까지는 알아낸 게 없다고 하더군."

"빨리 찾아내야 힐 덴데, 근일이군요."

"어쨌건 분발해 주게. 그 녀석과 전면전에 들어가기 전에 그 아이를 구출하지 못한다면……."

묵향은 목이 메는지 잠시 말을 멈췄다. 하지만 그는 곧이어 헛기침을 하며 말을 이었다.

"크흠! 어쨌건 본좌로서는 그 아이를 포기하는 수밖에 없으니 말일세. 자네만 믿겠네."

"최선을 다하겠습니다, 교주님."

포기할 수밖에 없다는 묵향의 말이 홍진 장로의 가슴을 아프게 파고들었다. 그가 소연을 얼마나 사랑하는지 잘 안다. 그런데 수하들을 위해 자신의 딸을 아낌없이 포기하겠다니. 그가 그런 결정을 내리기까지 얼마나 힘들고 괴로웠겠는가. 홍진 장로는 그런 묵향을 향해 겨우 최선을 다하겠다는 말밖에 할 수 없는 자신이 너무나도 무능력하게 느껴졌다.

* * *

황하 하류 남쪽에는 중원 오악(五嶽) 중 하나인 태산이 하늘이라도 뚫을 듯 우뚝 솟아 있다. 태산은 도교의 위대한 성지들 중 하나로서, 명문 중의 하나인 태산파의 요람이다.

하지만 지금 태산에는 단 한 명의 도사도 찾아볼 수가 없다. 있다면 삼엄한 예기를 날리며 주위를 향해 감시의 눈길을 보내고 있는 객(客)들뿐. 금나라 영토에 위치한 대부분의 문파들이 그러하듯, 태산파 역시도 금나라의 압박을 견디지 못하고 보금자리를 떠나 버린 것이다.

편복대주는 텅 비어있던 이곳 태산파의 본거지를 이용해서 강력하기 짝이 없는 함정을 준비하고 있는 중이었다.

연경에서 사용되었던 화약의 양은 3만여 근(약 11톤)이나 됐고, 거기에다 1천5백여 개의 진천뢰까지 터졌다. 그럼에도 불구하고 놈은 그 지옥에서 살아서 나왔다고 한다. 그야말로 괴물이라고 밖에는 달리 표현할 방법이 없는 놈인 것이다.

새로운 함정을 구축함에 있어 전보다 많은 화약을 쓰는 것도 한 방법일 수 있겠지만, 옥화무제는 그것보다 훨씬 더 확실한 방법이 있다며 장인걸에게 제안했다. 그것은 바로 깊은 땅 속으로 그를 유인한 뒤 아예 매몰시켜 버리자는 것이었다.

제아무리 날고 기는 초고수라고 할지라도, 깊은 땅 속에서 살아서 기어 나올 수는 없을 게 아니겠는가. 더군다나 엄청난 화약 폭발의 충격까지 입은 상태라면 더더욱 불가능하리라.

편복대주는 지하 통로 곳곳에 매설되어 있는 방대한 양의 화약을 보며, 이 계책을 생각해 낸 옥화무제의 악독함에 내심 치를 떨지 않을 수 없었다.

'정말 지독한 여자야. 얼마 전까지 한편이었던 사람을 죽이기 위해 이렇게 악독한 계책을 생각해 내다니……'

옥화무제가 왜 그토록 악독해질 수 있었는지 그 이유를 편복대주는 모르고 있었기에 이런 생각을 하는 것이다. 그녀로서는 선택의 여지가 없었다. 자신이 아니, 무영문이 살아남기 위해서는 무슨 짓을 해서라도 묵향을 죽여 없애야만 했기 때문이다.

지하 통로 곳곳을 돌아다니며 점검을 하던 편복대주에게 공사 책임자가 고개를 조아리며 말했다.

"화약의 잔여분이 예정대로 도착해 주기만 한다면 3일 정도 공기를 앞당겨 작업을 끝마칠 수 있을 겁니다, 대주님."

"오호, 그거 듣던 중 반가운 소리군. 대원수께서도 자네의 노고에 크게 만족하실 걸세."

"속하가 해야 할 소임을 다했을 뿐입니다, 대주님."

"3일이라……."

이렇게 중얼거리던 편복대주는 갑자기 공사 책임자를 쏘아보며 단호히 말했다.

"빠른 건 좋지만, 부실 공사를 해서는 안 돼."

그 말에 공사 책임자는 섭섭하다는 듯 대꾸했다.

"그거야 여부가 있겠습니까, 대주님. 제가 책임지고 마지막 마무리까지 확인하도록 하겠습니다. 그리고 대주님께서도 저쪽에서부터 살펴보고 오셨지 않았습니까? 지금까지 6만 관에 달하는 화약을 매설했습니다만, 작은 흔적조차 찾아내지 못하셨지 않습니까?"

"오해하지 말게. 자네를 질책하고자 한 말은 아니었다네. 지금까지처럼 끝마무리도 깨끗하게 해 달라는 뜻이었지."

"염려 놓으십시오, 대주님."

"이번 일만 잘 처리하면 내 자네를 연경에서 근무할 수 있도록 힘써 주겠네."

"가, 감사합니다, 대주님."

공사 책임자는 태산을 내려가는 편복대주의 모습이 완전히 사라진 후에도 그쪽을 향해 연신 고개를 조아렸다. 황도에서 한 자리 차지할 수 있게 되다니, 그야말로 꿈에도 그리던 일이 아니겠는가. 가정생활은 물론이고, 일도 한결 수월해질 것이니 말이다.

* * *

흑풍대가 양양성에서 떠나 버린 것은 미리 무림맹과 협의한 사항이었지만, 그에 대해 전혀 언질조차 받지 못했던 유광세 상장군은 그야말로 믿는 도끼에 발등을 찍힌 것이나 다름없었다. 교주의 지원을 믿고 일을 추진하고 있었던 그였던 만큼, 그 배신감은 더욱 컸다.

"이런 망할 놈! 그렇게 자신을 믿으라고 큰소리 쳐대더니, 정작 필요할 때가 되자 슬그머니 도망을 쳐?"

순우기 장군은 길길이 뛰고 있는 유광세 상장군을 다독였다.

"고정하십시오, 상장군."

"내가 지금 진정하게 생겼나?"

흑풍대가 떠난다는 말을 듣자마자 그는 관지를 찾아가 제발 떠나지 말라고 사정까지 했었다. 훈련교두 여문덕 상장군과의 대담이 잘 성사되어, 길일을 택해 군사를 일으키는 일만 남아 있는 상황이었다. 그런데 이런 중차대한 시점에 중요 전력인 마교가 이탈해 버리다니.

물론, 일이 꼬이다 보면 거점을 옮길 수도 있다. 그런데 관지 장로의 말로는 황성을 치는 데 있어 도움을 주지 못한다는 것이었다. 그건 유광세 상장군의 입장에서는 통한의 일격이나 다름없었다. 그는 자신들이 황성으로 진격할 때 흑풍대가 선두에 서 주기를 내심 바라고 있었으니까.

순우기 장군은 침착한 어조로 말했다.

"이제 선택의 여지는 없어졌습니다. 그쪽이 배신한 것이건, 그렇지 않건, 황도를 향해 진격하는 것 외에 우리 쪽에는 그 어떤 선택도 불가능하니까요. 묵 대인이 배신을 안 했다면 다행스런 일이겠지만, 만약 그가 배신을 했다면 지금이라도 당장 황성사의 고수들이 저희들을 추포하기 위해 달려올 게 아니겠습니까."

"그건 그렇군."

"지금이라도 당장 군사를 일으키자고 여문덕 상장군께 기별을 넣어야……."

이때, 짤막하게 문 두드리는 소리가 두 번 났다.

똑똑똑, 똑똑.

문 앞에 세워 놓은 호위군관이 보내는 신호였다. 누군가가 오고 있는 모양이었다. 그와 동시에 둘의 대화는 멈췄다.

잠시 후, 밖에서 호위군관의 목소리가 들려왔다.

"장각(張慤) 장군께서 상장군을 뵙기를 청하고 계십니다."

"드시라고 하게."

곧이어 문이 열리며 무장(武將) 한 명이 들어와 절도 있는 동작으로 군례를 올렸다.

"상장군을 뵈오이다."

"무슨 일인가?"

"수색대에 적의 대규모 이동이 포착되었습니다."

그 말에 상장군의 안색이 창백하게 질려 버렸다. 놈들이 지금 진격해 들어온다면, 황도로 진격한다는 계획은 완전히 물거품이 되는 게 아닌가.

"적들의 진격 속도는? 언제쯤 여기에 도착할 거라고 하던가?"

"예? 무슨 말씀이신지……."

어리둥절한 장각 장군의 표정에, 상장군은 짜증스럽다는 듯 대꾸했다.

"놈들이 군사를 일으켰다면서? 그러니 언제쯤 여기에 도착할 건가 그걸 묻고 있는 게 아닌가?"

"그, 그런데 이상한 건 남하하고 있는 게 아니라 동진하고 있다고 합니다."

"동진이라고?"

"예, 상장군."

장각 장군은 노하구 쪽에서 시작해 오른쪽으로 쭉 손가락으로 그으며 말했다.

"기마대를 앞세우고 이쪽 방향으로 대단히 빠른 속도로 이동 중이라고 합니다."

그 말에 순우기 장군의 안색이 환히 밝아졌다. 그는 상장군에게 급히 말했다.

"그쪽 방향으로 가면 춘릉성이 나옵니다. 놈들은 묵 대인께서 전진기지를 구축하고 계신 춘릉성을 공략하려고 하는 게 틀림없습니다."

그 말에 상장군은 안도의 한숨을 내쉬었다. 모든 정황으로 보아, 묵 대인이 자신에게 통보한 게 사실일 가능성이 크다는 말이 아닌가.

"이 기회를 노려 군사를 일으키는 게 좋겠습니다, 상장군."

"그게 무슨 말인가?"

"금군의 주력 부대가 춘릉성으로 들어갔다면, 다시 이쪽으로 돌아서 나오려면 꽤나 시간이 걸릴 것입니다."

"그래도 겨우 그 정도 여유만으로 황도까지 진격한다는 것은……."

또 하나의 덫 133

"물론 그렇습니다. 하지만 적이 아무리 많은 병력을 동원했다고 해도 묵 대인의 세력을 단숨에 무너뜨리지는 못할 것입니다. 꽤나 오랜 시간에 걸쳐 대접전을 벌이게 되겠지요. 군사를 빼려면 지금밖에는 여유가 없습니다. 묵 대인이 적의 대군을 격파해도 문제고, 또 적들이 묵 대인을 격파해도 문제니까요. 안 그렇습니까?"

순우기 장군의 지적대로였다. 묵향이 적의 대군을 격파한다는 것은 곧 금나라의 몰락을 의미했다. 그렇게 되면 간신배 진회의 권력은 더욱 커질 게 아니겠는가. 그리고 적이 승리를 거둔다고 해도 그건 마찬가지였다. 간신배를 일소하고 내실을 다진다면, 재기의 기회를 노릴 수 있다. 비록 묵 대인의 전력은 전멸당하더라도, 양양성에는 무림맹에서 보내 준 강인한 무사들이 득실거리고 있으니까.

"좋다. 지금 당장 출동 준비를 하라 일러라."

"옛, 장군."

* * *

장인걸이 테무진의 요구를 모두 다 들어 준 것은, 아래쪽이 정리될 때까지 시간을 벌기 위해서였다. 하지만 장인걸은 전혀 짐작조차 못했다. 테무진이 그런 터무니없는 요구를 한 게 바로 어떻게든 트집을 잡아서 금나라를 침입하려는 계략이었다는 것을 말이다.

테무진은 이미 초봄에 몽고에서의 대회전을 통해 자신에게 반기를 드는 세력을 대부분 정리해 버린 후였다. 그가 그렇게 무리하다 싶을 정도로 빨리 군대를 일으킨 것은 아버지의 안다에게 조금이라도 더 도움이 되고 싶었던 때문이었다.

테무진이 금나라를 치기 위해 동원한 병력은 무려 20만 명이었다. 그는 자신의 동맹부족들에게 금나라를 치고자 하는 것은 금나라가 자신의 요청을 들어먹지 않은 것에 대한 징계라고 주장했다.

이미 가짜 황녀까지 올려 보낸 금 황실로서는 억울해서 팔짝 뛸 일이었지만, 테무진의 동맹부족들은 그 말을 믿을 수밖에 없었다. 가짜 황녀는 이미 이팔삼 대장이 쥐도 새도 모르게 없애 버린 후였기에 그쪽에는 황녀 비슷하게 생긴 계집조차 온 적이 없었기 때문이다.

국경선을 돌파하는 몽고 기마대의 선두에는 묵향이 파견해 놓은 이팔삼 대장이 이끄는 자성만마대 500명이 있었다. 그들은 자신들이 한족이라는 걸 숨기기 위해 완전히 몽고인들처럼 행동했다. 옷은 물론이고, 무장까지도 모두 다 몽고식으로……. 은은한 마기가 밖으로 뿜어져 나오는 게 조금 문제이기는 했지만, 상대적으로 무공의 수준이 낮은 그들이었기에 마기가 그리 큰 문제가 되지는 않았다. 몽골족이 지닌 야만성과 광기라는 껍질에 둘러싸여 있었기에 그들이 지닌 마기가 그리 심하게 표시나지 않았기 때문이다.

대열의 선두에서 말을 타고 질주하는 이팔삼 대장 일행. 무공을 익히며 다져진 고도의 운동신경 덕분에 몽고인들이나 행할 수 있는 고난도의 기마술까지 몸에 익힌 상태였다. 몽고인들과 한 덩어리가 되어 질주하면, 웬만한 몽고인들조차도 그들이 한족이라는 것을 눈치 채기 힘들 정도였다.

북부 전선에 배치되어 있는 장졸들 또한 금나라의 정예군이었지만, 고도의 무공을 익힌 이팔삼 일행의 돌파력을 저지하지는 못했다. 이팔삼 일행은 안 그래도 뛰어난 전력을 지니고 있던 테무진에게 날개를 달아 준 것이나 마찬가지였던 것이다.

*　　*　　*

함정이 설치되고 있는 현장을 둘러보고 난 뒤 서둘러 돌아온 편복대주에게 기가 막힌 소식이 기다리고 있었다. 적들이 삽시간에 주둔지를 춘릉성으로 옮겼다는 것이다.

"도대체 언제 옮긴 건가?"

"어제 자정쯤이었습니다."

"이런 큰 일이 있었는데, 사전에 그 징후조차 포착하지 못했다는 게 말이 되나?"

"어쩔 수 없었다고 합니다. 그들이 지니고 있는 짐이라고 해 봐야 별것도 없지 않습니까? 약간의 식량과 개인이 지니고 있는 병장기가 전부인데 말입니다. 짐을 챙겨 들고 떠날 준비를 완료하는 게 그야말로 순식간이었다고 합니다."

"교주님께 보고는 올렸나?"

"예, 편복대주님. 그 때문에 지금 전 군에 출진 명령이 떨어져 있습니다."

지도를 들여다보며 춘릉성 주변의 지형을 확인하는 편복대주의 입가에는 미소가 걸려 있었다. 놈들이 자신들을 꾀기 위해 어딘가로 진지를 옮길 거라는 것은 옥화무제의 제보를 통해서 이미 알고 있었다. 다만 그 위치를 모르고 있었던 것일 뿐이다.

물론 옥화무제가 전해 주는 정보를 전부 곧이곧대로 다 믿을 수는 없었다. 어딘가 잘못된 부분도 분명 존재할 것이다. 하지만 아직까지는 틀린 부분을 찾아낼 수가 없었다.

옥화무제는 편복대주에게 정보를 넘겨주면서 그 정보를 뒷받침할 수 있는 많은 자료들까지 모두 다 건네 줬다. 그리고 그 자료들을 면밀히 검토해 본 결과, 그동안 편복대가 수집해 놓은 일련의 상황들과 이빨이 딱딱 맞아떨어지고 있었기에 거짓이라고 치부할 수는 없었던 것이다.

장인걸에게 보고하기에 앞서, 자신이 없는 동안 올라온 보고서를 검토하고 있던 편복대주는 문서들 중 하나를 손에 들며 수하에게 질문했다.

"황녀 구출은 어떻게 됐나?"

"옛, 무사히 양양성을 벗어났다는 보고가 접수되었습니다. 늦어도 3일 내로 이곳으로 모실 수 있을 겁니다."

"정말로 황녀가 감시를 받고 있던가?"

편복대주의 물음에 수하는 고개를 조아리며 대답했다.

"예. 놀랍게도 대주님의 말씀대로였습니다. 놈들이 워낙 교묘하게 위장하고 있었기에 그분 주위에 밀정들이 꼬여 있다는 걸 사전에 인지하지 못했다면 전혀 알아채지 못했을 거라고 하더군요."

수하의 얼굴에는 편복대주가 그런 정보를 도대체 어디서 입수했는지 궁금해 하는 표정이 가득했다. 하지만 그는 그걸 입 밖에 내지는 않았다. 괜한 호기심은 화를 부른다는 걸 잘 알고 있었던 것이다.

"뒤처리는 깨끗하게 했겠지?"

"물론입니다. 그동안 황녀와 접촉했던 모든 편복대원들을 전부 다른 대원으로 교체시켰으며, 대주님께서 지적하신 거점들도 깨끗하게 비웠습니다. 아마 두 번 다시 놈들에게 꼬리를 잡히는 일은 없을 겁니다."

"잘했군."

편복대주는 보고서를 들고 밖으로 나가다가 갑자기 뒤로 돌아서며 수하에게 물었다.

"교주님께서는 지금 어디에 계시느냐?"

"출진에 앞서 장수들을 소집하여 회의를 하고 계십니다."

"나는 교주님께 갈 테니 긴급 상황이 벌어지면 그쪽으로 연락을 하도록 해라."

"옛."

과연 수하의 보고대로 장인걸은 고위급 장수들과 함께 출병에 대한 세부사항들을 논의하고 있었다. 수십만의 대군이 움직여야 하는 만큼, 지시하고 의논해야 할 사항들이 꽤나 많았던 것이다.

회의가 끝나자 장군들은 군례를 올린 다음, 각자 자신의 병영으로 돌아갔다. 기나긴 소강상태가 끝나고, 드디어 적진을 향해 진격 명령이 떨어진 것이다. 모든 장군들의 눈에는 전쟁에 대한 살기로 번질거렸다.

편복대주는 장인걸에게로 다가가 예를 올렸다.

"먼 길에 수고가 많았다."

"해야 할 일을 했을 뿐이옵니다."

"그래, 둥지 조성 작업은 잘되어 가고 있더냐?"

편복대주는 그 물음에 곧바로 대답하지 않았다. 그는 대답하는 대신 장인걸의 뒤편에 서 있는 호위무사에게로 눈길을 던졌다. 그는 갑주로 완전무장한 다음, 안면보호대까지 둘러 눈만 내놓고 있었다. 그의 눈빛은 인간의 눈이 아닌 듯 싸늘한 것이 단 한 올의 감정조차 느껴지지 않았다. 그걸 보면 실혼인(失魂人)인 듯 보이기도 했다.

마교 패거리들과 남양에서 대규모로 충돌한 이후, 장인걸은 고수의 수가 절대적으로 부족하다는 것에 한탄해야 했다. 그렇다고 새로 인원을 뽑아 무공을 가르칠 수도 없는 노릇이었다. 아무리 마교의 무공이 속성을 자랑한다고 해도 최소한 10년 이상 고련(苦練)을 해야 웬만큼 써먹을 정도의 수준이 되는 것이다.

키우는 게 불가능하다면, 남은 수단은 외부의 고수를 영입하거나 회유할 수밖에 없다. 그리고 장인걸에게는 그것을 가능하게 해주는 막강한 술법이 있지 않던가. 바로 마령섭혼심법 말이다. 장인걸은 그 심법을 이용해서 북부 무림을 평정하며 잡아들인 꽤 많은 숫자의 무림인들을 몽땅 다 세뇌하여 자신의 세력으로 흡수했다.

장인걸 혼자였다면 그들의 세뇌 작업은 불가능했겠지만, 그에게는 마공을 정점까지 익힌 천마혈검대가 있었다. 그는 그들에게 마령섭혼심법을 전수했고, 천마혈검대를 이용해서 무림인들의 세뇌 작업을 완수했던 것이다.

장인걸은 실혼인들을 최후의 패(牌)로 써먹기 위해 그 존재 자체를 철저히 숨기고 있는 중이었다. 그런 만큼 실혼인을 이런 공개적인 장소에다가 배치해 놨을 리 없지 않겠는가.

그럼 장인걸이 손수 키운 고수들 중 하나라는 말인데…, 편복대주는 지금껏 이렇게 차가운 눈빛을 지닌 사람을 만난 적이 없었다.

장인걸은 편복대주의 시선을 따라 뒤를 쓱 돌아본 다음, 다시금 편복대주에게로 시선을 돌리며 말했다.

"그러고 보니 처음 보겠구먼."

"예, 교주님."

"내 소개하지. 이번에 본좌의 휘하로 새로 들어온 만수라고 한다네."

만수라는 말에 편복대주는 기겁했다.

"예에?"

장인걸은 낮은 어조로 명령했다.

"안면보호대를 벗거라."

갑주를 입은 냉막한 표정의 무장이 안면보호대를 벗자, 그 안에서 만수진인의 얼굴이 드러났다.

그 얼굴을 확인하는 순간, 편복대주는 장인걸에 대한 경외감을 느낄 수밖에 없었다. 그토록 도력이 높은 전대고수까지도 꼭두각시로 만들 수 있을 줄은 상상조차 해 본 적이 없었기 때문이다. 편복대주는 이런 사람을 자신의 상관으로 모시고 있다는 것에 내심 희열을 느끼지 않을 수 없었다.

"겨, 경하드리옵니다, 교주님."

"경하는 무슨……. 이런 기가 막힌 녀석을 본좌에게 선물한 맹주에게 감사해야지. 그건 그렇고, 방금 전 본좌의 질문에 대한 대답은?"

편복대주는 고개를 더 한층 깊숙이 조아리며 공손하게 대답했다.

"예, 교주님. 작업이 대단히 순조롭게 진행되고 있어, 예정보다 2~3일 앞서 완공할 수 있을 것 같사옵니다."

"잘됐군. 예정대로 그녀에게 기별을 넣도록 해라. 놈을 끌어들이라고 말이다."

장인걸의 명령에 편복대주는 포권하며 대답했다.

"존명. 둥지가 완성되었으니 꾀꼬리를 끌어들이라는 전문을 즉시 발송하도록 하겠사옵니다."

그 말이 떨어지자마자 장인걸은 눈살을 찌푸리며 투덜거렸다.

"그런데 말이야, 아무리 암호라고 하지만 꾀꼬리라고 하니까 소름이 끼치는군. 놈을 칭하기에는 너무 앙증맞은 것 같지 않느냐? 차라리 쥐덫과 쥐새끼라고 하는 게 적당하겠지."

편복대주는 어깨를 으쓱하며 대꾸했다.

"어쩔 수 없사옵니다. 그 암호명을 정한 게 저쪽인지라……."

대화가 끝났음에도 불구하고 편복대주는 자리를 뜨지 않고 있었다. 전서구를 날리기 위해 달려 나갔어야 정상이었다. 뭔가 망설이는 듯하며 가만히 서 있는 편복대주의 표정을 살펴보던 장인걸이 문득 입을 열었다.

"본좌에게 말하고 싶은 게 있느냐?"

편복대주는 잠시 망설이는 듯하더니 머뭇머뭇 입을 열었다.

"아무래도 수상쩍다는 기분을 억누를 수가 없어서 말이옵니다."

"뭐가 그렇더냐?"

"그분의 제안이 너무 달콤하다는 생각이 들어서 말입지요. 일전에 맹주의 경우도 그랬지 않사옵니까? 근사하게 뭔가를 주는 듯했지만 결국에는 이쪽이 뒤통수를 치려는 흉계였지 않사옵니까? 놈들의 농간에 속아 하마터면 함정에 빠질 뻔했던 걸 생각하면……."

"본좌도 잘 알고 있다. 그 때문에 이번에는 좀 더 조심하고 있는 중이지. 하지만 아직까지 그녀에 대한 그 어떤 혐의점도 발견하지 못했다. 네가 직접 조사해 봤으니 잘 알 것이 아니냐? 그녀가 넘겨 준 정보들 중에서 엉터리는 하나도 없다는 것을."

 장인걸은 자신의 뒤에 서 있는 만수진인을 바라봤다. 마령섭혼 심법에 심지를 제압당한 그의 얼굴은 너무나도 무표정하여 전혀 사람 같지가 않았다. 일정한 간격으로 눈을 깜빡이지 않았다면, 조각상을 세워 놓은 것으로 착각할 정도였다.

 만수진인을 꼭두각시로 만드는 작업은 편복대주가 없을 때 진행됐다. 언제 끝날지 알 수 없는 지독한 고문을 몇날 며칠 동안 계속 가해 그의 정신을 밑바닥부터 천천히 파괴했다. 그리고 결정적인 순간에 장인걸이 직접 마령섭혼심법을 시전해 그의 심지를 제압했다. 그런 다음 만수진인을 통해 묵가 놈과 맹주 사이에 뭔가 비밀스런 뒷공작이 오고 갔다는 걸 확인할 수 있었다. 그리고 그것은 옥화무제가 제공한 정보와 완전히 일치하는 것이었다.

 "아직까지는 발견하지 못했사옵니다. 하지만 한 가지는 조심하는 게 좋을지도 모른다는 생각이 들었사옵니다."

 "그게 뭐냐?"

 "보관해 두고 있던 쥐약이 있지 않사옵니까. 혹, 그녀가 우리 쪽에 접근하는 이유가 바로 그걸 탈취하려는 것 때문일지도 모른다는 생각이 들었습니다."

 쥐약이라는 건 소연을 비롯한 인질들을 말하는 것이다. 장인걸은 고개를 끄덕이며 동의했다.

 "흠, 그럴지도 모르겠구나. 아니, 그럴 가능성이 크다고 봐야겠지."

 이들이 이런 생각을 하게 된 것은, 음모와 귀계가 난무하는 현 상황에서 옥화무제를 전적으로 믿는다는 건 사실 불가능했기 때문이었다. 교활하기로는 중원에서 첫손가락에 꼽힌다는 그녀가 나중에 안 줄지도 모를 무공 비급을 위해 저렇게 전력투구하다니……. 그야말로 삼척동자라도 믿기 힘든 일이 아니겠는가.

 "묵 부교주 입장에서 봤을 때, 그는 모든 걸 희생해서라도 인질을 구출하기를 원할 것이옵니다. 사실, 본격적인 전투가 벌어지기 전에 인질을 구출할 수만 있다면, 그 뒤로 행할 작전은 모두 취소해 버리면 그만이니까요."

 장인걸은 고개를 끄덕이며 중얼거렸다.

 "흠, 그럴듯하군. 현 시점에서 놈이 잃는 거라고 해 봐야 여기 있는 만수진인 한 명이 아닌가. 더군다나 그는 놈의 부하도 아니니, 잃어 봤자 아쉬울 것이 전혀 없겠지."

 심각한 표정으로 한동안 고심하던 장인걸이 문득 입을 열었다.

 "인질에 관련된 그 어떤 정보도 저쪽으로 넘어가지 않도록 조심해라. 그리고 당장 인질들을 지금 있는 곳에서 다른 곳으로 옮기도록."

 "존명."

 "그리고 그녀에게는 쥐약을 둥지 속에 넣어 둘 거라고 알려 주도록."

 "둥지 속에 말이옵니까? 그녀가 그걸 믿을지 모르겠사옵니다. 부교주를 제어할 수 있는 최후의 패인데……."

 장인걸은 별 것 아니라는 듯 대꾸했다.

 "안 믿는다고 해도 상관없지. 만약 이게 묵가 놈과 그년이 짜고

행하는 것이라면 놈은 걸려들 수밖에 없을 게다. 그렇지 않느냐?"
"존명. 즉시 시행하도록 하겠사옵니다."

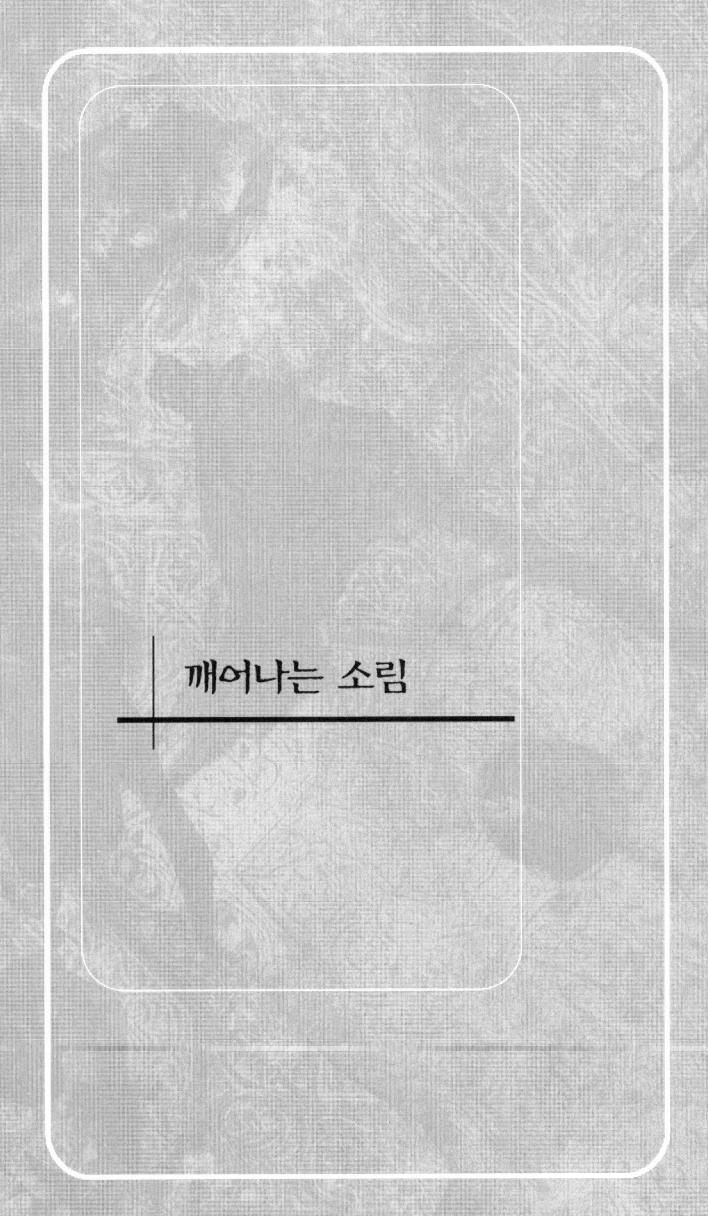

깨어나는 소림

26

최후의 결전

소림사는 깊은 수행을 쌓은 훌륭한 선승(禪僧)들이 많았음에도 불구하고, 불법보다는 막강한 무력으로 그 이름을 떨치는 영광(?)을 누려왔다.

하지만 금나라의 압력에 굴복하여 10년 봉문을 선언한 후, 소림사는 세인들로부터 비겁자와 매국노라는 오명(汚名)을 뒤집어써야만 했다. 엄청난 무력을 지니고 있는 소림사가 그토록 쉽게 금나라에 굴복한 것은 뭔가 뒷거래가 오가지 않고서야 있을 수 없는 일이라고 모두들 생각했기 때문이다.

봉문(封門)이라고 하지만 소림사의 겉모습만 봤을 때는 변한 게 전혀 없어 보였다. 커다란 정문은 굳게 닫혀 있었지만, 참배객을 위한 작은 쪽문은 열어 둔 상태였다. 그리고 그 문을 통해 승려들도 간혹 드나들고 있었다. 봉문이라는 게 무림사에 관여하지 않겠다는 말이지, 선승들의 출입이나 그들의 탁발수행(托鉢修行)까지도 중단한다는 의미는 아니었기 때문이다.

하지만 봉문을 선언한 후, 소림사를 방문하는 참배객의 수는 눈에 띄게 줄어든 정도가 아니라, 아예 찾아보기 힘들 정도였다. 중원에 수많은 절이 있는데 구태여 매국노라고 소문이 자자한 절을 찾아올 미친놈은 없을 테니까.

그런데 지금 이곳에 그런 미친놈이 하나 있었다. 문제는 그가 다른 미친놈과 달리 참배를 목적으로 숭산을 올라온 게 아니라는 것뿐.

"방장스님, 청호진인께서 뵙기를 청하고 계십니다."

불경을 읽고 있던 덕량대사(德良大使)는 자신도 모르게 자리에서 벌떡 일어섰다. 청호진인이라면 맹주의 최측근인 무림맹 장로가 아닌가. 하지만 그렇다고 해서 소림의 방장인 자신이 직접 달려나가 맞이한다는 것도 체면이 서지 않았다. 그가 연륜이 높은 고승이었다면 이런 사소한 일로 어찌 할까 심력을 소모하지는 않았겠지만, 그는 봉문의 책임을 지고 대덕대사가 물러나면서 갑작스럽게 방장 자리에 오른 인물이었다.

"어, 어서 이리로 모시도록 하게."

"예, 스님."

잠시 후, 지객당 소속 스님의 안내를 받으며 청호진인이 들어왔다. 이제 겨우 50대 초반에 이른 덕량에 비한다면, 청호진인은 한때 무당파의 위명을 떨치는 데 일익을 담당했었던 전대의 고수다.

도포자락 위로 드리워진 하얀 수염이 그의 연륜을 나타내는 듯하여, 덕량대사는 마른침을 꿀꺽 삼키지 않을 수 없었다. 갑작스런 전대고수와의 만남에 압도당하지 않았다면 그건 거짓말일 것이다.

청호진인의 얼굴은 탈속한 듯 인자했지만, 그의 안광은 마치 폭풍을 감싸고 있는 호수처럼 그 깊이를 알 수가 없었다.

"어, 어서 오십시오. 아미타불."

"이렇듯 기별도 없이 갑작스럽게 찾아뵙게 된 것을 용서해 주시길 바랍니다, 무량수불."

청호진인은 차를 마시며 잠시 이런저런 한담을 나누다 기회를 살피더니, 이윽고 자신이 이곳까지 달려온 용건을 꺼냈다.

"이대로 계속 봉문하실 생각이십니까?"

"빈승으로서도 어쩔 수 없는 노릇입니다. 전대 방장께서 금나라에 10년 봉문을 약조하신지라……."

"허면, 그 약속을 지키실 생각이십니까?"

"아미타불……. 신의를 헌신짝처럼 여기는 사파가 아닌 다음에야 당연한 것이 아니겠습니까."

덕량대사의 대답에 청호진인은 짐짓 고개를 갸웃하며 물었다.

"허면, 10년씩이나 봉문하실 거면서 무승들의 수행에 박차를 가하고 있는 것은 어찌된 연유입니까? 이리 오면서 보니 수련하고 있는 무승들의 눈초리가 예사롭지가 않더군요."

청호진인의 날카로운 지적에 덕량대사의 눈길이 흔들렸다. 청호진인 같은 능구렁이를 상대하기에는 아무래도 그의 연륜이 부족했던 것이다.

"그, 그건 잘못 보신 것이겠지요. 심신수양을 위해 그 정도 수련은 본사에서 늘 하고 있는 일입니다."

"호오~, 그렇군요. 평소 그렇게 강도 높은 수련을 해 왔기에 소림이 무림의 태두로 칭송받게 된 것이겠지요. 하지만 금나라와 싸워 보지도 않고 봉문을 선언했을 때, 말없이 그런 고련을 참고 견뎌 왔던 무승들이 반발하지는 않던가요? 본문이라면 난리가 났을 텐데, 소림에서는 전혀 그런 일이 벌어지지 않았다니……, 과연 소림 무승들의 수양이 풍문으로 들은 것보다 훨씬 더 대단한 걸 알 수 있군요. 참으로 부럽소이다."

은근히 소림을 씹어대는 청호진인의 말에 덕량대사의 얼굴은 일순 시뻘겋게 달아올랐다. 그는 노기를 가라앉히기 위해 급히 불호를 중얼거렸다.

그도 무승 출신인 만큼 당시의 상황을 잘 기억하고 있었다. 당시 무승들의 불만은 하늘을 찔렀다. 오죽하면 그걸 무마하기 위해 방장이 물러나는 극단적인 처방까지 내야만 했겠는가.

"아미타불……. 시주, 말씀이 좀 심하십니다."

하지만 청호진인은 아니라는 듯 손사래까지 쳐대며 능청스레 이죽거렸다.

"심하다니…, 내 말을 오해하신 듯한데, 빈도는 그저 부러워서 해 본 말일 뿐입니다. 과연 불가의 참선이 마음을 수련하는 데 있어서는 도가 쪽보다 훨씬 우수한 듯하여서 말이지요."

"그만 닥치……. 허어, 이런…, 아미타불……."

계속되는 깐죽거림에 이성을 잃고 노성을 터뜨리기는 했지만, 덕량대사는 얼른 도중에 말을 끊고 불호를 외었다. 아무리 자신의 신분이 방장이라고 하지만, 상대는 무당파의 전대고수다. 그런 상대에게 막말을 할 수는 없지 않겠는가.

노회하기 짝이 없는 청호진인은 대어를 포획한 낚싯줄이 너무 팽팽해졌다고 느낀 순간, 살짝 낚싯줄을 풀어 줬다. 안 그러면 덕량대사의 이성이 무너져 버릴 테니까.

"빈도의 말이 과했다면 용서해 주십시오. 오해라는 것은 상대의 속마음을 모르기 때문에 저질러지는 실수가 아닐는지요. 이제 빈도의 오해를 속 시원히 풀어 주십시오. 맹주께서는 조만간 금나라를 치실 겁니다. 방장께서는 그날의 치욕을 설욕하실 생각이 없으십니까? 무승들의 강도 높은 수련을 보고, 빈도는 와신상담(臥薪嘗膽)을 하고 계신 거라 추측했었는데……."

"금나라를 치신다구요?"

"예. 그게 그러니까……."

청호진인은 무림맹과 금나라, 그리고 마교 사이에 벌어지고 있는 현재의 정세에 대해 자세히 설명했다. 물론 제대로 된 설명은 아니었다. 그는 무림맹의 공작에 의해 지금 마교와 금나라가 충돌하기 직전이라고 둘러댔던 것이다.

"마교나 금나라, 둘 다 이 세상에 존재해서는 안 될 악의 축이 아니겠습니까. 맹주께서는 이 기회를 이용하여 그 둘을 몽땅 다 일거에 소멸시킬 계획을 짜셨습니다. 만약 둘이 충돌하면 어느 한쪽은 멸망당하겠지요. 그리고 겨우 살아남은 한쪽 역시 무사하지는 못할 겁니다."

청호진인은 그 뒷말은 잇지 않고 씨익 미소 짓는 것으로 대신했다. 소멸시키겠다고 했으니, 거기서 살아남은 쪽 또한 박살내 버리겠다는 뜻이리라.

방장인 덕량대사로서는 내심 곤혹스럽지 않을 수 없었다. 어부지리(漁父之利)를 노린다면, 분명 최소의 희생으로 그 둘을 멸할 수 있을 것이다. 하지만 이건 너무 치사하지 않은가. 정파 최고의 고수들 중 한 명으로서 평소 맹주를 존경해 왔던 덕량대사로서는 적잖은 충격을 받을 수밖에 없었다.

"방장 스님, 전쟁은 현실입니다. 이상도 중요하지만, 패하면 중원 무림은 철저히 파괴당할 거라고 보는 게 좋을 겁니다. 금나라가 정복한 중원 북부에 뿌리를 두고 있던 무수한 문파들이 절단이 났고, 수많은 고수들이 살해당하거나 투옥되었습니다. 만약 소림사가 그들에게 굴복해서 봉문하지 않고 전쟁을 택했다면, 바로 그날 멸문지화를 당했을 겁니다. 그렇지 않습니까?"

또다시 소림의 자존심을 건드리는 말을 꺼내는 청호진인. 덕량대사는 내심 불쾌감을 억누르며 조용히 대답했다.

"빈승 혼자서 결정할 사안이 아닌 듯합니다. 시간을 좀 주시겠소이까?"

"물론이지요."

덕량대사는 급히 원로 스님들을 모두 소집하여 청호진인의 말을 그대로 전했다. 격렬한 토론이 벌어졌지만 어차피 그들이 선택할 수 있는 답은 둘 중 하나였다. 청호진인의 말을 무시하든지, 아니면 봉문을 풀고 무림맹과 함께 행동하든지.

오랜 시간 토론한 끝에 결국 소림은 과거의 영광을 재현하기 위해 맹주의 뜻에 따르겠다는 것을 청호진인에게 전해왔다. 청호진인은 그 소식을 즉시 맹주에게 전했고, 맹주는 곧바로 양양성으로 달려갔다. 곤륜무황을 만나기 위해서였다. 맹주는 비밀 유지를 위해 곤륜무황을 양양성 인근에 있는 산꼭대기에서 만났다.

"어인 일로 빈도를 보자고 하셨소이까? 더군다나 이런 외진 곳에서……."

그렇게 말하는 곤륜무황의 눈길에 의심이 차 있었다. 양양성에 찾아와 밀담을 나눈 게 며칠이나 지났다고, 또다시 자신을 찾아온단 말인가.

"귀하와 상의할 게 있어서 찾아왔소이다. 조만간에 흑살마왕과 교주가 충돌할 거라는 소식은 들으셨지요?"

"개방에서 소식을 전해 줘서 들었소이다."

"흑살마왕과 교주가 거느리고 있는 전력(全力)이 정면으로 충돌하는 것인 만큼, 설사 대회전에서 승리한다손 치더라도 적잖은 피해를 입게 될 겁니다."

맹주의 말에 곤륜무황도 찬성한다는 듯 고개를 끄덕이며 말했다.

"그렇게 되겠지요. 하지만 빈도가 우려하는 것은 교주가 싸우기 위해 선택한 장소외다. 그런 개활지에서 전투를 벌인다면, 대군을 투입하는 흑살마왕 쪽이 압도적으로 유리할 게 아니겠소이까? 교주의 능력을 내 의심하는 것은 아니나, 만에 하나라도 흑살마왕이 승리하지나 않을까 염려되는구려."

"내가 귀하와 상의하고 싶다는 것도 바로 그것이외다."

"뭔가 좋은 생각이라도 있소이까?"

맹주는 품속에서 지도를 한 장 꺼내 곤륜무황이 보기 좋은 각도로 펼쳤다. 그는 손가락으로 장인걸의 본거지 노하구와 춘릉성 사이의 지점을 가리키며 말했다.

"춘릉성의 움직임을 자세히 살피고 있다가, 쌍방 간의 접전이 시작됨과 동시에 양양성의 모든 무림인들을 이끌고 이쪽으로 달려가도록 하시오."

"허, 과연!"

맹주는 무림맹을 손가락으로 짚은 뒤, 쭉 그어 올려 대별산맥 위를 가로지른 다음, 춘릉성 뒤편을 가리키며 말했다.

"나는 무림맹에 있는 무사들을 이끌고 이쪽으로 이동해 들어가겠소."

"흑살마왕의 퇴로를 차단하고 있다가, 만에 하나 그자가 승리한다면 포위해서 격멸하자는 말씀이시구려."

"아니요. 흑살마왕만이 아니라 이 전투에서 승리하는 자가 누가 되던지 끝장을 내자는 거외다."

그 말에 곤륜무황의 안색이 싸늘하게 굳었다.

"교주를 배신하자는 말씀이시오?"

"패역무도한 마교도를 상대로 배신이라는 말은 적절한 표현이 아니지요. 귀하도 잘 아실 것이 아니오? 오랜 세월 마교와 피 튀기는 전투를 벌여 오셨으니 말이외다."

"물론 잘 알고 있소. 그뿐만 아니라 지금의 교주가 역대 다른 교주들과 인물 됨됨이가 다르다는 것도 잘 알고 있지요. 그는 패도를 추구하는 인물이 아니오."

"그건 귀하의 말씀이 옳소. 하지만 귀하는 천하제일문(天下第一門)의 일을 벌써 잊으셨소이까? 신검대협(神劍大俠) 구휘(區揮)는 무림정복에 관심이 없었지만, 그의 아들 구천(區天)은 얘기가 달랐지요. 세상사는 그와 같소이다. 교주는 지금 무림정복에 관심이 없으나, 그의 후계자도 그럴 것이라는 생각은 집어 치우시오. 교주가 이룩해 놓은 막강한 무력만으로도 중원의 태반 이상은 정복이 가능하다는 사실을 그대는 왜 인정하지 않으려고 하시오?"

"……."

침중한 표정으로 서 있는 곤륜무황에게 맹주는 은근한 어조로 다시 권했다.

"교주는 천하제일 고수요. 지금이 아니면 그를 없앨 수 있는 기회는 두 번 다시 찾아오지 않을 거외다."

"아무리 그렇다고 해도 신의를 저버리고, 뒤통수를 친다는 점이 문제라는 소리지요."

"방금 전에도 말했지만, 마교 내의 대부분의 고수들이 무림일통을 자신들의 사명으로 여기고 있소. 아무리 교주가 평화를 부르짖는다고 해도, 결국에는 다수의 뜻에 따라갈 수밖에 없다는 말이외다. 지금 교주는 흑살마왕이라는 심심풀이가 있어 거기에 정신이 팔려 있는 것이지만, 나중에 마음이 바뀌어 중원정복이라도 하겠다고 나서면 귀하가 막아 낼 자신이라도 있으시오?"

"절대 그럴 리 없소. 그는 귀찮은 걸 싫어하는 아주 게으른 사람이오. 사서 고생해 가며 무림정복을 하겠다고 십만대산에서 뛰쳐나올 리가 없다는 말이지요."

"확신하시오? 귀 문파의 존망을 걸고?"

이번에도 마교가 발흥한다면 첫 번째로 타격을 입을 곳은 다름 아닌 곤륜파다. 그리고 만약 묵향이 무림일통을 하겠다고 나선다면, 제아무리 곤륜이라고 해도 살아남기 힘들었다.

거기까지 생각한 곤륜무황의 시선이 흔들렸다. 열 길 물속은 알아도 한 길 사람 속은 모른다고, 변화무쌍한 교주의 마음을 어찌 확신할 수가 있겠는가. 그는 한풀 꺾인 어조로 대답했다.

"확신하지는…, 못하겠소."

"그렇다면 노부의 제안대로 합시다."

그렇게 말한 다음, 맹주는 곤륜무황이 해 줘야 할 일에 대해서 상세하게 설명했다.

장인걸은 지금 함정 입구까지 유인되어 있는 상태였다. 이변이 일어나지 않는 한, 묵향의 승리가 확실했다. 하지만 그가 너무 손쉽게 승리를 거머쥐어서는 안 된다. 최대한 많은 피를 흘려야만 했다. 그래야 최소한의 피해만으로 묵향을 없앨 수 있을 테니까.

"하지만 한 가지 문제가 있소. 그는 무림 최강의 고수가 아니오? 일단 일을 벌였으면, 무조건 그를 척살해야만 하오. 하지만…, 그를 없애기에는 고수의 숫자가 너무 부족하오. 화경급 고수들 중에서 동원할 수 있는 숫자가 몇 되지도 않지 않소? 능구렁이 같은 옥화무제는 절대로 여기에 끼어들지 않을 거고……."

"그건 걱정하실 필요가 없소. 소림이 함께 하기로 약속했으니까 말이오."

소림이라는 말에 곤륜무황은 인상을 찡그리며 물었다.

"소림? 물론 소림사의 저력을 빈도가 의심하는 것은 아니요만, 소림의 무승 몇 천이 더 합류한다고 해서 뭐가 달라지겠소? 그들에게는 화경급 고수가 단 한 명도 없지 않소이까?"

그 말에 맹주는 음흉스레 미소 지었다.

"귀하는 아직 모르고 계셨던 모양이구려. 공공대사가 제정신을 차렸다는 걸 말이오."

곤륜무황의 눈이 휘둥그레졌다.

"공공대사가 말이오? 그게 사실이오?"

"내가 왜 거짓말을 하겠소. 더군다나 정신이 돌아오면서 그는 화경의 벽을 깼소. 신검대협 구휘에 이어 현경의 경지에 오른 두 번째 사람이 되었다는 말이외다."

"허어, 맹주께서 교주를 없앨 생각을 할 수 있었던 게 바로 공공대사 때문이었구려?"

"하하핫, 물론이오. 그렇지 않고서야 내가 어찌 그런 생각을 할 수 있었겠소? 설혹, 마교도를 전멸시킨다 해도 교주를 죽인다는 것은 거의 불가능함을 나도 잘 알고 있는데 말이오."

"그렇다면 지금 당장 돌아가서 서문가주에게 돌아오라고 명령서를 보내야겠구려."

"그럴 필요 없소. 그러면 오히려 흑살마왕 쪽에서 의심할 수도 있소. 그것보다는 적들의 흔적을 뒤쫓는다는 명목 하에 주력만 위쪽으로 이동시킨 다음, 노부가 이끄는 집단과 합류시킬 생각이오."

"그런 복안이 계셨구려. 어쨌건 일이 잘 성사되기를 빌겠소, 무량수불."

"이런 커다란 기회를 잡게 된 것도 다 원시천존님의 뜻이 아니겠소? 천존님께서 다 알아서 해 주시겠지요, 크하하핫."

웃음을 주고받는 두 거목들. 그들의 웃음소리는 그 어느 때보다도 통쾌했다.

묵향을 사랑하는 여인들

26

최후의 결전

무영문 총단에 옥화무제에게 보내는 전문이 하나 도착했다. 그 전문에는 옥화무제만이 봉인을 해제할 수 있다는 특별한 문양의 담겨 있었다. 편복대주가 옥화무제가 알려 준 방법을 통해 연락을 넣은 게 돌고 돌아서 지금 그녀 앞에 도착한 것이다.

옥화무제가 직접 봉인을 열고 안에 들어 있는 전서를 꺼내보니, 그 안에는 단 한 줄의 글만이 적혀 있었다.

「둥지가 완성되었으니 꾀꼬리를 끌어들여도 됨.」

그리고 전서 밑에는 태산파 문도들이 평소 자신들의 도복에 즐겨 수놓던 문양이 그려져 있었다. 즉, 둥지가 있는 위치가 바로 태산파라는 뜻이었다.

그 전문을 입수함과 동시에 옥화무제는 태산파에 대한 철저한 조사를 명령했다. 태산파에 대한 정보를 장인걸에게 직접 넘겨받으면 될 텐데도, 이렇게 일을 복잡하게 처리하는 것은 이쪽이 훨씬 더 기밀 유지에 편리했기 때문이다. 무영문에서 각 문파에 수많은 첩자들을 심어 놨듯, 다른 문파에서 무영문에 첩자를 심어 놓았을 위험도 있었기 때문이다.

자료가 어느 정도 모이자 옥화무제는 그것을 매영인에게 건네주며 묵향을 찾아가 보고할 것을 명령했다. 지금 묵향의 주력부대가 자리 잡고 있는 곳은 춘릉이라는 작은 성이다. 그곳으로 가려면 대별산맥이 가로막고 있기에 양양성을 돌아서 위로 올라갔다가 다시금 아래쪽으로 내려와야만 했다.

매영인은 춘릉성으로 가는 도중에 지평선 끝까지 이어져 있는 금나라 대군(大軍)의 행렬을 볼 수 있었다. 묵향이 공격하기 용이한 곳에 자리 잡자, 그 기회를 놓치지 않고 장인걸이 병력을 일으킨 것이다. 아마 며칠 지나지 않아 춘릉성을 겹겹이 에워쌀 것임에 틀림없었다.

매영인과 그녀를 수행하는 호위무사들이 춘릉성 인근에 도착했을 때, 여기저기서 집단을 이뤄 대기하고 있는 무수한 인마(人馬)들을 볼 수 있었다. 모두들 시커먼 갑주로 중무장하고 있는 것을 보고 매영인은 그들의 정체를 금방 알 수 있었다.

'이들이 바로 흑풍대로구나.'

보고서를 통해 흑풍대에 대해서 익히 알고는 있었지만, 직접 눈으로 보는 것은 처음이었다. 일견 무질서하게 엉켜 있는 듯한 모습이었지만, 그들의 눈빛만 봐도 숱한 전장을 거쳐 온 최고의 정예들이라는 것을 한눈에 알 수 있었다.

성문 쪽으로 좀 더 이동해 들어가자, 매영인은 그들이 왜 성안으로 들어가지 않고 밖에서 시간을 보내고 있었던 것인지 알 수 있었다. 좁은 성문 앞은 수많은 우마차들로 장사진을 이루고 있었는데, 그중에는 쇠뇌나 투석기 같은 보기 드문 무기들까지 섞여 있었다. 아마 밖에 서 있던 무사들은 이 치중대(輜重隊)가 성내에 수납될 때까지 현 위치에서 대기하라는 명령을 받았던 모양이다.

매영인은 성문을 지키고 서 있는 무사에게 통보했다.

"무영문에서 매영인이 왔다고 교주님께 전해 주세요."

마교 쪽에서 지급한 신분증명패를 제시하기도 했지만, 성문에 서 있던 무사들의 대장이 매영인을 알아본 모양이었다. 신분 검사의 다른 과정은 생략한 채, 바로 교주에게로 그녀를 안내했다.

"이쪽으로 오십시오."

매영인은 안내하는 무사를 따라가면서 성안의 풍경을 구경하느라 정신이 없었다. 여기저기에 서 있는 험상궂은 무사들. 그들의 몸에서는 짙은 마기가 뿜어져 나오고 있었다. 그리고 성의 중심부로 들어갈수록 그 마기는 더욱 짙어졌다. 안쪽으로 들어갈수록 정예무사들이 배치되어 있었기 때문이다.

매영인은 그들의 복색을 흥미로운 시선으로 바라봤다. 대부분이 검은색이나 회색, 혹은 녹회색 계열의 옷들을 입고 있어, 옷차림만으로는 소속을 구분하기 힘들었다. 하지만 매영인은 그들의 무기에 매여 있는 수실의 색깔이 바로 그들의 소속을 나타낸다는 걸 이미 알고 있었다.

자색(紫色)과 황색(黃色)의 수실은 자성만마대와 염왕대원을 나타내는 표식이다. 들어오는 길에 본 흑풍대 무사들의 병장기에 매어져 있던 수실의 색이 검은 것을 보면, 아마 그들은 흑색을 배정받은 모양이었다.

그런데 중심부로 들어가니 수실의 색은 회색(灰色)과 적혈색(赤血色)으로 변했다. 그러면서 마기의 기운은 더욱 무시무시해졌다.

무사는 그녀를 관청으로 안내했다. 하지만 말이 관청이지 그녀가 이곳까지 오면서 관원은 물론이고 병사 한 명 구경하지 못했다. 마교도들이 갑자기 들이닥치자 모두들 꽁지가 빠져라 도망쳐 버린

묵향을 사랑하는 여인들 163

듯했다. 그들의 몸에서 뿜어져 나오는 짙은 마기와 살기를 보고, 아마 귀신을 봤다고 생각했으리라.

"여기서 잠시 기다리십시오."

그곳에 서서 그녀는 주위를 빙 둘러봤다. 이곳 관청 앞에 서 있는 무사들의 수실 색은 밝은 진홍색(眞紅色)이었다. 그들의 소속이 어딘지는 몰라도, 새로 발견한 색깔들에 대한 정보를 추밀단주에게 알려 주면 그는 꽤나 기뻐하리라.

이때, 그녀의 귀로 화가 머리끝까지 오른 듯한 노성이 들려왔다.

"그래서 놓쳤단 말이냐?"

잠시 조용하더니 다시 한 번 창노한 음성이 들려왔다.

"내가 잘 감시하고 있으라고 했잖아. 이런 빌어먹을!"

묵향의 목소리였다. 꽤나 먼 곳에 있는 것 같았는데, 그 목소리가 그녀의 귀에까지 들려왔을 정도로 그는 괴성을 질러대고 있었다.

그 소리를 듣는 순간, 매영인의 안색이 조금 창백해졌다. 시간을 잘못 맞춰 온 것이다. 전에 왔을 때는 교주의 기분이 꽤나 좋은 것 같아서 안 좋았던 일도 잘 넘어갈 수 있었는데, 지금은 꼭지가 열려 버릴 정도로 화가 머리끝까지 치솟아 올라 있는 게 확연히 느껴질 정도가 아닌가.

바로 도망칠 것인가, 그렇지 않으면 여기서 계속 기다릴 것인가 그녀는 고심하지 않을 수 없었다. 괜히 저기압 상태인 교주와 만나 봐야 좋을 게 하나도 없으니까.

이때, 실내로 들어갔던 그 무사가 허겁지겁 달려오는 게 보였다. 무사가 뭐라 말을 꺼내기도 전에 매영인이 먼저 입을 열었다.

"교주님께서 지금 아주 바쁘신 것 같은데, 제가 나중에 찾아뵙겠다고 전해 주세요."

"아닙니다. 당장 안으로 모시라는 명령을 받았습니다."

매영인의 안색이 조금 더 창백해졌다. 하지만 들어오라고 하는데, 거절할 수도 없는 노릇이었다. 그녀는 어쩔 수 없이 무사를 따라 실내로 들어갔다.

그녀가 실내로 들어갔을 때, 안쪽에서 걸어 나오는 한 사내와 마주쳤다. 지금껏 본 그 어떤 흑풍대원보다도 강렬한 인상을 풍기는 사내. 그가 발걸음을 옮길 때마다 들려오는 박차(拍車)의 묘한 울림과 함께 묵직한 힘이 느껴졌다.

매영인은 정보를 통해 흑풍대의 대주가 관지 장로라는 것을 이미 알고 있었다. 그는 초상화에 비해 훨씬 더 남자다워 보였다. 그리고 그림에는 나타나지 않았던 야성미까지 물씬 느껴졌다.

관지 장로의 안색은 시뻘겋게 달아올라 있었다. 아마도 방금 전 묵향에게 질책을 당한 사람이 바로 관지 장로였던 모양이다. 도대체 그가 무슨 잘못을 저질렀기에?

그녀가 이런저런 생각을 하고 있을 때, 어느 샌가 그녀는 묵향의 집무실 앞에 도착해 있었다. 무사가 묵향에게 자신이 왔다는 걸 고하는 목소리에, 그녀는 숨을 훅 들이마시며 마음을 다잡았다. 자기가 잘못한 건 없었지만 겁이 났던 것이다. 그만큼 교주는 무서운 사내였으니까.

하지만 그녀가 집무실 안으로 들어섰을 때, 묵향은 자리에서 벌떡 일어서며 얼굴에 미소를 지었다. 그건 분명 그녀로서는 외외의 환대였다.

"어서 와. 먼 길을 오느라 힘들었겠군."

매영인은 고개를 조아리며 사과부터 했다.

"괜히 기분이 안 좋으실 때 찾아뵌 게 아닌지 모르겠어요. 혹, 기분이 별로 좋지 않으시다면 무리하실 필요는 없어요. 내일 다시 올게요."

"나를 부하가 잘못한 일을 가지고 그대에게 신경질을 부릴 사람으로 생각했나? 본좌는 그렇게 아둔한 사람이 아니야. 자, 앉지."

매영인의 짐작과는 달리 묵향의 기분이 그리 나쁘지만은 않은 듯 보였다. 억지로 지은 건지는 모르겠지만, 미소까지 짓고 있는 걸 보면 말이다.

"요 근래에 자주 보는군."

묵향의 말에 매영인은 쑥스러운 듯 입을 열었다.

"할머니의 몸이 아직 완쾌된 게 아니다 보니, 장거리 여행은 무리라서 말이지요. 대신 제가 당분간 교주님과의 연락을 담당하게 되었답니다."

"빨리 완쾌되어야 할 텐데, 큰일이로군."

"깊은 관심, 할머니를 대신해서 감사드립니다. 건강이 점차 좋아지고 계시다고 의원이 그랬으니, 조만간 일어나실 수 있을 거예요."

"그거 다행이군."

이때 수하들이 가져온 다과가 도착했기에, 그들은 그것을 먹고 마시며 가벼운 대화를 나눴다. 요 근래 주위에서 벌어지고 있는 일들, 특히 금나라의 새로운 황제에 대한 얘기가 주를 이뤘다. 꽤나 깊이 있는 정보이기는 했지만, 묵향에게는 별 쓸모가 없었다. 그가 싸울 대상은 황제가 아니라 장인걸이었으니까.

이런저런 얘기를 나누던 매영인은 어느 정도 분위기가 무르익자

자기가 가지고 온 가장 중요한 정보를 꺼냈다.
"실은, 한 가지 알려 드릴 일이 있어서 왔어요."
"무슨 일인데?"
"소연 소저 말이에요."
순간 묵향의 표정이 눈에 띄게 딱딱해졌다.
"그 아이에 대한 정보를 입수했나?"
"예."
과연 무영문의 정보력이라는 생각이 들었다. 비마대원들이 총력을 다해서 뒤지고 있음에도 불구하고 흔적조차 찾지 못하고 있었는데……
"어디에 있는데?"
"태산파요."
그 대답은 확실히 의외였던 모양이었다.
"태산파라고? 그게 사실인가?"
"현재 소연 소저가 수감되어 있을 가능성이 가장 큰 곳은 태산파에요. 처음에는 흑살마왕의 본거지인 노하구 일대를 샅샅이 뒤졌지만, 그 어떤 단서도 발견할 수가 없었죠. 그러던 와중에 우연히 태산파에서 흑살마왕의 부하들이 뭔가 일을 벌이고 있다는 정보를 입수하게 된 거예요."
묵향은 짜증스런 어조로 투덜거렸다.
"뭐를 해? 본좌는 말을 빙빙 돌리는 걸 아주 싫어하지. 핵심만 말하라고."
찔끔한 매영인은 좀 더 빠른 속도로 말했다.
"기관진식을 구축하는 데 필요한 장비들을 그곳으로 옮기고 있었어요. 그래서 그곳으로 첩보조를 급파했지요. 그 결과는 놀라운 것이었어요. 태산파를 경비하고 있는 무사들 중에서 흑살마왕의 최정예인 천마혈검대원을 5명씩이나 찾아냈을 정도로 말이에요."

장인걸에게는 1류급을 상회하는 고수의 숫자가 그리 많지 않았다. 더군다나 이런 중요한 시점에 그토록 강력한 전력을 저 먼 태산까지 이동시킨 걸 보면, 그곳에 아주 중요한 뭔가가 있음에 틀림없다고 봐야 했다. 어떤 대가를 치러서라도 지켜야만 할 정도로 그렇게 중요한 뭔가.

묵향은 고개를 주억거리며 말했다.

"그 정도 인물들이 지키고 있으니, 그곳에 소연이가 있을 게 틀림없다고 추측한 모양이군."

"그렇게 간단하게 결론을 내린 건 아니에요. 이걸 한 번 보세요."

매영인이 품속에서 꺼낸 것은 태산파에 설치되어 있는 각종 기관진식에 대한 설치 도면이었다. 오랜 시간에 걸쳐 무영문이 입수한 정보의 정수임에도 불구하고 군데군데 많은 공백들이 눈에 띄었다. 특히나 태산파 최고의 중지라는 파천지관(破天之館)으로 들어가는 통로는 하얀 백지 상태였다.

"추밀단에서는 그들이 소연 소저를 이곳에 가둬 뒀을 거라고 추정하고 있어요."

매영인의 하얀 손가락이 도면 위의 한 지점을 가리켰다. 그곳에는 문짝 하나만이 덩그러니 그려져 있을 뿐, 그 안쪽에 뭐가 있는지 아무것도 표시되어 있지 않았다. 그야말로 새하얀 공백.

"파천지관? 여기는 뭐야? 감옥이라고 하기에는 명칭이 너무 거창한데……?"

"최상층부 고수들만 입관을 허락받을 수 있었던 연공실이에요."
"연공실이라고?"
"예. 외부 침입자에 대한 철저한 방어망을 자랑하죠. 본문에서도 오랜 세월 이 안쪽의 사정을 정탐했지만, 단 한 명도 살아서 돌아오지 못했어요. 그야말로 용담호혈(龍潭虎穴)이라고 할 수 있죠."

그럴 수밖에 없으리라. 문파의 최고수가 폐관수련 하는 걸 지켜내지 못한다면 그 문파는 곧이어 망할 게 뻔하니까.

잠시 궁리하던 묵향이 입을 열었다.
"태산파 도사들 중에서 남쪽으로 피난 온 사람들도 꽤 있을 텐데?"
질문의 의도를 알고 있는 매영인은 동의를 표했다. 무영문에서는 이미 그 방면으로도 조사를 해 봤으니까.
"물론 있죠. 저희 문파에서도 그들과 접촉해 내부 사정을 알아보려고 했지만, 결국 실패했어요. 사정은 이해하지만 문규(門規)를 어길 수는 없다며 완강히 거부하더군요."
"이런 망할 말코새끼들!"
묵향은 밖을 향해 외쳤다.
"누가 가서 홍진 장로를 불러와!"
얼마 지나지 않아 홍진 장로가 달려왔다.
"찾으셨습니까? 교주님."
홍진 장로는 마교의 정보를 총괄하는 인물이다. 무영문에서조차 그의 인상착의를 파악하지 못하고 있었던 신비스런 인물. 매영인은 그의 모습을 기어 속에 각인시키기 위해 얼굴의 작은 특징까지도 허투루 넘기지 않고 자세히 관찰했다.

매영인이 홍진의 얼굴을 빤히 보고 있든 말든 묵향은 그에게 명령을 내렸다.

"자네는 지금 당장 태산파 말코들 좀 잡아오도록 해."

"예?"

"그러시면 안 됩니다, 교주님."

뜬금없는 명령에 얼빠진 표정의 홍진 장로와 즉각 이를 말리려는 매영인. 하지만 묵향의 태도는 단호했다.

"최소한 장로급은 돼야 해. 이걸 봐."

묵향은 파천지관이 그려져 있는 도면을 보여 주며 말했다.

"여기는 태산파의 최고급 연공실이다. 이 안에 소연이가 구금되어 있을……."

"당장 알아내도록 하겠습니다!"

묵향의 말이 채 끝나기도 전에 홍진 장로는 그렇게 외치더니 허겁지겁 밖으로 달려 나가 버렸다. 교주가 태산파 말코를 필요로 하는 이유를 안 이상 지체할 틈이 없었던 것이다.

그제서야 묵향은 조금 느긋해진 표정으로 매영인에게 말했다.

"며칠만 기다리면 내부 상황을 파악할 수 있을 거야."

매영인이 옆에서 보니 태산파의 원로를 잡아다가 주리라도 틀 기세였다. 아니, 그렇게 하고 말 것이 분명했다. 그로 인해 무림맹과 어떤 갈등이 벌어질지는 생각도 하지 않고 말이다. 이런 때는 말려야 하지만, 말로 해서는 통할 상대가 아니니 그게 더욱 난감했다. 하지만 매영인은 억지로 미소 지으며 말했다.

"아주 믿음직해 보이시네요."

"그럼. 아주 능력 있는 친구지."

"하지만 그렇게 해서 내부 도면을 알아내신다고 해도 크게 도움은 되지 않을 거예요. 방금 전에도 말씀드렸잖아요. 태산파로 수송되는 방대한 물량 때문에 단서를 잡을 수 있었다고 말이에요. 초소형 쇠뇌 등 각종 정밀 제작된 암기들이 보내지는 걸 보면 그곳에 설치된 기관진식을 더욱 강화하려는 게 틀림없어요. 외곽을 지키는 많은 고수들에다가, 강화한 기관진식. 그런 사지를 뚫고 들어가 소연 소저를 구출해 낸다는 것은 불가능해요."

그렇게 말하는 매영인의 목소리에는 묵향에 대한 진정이 담겨 있었다. 그걸 느낀 묵향은 그녀의 조언을 차마 반박하지 못했다. 물론, 그녀의 말에 따를 생각은 전혀 없었지만 말이다.

"그 조언은 명심해 두도록 하지."

임무를 완수한 매영인이 떠나겠다고 하자, 묵향은 그녀를 배웅하기 위해 밖으로 나왔다. 사실, 지금껏 누군가를 배웅해 본 적이 없는 그였으니 그 행동이 조금은 어색했다.

"어쨌건 중요한 정보를 알려 주기 위해 여기까지 달려와 줘서 고맙군. 옥화무제에도 고맙다고 전해 줘."

"예."

지나가던 도중에 그들은 말들과 뒤엉켜서 짐을 정리하고 있는 흑풍대 무사들과 만났다. 얼마 전, 성문 밖에서 만났을 때와는 달리 모두들 전포(戰袍)만을 걸친 홀가분한 옷차림이었다. 투구의 안구 사이로 번쩍이는 눈만이 보일 때는 너무나도 사나워 보였는데, 지금 보니 옆집 아저씨처럼 친근한 인상들이었다.

삼삼오오 모여 얘기를 나누기도 하고, 자신의 말을 돌보는 사람도 있었다. 혹은 무슨 바쁜 일이라도 있는지 어딘가로 급히 걸어가는 사람도 있었다. 저마다 바쁜 모습들이기는 했지만, 그중 누군가는 묵향을 알아보는 사람이 있을 터였다. 그때는 그들이 어떻게 반응할까? 매영인으로서는 궁금하지 않을 수 없었다. 모두들 일제히 부복하며 '교주님 만세!'라고 외치지 않을까 하는 생각도 들었다.

하지만 그녀의 생각과는 달리 그런 일은 벌어지지 않았다. 우연히 묵향의 모습을 발견한 자들이 군례를 올렸지만, 곧이어 자신의 할 일을 하느라 바쁘게 움직였던 것이다. 그리고 그런 모습은 매영인에게는 아주 색다른 모습으로 다가왔다. 그녀가 지금껏 상상해왔던 상명하복적인 마교의 분위기와는 많이 달랐기 때문이다.

그러던 그녀의 얼굴이 갑자기 묘하게 일그러졌다. 한쪽에 서 있는 흑풍대 무사들 중에서 눈탱이에 시퍼런 멍이 든 사람을 발견했던 것이다. 그리고 보니 주위에 있는 무사들 중 상당수가 크고 작은 부상을 입고 있었다. 몇몇은 절뚝거리며 걸어 다닐 정도였다.

사나운 눈빛을 뿜어내는 그들의 강맹하기 이를 데 없던 모습과 영락없는 패잔병과도 같은 모습이 교차되며 하마터면 웃음이 새나올 뻔했다. 하지만 이들이 왜 이런 꼴을 하고 있는지 이미 알고 있었던 그녀였기에 입술을 지그시 깨물며 애써 웃음을 참았다.

흑풍대가 양양성을 떠난 표면적인 이유는 곤륜파와의 갈등이었다. 곤륜파 문도들과 대규모 난투극을 벌인 다음, 그걸 빌미로 양측의 수뇌부들까지 나서서 공개적으로 상대편을 비난하며 설전을 벌였다. 결국 흑풍대의 수장 관지 장로는 화가 머리끝까지 올라 사태가 이 지경이 될 때까지 묵인하고 있던 곤륜파의 장로들에게 욕설까지 퍼부은 다음, 이곳 춘릉성으로 거점을 옮겨 온 것이다.

물론 이것은 사전에 쌍방이 합의한 연극이었다. 이렇게 해야 장인걸이 이곳 춘릉성으로 흑풍대가 옮겨온 것을 이상하게 여기지 않을 테니까. 하지만 격투에 가담한 양쪽 하급무사들은 그렇지 못했다. 기왕에 싸우는 것, 승리해야 할 게 아니겠는가. 양쪽은 사망자가 나오기 직전까지 박 터지게 싸웠던 것이다.

마치 오랜만에 만난 연인을 배웅하듯, 그렇게 기분 좋은 얼굴로 매영인을 배웅한 묵향은 자신의 집무실로 돌아왔다.
집무실로 들어서는 그의 얼굴에 피어 있던 미소는 언제인지 모르지만 완전히 사라지고 없었다. 그는 아주 힘든 일이라도 치른 듯 피곤한 표정으로 자리에 털썩 주저앉으며 밖에 대고 외쳤다.
"술 좀 가져와!"
"옛."
"젠장, 이 짓도 힘들어서 못해 먹겠군. 왜 이렇게 자주 오는 거야? 아니면 아예 한방에 끝내 버리게 할망구가 직접 찾아오던지……."
낮은 목소리로 궁시렁 투덜거리던 묵향은 마치 옆에 누군가가 서 있기라도 하듯 질문을 던졌다.
"자네가 우려한 대로던가?"
묵향의 말이 떨어지기가 무섭게 후다닥 하는 소리가 들리더니 곧이어 설민이 허겁지겁 달려 들어왔다. 그는 방금 전까지 묵향의 옆방에 자리 잡고, 교묘한 각도로 뚫린 구멍을 통해서 매영인을 관찰하고 있었다.
설민은 이번에도 옥하무제가 오지 않고 매영인이 온 것을 보자 혹시 저쪽에서 묵향의 무영문 말살계획을 눈치 챈 게 아닌가 하는 우려감을 표시했다. 그 말에 묵향은 설민에게 옆방에서 그녀를 관찰해도 좋다는 허락을 내렸다. 아무래도 여자의 표정을 관찰함에 있어서 자기보다는 가정을 꾸리고 있는 설민이 월등하게 나을 거라는 가정 하에.

설민은 묵향과 대화를 나누는 매영인의 표정을 하나도 놓치지 않고 세밀히 관찰했다. 그리고 그는 얼마 지나지 않아 깨달을 수 있었다. 예상과 달리 그녀가 묵향을 아주 존경하고 있다는걸.

하지만 가만히 생각해 보니 그럴 수도 있겠다 싶었다. 겉으로는 정파니 사파니 하고 있지만, 결국에는 약육강식인 세계를 구축할 수밖에 없는 게 무림이라는 곳이다. 그 세계에서 최강의 고수와 면담을 나누고 있는 것이다.

더군다나 묵향이 평소와 달리 얼마나 친절하게 그녀에게 대해 주고 있는가. 그녀로서는 이게 꿈인가 싶을 것이다. 마치 소녀가 자기가 좋아하는 경극배우와 만남의 시간을 즐기듯…….

"부문주는 교주님을 아주 좋아하는 듯 보였습니다. 그 표정 하나하나에 흠모의 정이 담뿍 배여 있더군요. 속하가 너무 지나쳤던 것 같습니다."

설민의 말에 묵향은 어깨를 으쓱하며 대꾸했다.

"그것 봐, 내가 뭐랬어? 간단하게 속일 수 있을 거라고 했잖아."

이때 수하 한 명이 술과 간단한 안주를 가져왔기에, 묵향은 그것을 받아 술잔에 술을 따르며 물었다.

"자네도 한잔 할 텐가?"

그 말에 설민의 안색이 약간 창백해졌다. 그는 아는 것이다. 저 술병 속에 뭐가 들어 있는지 말이다. 저걸 마시면 아마 며칠 동안 자신은 일어서지도 못하리라.

"감히 속하가 어찌 교주님과 대작을 할 수 있겠습니까."

"괜찮아. 나는 그런 거 안 따지는 사람이거든."

"속하가 불편해서 그렇습니다. 더군다나 해야 할 일도 많고 말입니다."

"그래? 이 좋은 걸 안 마시겠다니……."

짐짓 불쾌하다는 듯 투덜거리며 묵향은 거친 동작으로 술잔을 입 속에 털어 넣었다.

"크…, 좋군."

묵향은 얼굴 여기저기를 문지르며 또다시 투덜거렸다.

"안 하던 짓을 하려니 얼굴 근육이 다 땡기는군."

아마도 매영인을 상대할 때 줄곧 미소 짓고 있었던 걸 말하는 모양이다. 너스레를 떨던 묵향은 갑자기 설민을 향해 매서운 눈빛을 보내며 물었다.

"그곳에 내 딸이 있을 확률은 얼마나 된다고 생각하나?"

묵향이 하는 행동을 내심 황당한 표정으로 바라보고 있던 설민이었다. 그런데 묵향이 갑자기 정색을 하며 질문을 던지자 자신의 속마음이 들켰을 새라, 황급히 고개를 조아리며 대답했다.

"9할이 넘을 걸로 짐작됩니다."

"그렇다면 지금 당장……."

묵향은 좀이 쑤시는 모양이지만, 설민은 냉정하게 대답했다.

"서둘러 봤자 좋을 건 하나도 없습니다."

"뭔가 좋은 생각이 있는 모양이군."

"예. 현재 장인걸은 심각한 인력 부족에 시달리고 있습니다. 병사들은 넘치지만, 정작 필요한 고수들의 숫자는 턱도 없이 모자라죠."

"그건 본좌도 알고 있어."

"현 상황만으로도 구출작전은 엄두도 내기 힘든데, 그곳의 기관진식을 장인걸이 더욱 강화하는 이유가 뭐겠습니까?"

설민의 지적에 묵향은 고개를 갸웃하더니 대답했다.

"글쎄. 그것만 가지고는 안심이 안 돼는 모양이지."

"그게 아니라 그곳에 배치해 둔 고수들을 철수시키려는 것입니다. 안 그래도 고수가 모자라는데, 그런 곳에 언제까지 천마혈검대와 같은 고수들을 놔둘 수는 없는 일이 아니겠습니까."

"흠, 그러니 그때가 소연이를 탈출시킬 수 있는 적기다, 이거로군."

"예, 교주님."

하지만 설민은 이때 한 가지 사실을 숨겼다. 장인걸이 저 먼 태산파에다 소연을 감금한 이유가 뻔했기 때문이다. 왕복 2천5백 리가 넘는 거리였다. 그 엄청난 거리 자체가 또 하나의 함정이었다. 저렇게 방어력이 뛰어난 곳에서 소연을 구출하려면 적지 않은 전력을 쏟아 부어야 할 건 당연한 사실. 이쪽의 전력이 분산되는 그 순간, 그걸 노리고 있던 장인걸은 곧바로 달려들 것이다. 그렇게 하려고 일부러 멀리 떨어진 곳에다 소연을 감금해 놓은 거라고 설민은 판단했다.

"좋아. 일단 태산파 내부의 자료를 좀 더 모은 다음에 다시 얘기하기로 하세."

"예."

대화가 모두 끝나자 예를 올리고 밖으로 나가려는 설민을 묵향이 급히 불러 세웠다.

"더 하명하실 게 있으십니까?"

"무슨 일이 있더라도 그년을 찾아내도록 해. 홧김에 관지에게 잡아오라고 고함을 지르기는 했지만, 그가 잡을 수 있을 리가 없잖아."

"비마대를 투입하면 곧 꼬리를 잡을 수 있을 겁니다."

묵향은 생각할수록 화가 난다는 듯 탁자를 쾅 치며 외쳤다.

"썩을! 그때 그냥 목을 비틀어 버렸으면 이런 일은 없었을 텐데."

"장인걸을 속여 넘기기 위해서는 어쩔 수 없는 선택이었다는 걸 잘 아시지 않습니까?"

"젠장. 그걸 아니까 더욱 화가 나는 거라구."

매영인이 돌아가고 난 그날 밤, 묵향은 착잡한 심정을 달래려 연신 술잔을 들이켰다. 장인걸에게 납치된 소연에 대한 미안한 감정 때문이었다. 자신의 능력이 이렇게 보잘 것 없게 느껴진 것도 처음이었다. 지금 같을 때, 아르티어스가 옆에 있었다면 얼마나 큰 도움이 될 것인가.

"아버지는 꼭 필요할 때는 없단 말이야. 도대체 어디에 간 거야?"

그렇게 중얼거리다 보니 더욱 울적해졌다. 이럴 때 누군가가 자신의 곁에 있어 줬으면 했지만 주위를 둘러보니 단 한 명도 없었다. 아르티어스도 만통음제도……. 그들로부터 위로를 받자는 게 아니라 그저 술잔이나마 같이 나누고 싶었던 것이다. 그렇다고 울적한 마음이 가시지는 않겠지만.

매영이이 준 자료를 아무리 검토해 봐도 태사의 겸비 태세는 너무나도 튼튼했다. 소연을 구출하기 위해서는 자신이 직접 그곳으로 달려가는 것 외에 그 어떤 방법도 소용없을 거라는 생각이 들 정도로.

하지만 그는 이곳에서 도저히 몸을 뺄 수가 없었다. 만약 자신이 이곳에 없다는 걸 장인걸이 눈치 챈다면, 그는 과감히 춘릉성을 공격할 게 뻔하니까.

묵향이 씁쓸한 표정으로 천일취를 마시고 있을 때, 가벼운 기척이 그의 기감에 잡혔다. 그와 동시에 묵향의 입가에 부드러운 미소가 떠올랐다. 자신의 문 앞에 살며시 다가와 서 있는 사람이 누군지 눈치 챘기 때문이다.

똑똑똑!

가벼운 문 두드리는 소리가 들렸다.

"들어와."

문이 살짝 열리더니, 문틈으로 마화의 얼굴만이 빼꼼이 들어왔다. 그녀는 쑥스러운 듯 미소 지으며 말했다.

"왜 혼자 술을 마셔요? 같이 대작해 드릴까요?"

"하하, 그거 좋지. 어서 들어와. 문 앞에서 그러고 있지 말고."

묵향이 들어오라고 허락했음에도 마화는 얼굴만 붉힌 채 주저하고 있었다. 한참을 머뭇거리다 슬그머니 방 안으로 들어오는 마화를 본 묵향의 두 눈이 일순 휘둥그레졌다. 마화의 옷차림이 평소와 완전히 달랐기 때문이다. 그녀는 마치 바람이라도 불면 날아갈 듯 하늘하늘한 옷을 입고 있었던 것이다. 부드러운 천이 그녀의 몸에 착착 감기는 것은 물론이고, 속에 입은 옷까지 은근히 비칠 정도로 얇았다.

"추운데 감기라도 걸리면 어쩌려고······."

물론 말도 안 되는 소리였다. 마화 정도의 고수라면 설혹 벌거벗고 돌아다닌다 해도 감기 따위에 걸릴 리가 없을 테니까. 묵향은 마화가 자리에 앉자 황급히 그녀의 어깨에 얇은 이불을 걸쳐 줬다. 마화의 옷차림이 너무 선정적이라서 도저히 눈길을 어디에 둬야 할지 곤혹스러웠기 때문이다.

"저도 한잔 주세요."

묵향은 마화가 내미는 잔에 천일취를 가득 따라 줬다.

술잔을 단숨에 들이켠 마화는 묵향을 바라보며 말했다.

"기분이 많이 울적하신 건 알아요. 이럴 때 제게 조금만 기대 주실 수는 없을까요? 물론 교주님이 보시기에 제가 많이 미흡할 거라는 건 잘 알아요. 하지만……."

"나는 마화가 미흡하다는 생각은 단 한 번도 해 본 적이 없어."

"그렇다면 왜 저를 멀리하시는 거예요?"

마화는 묵향의 손을 들어 자신의 가슴 위에 올려놓으며 물었다. 어느새 그녀의 두 눈은 촉촉이 젖어 있었다.

"나는 감정도 없는 사람인 줄 아세요? 자, 느껴 보세요. 제 심장의 울림을……."

자신을 좋아하고 있다는 건 알고 있었지만, 설마 마화가 이런 말을 할 줄은 꿈에도 생각지 못했던 묵향이었다. 무엇보다 무공에 있어서는 천하제일일지 모르지만, 여자관계에 있어서는 숙맥이나 다름없었다. 막상 이렇게 여자 쪽에서 과감하게 치고 들어오자 그의 머릿속은 새하얗게 변해 버려 아무런 대꾸조차 생각해 내지 못하고 있었다.

묵향은 그저 필사적으로 마화의 가슴 위에 올려져 있는 자신의 손을 떼어 내려 애썼다. 하지만 마화의 손은 요지부동이었다. 천하제일 고수인 그가 내공조차 운용할 생각을 못할 정도로 당황하고 있었던 것이다.

"왜요? 이러는 제가 싫으세요?"

"하, 하지만 나는……. 그, 그래. 동, 동자공(童子功)을 익힌 상태라……."

예전에 그가 써먹던 연막전술이었다. 하지만 아쉽게도 그건 마화에게 씨알도 먹히지 않았다.

"물론 잘 알고 있죠. 그뿐만이 아니라 설약벽(薛若碧) 우외총관과의 하룻밤까지도요."

"그, 그걸 어떻게……?"

순간 묵향의 얼굴 표정이 뜨악하게 바뀌었다. 마화는 묵향의 그런 표정 변화가 재미있다는 듯 미소 지었다.

"당신이 행방불명된 뒤 행적을 조사하던 도중에 알게 됐어요. 뛰어난 실력을 갖추고 있는 그녀를 중앙으로 불러들이지 않고, 밖으로 돌린 건 그녀와 다시 대면하기가 껄끄러워서였나요?"

"그, 그건……."

"당신이 그렇게까지 신경 쓸 필요는 없다고 생각해요. 춘약을 쓴 건 그녀였으니까요."

마화는 묵향에게 한층 더 가까이 다가와 앉았다. 이제는 마화의 달콤한 숨결까지 느껴질 정도였다. 마화는 살포시 미소 지으며 짓궂은 어조로 말했다.

"당신을 사랑하려면 춘약이 꼭 필요한가요?"

"그, 그럴 리가 있…, 읍……."

묵향은 고개를 가로저으며 부인하려 했지만, 그의 말은 더 이상

이어지지 못했다. 마화의 입술이 그의 입술을 틀어막아버렸기에.

긴 입맞춤이 끝난 후, 마화는 묵향의 품에 안기며 소곤거렸다.

"당신이 돌아온 뒤 나를 불러 주기를 기다리고 또 기다렸어요. 그런데 당신이라는 사람은 어떻게 그렇게도 무정해요?"

전장에 나서면 눈 하나 깜빡하지 않고 적의 목을 베는 여인이 마화였다. 하지만 그런 강인한 마화조차도 장인걸과의 전투가 목전으로 다가오자 불안감에 가만히 앉아 있을 수가 없었던 것이다. 물론 마교의 전력이 어마어마하다는 것도, 묵향이 최강의 고수라는 것도 잘 알고 있었다. 하지만 적은 금나라의 50만 대군이었다.

어쩌면 치열한 전투를 벌이다 마화 자신이 묵향보다 먼저 죽을지도 모른다. 묵향만 무사하다면 자신이 죽는 것쯤은 두렵지 않았지만, 그래도 불안한 생각이 드는 것은 어쩔 수가 없었다. 그렇기에 마화는 이게 묵향과의 마지막 밤이라도 되는 양 그의 품에 매달리고 있었던 것이다.

한 번의 격정이 흘러간 다음, 마화는 묵향의 품속에 파고들며 조심스런 어조로 말했다.

"당신이 얼마나 소 소저를 사랑하는지는 알고 있어요. 하지만…, 제가 이런 말을 드리는 걸 오해하지는 말아 주세요."

"나는 오해 같은 건 안 해. 솔직히 말해도 좋아."

"제발 태산에는 가지 마세요."

묵향은 마화의 이마에 가볍게 입 맞춘 다음 씩 미소 지으며 대답했다.

"걱정하지 마. 안 갈 테니까."

하지만 마화는 그런 묵향의 말을 믿을 수가 없었다. 마화는 묵향을 꼭 껴안았다. 안 그러면 그가 지금 당장에라도 태산으로 떠나기라도 할 것 같은 생각이 들었던 것이다. 그렇게 그들의 밤은 깊어 가고 있었다.

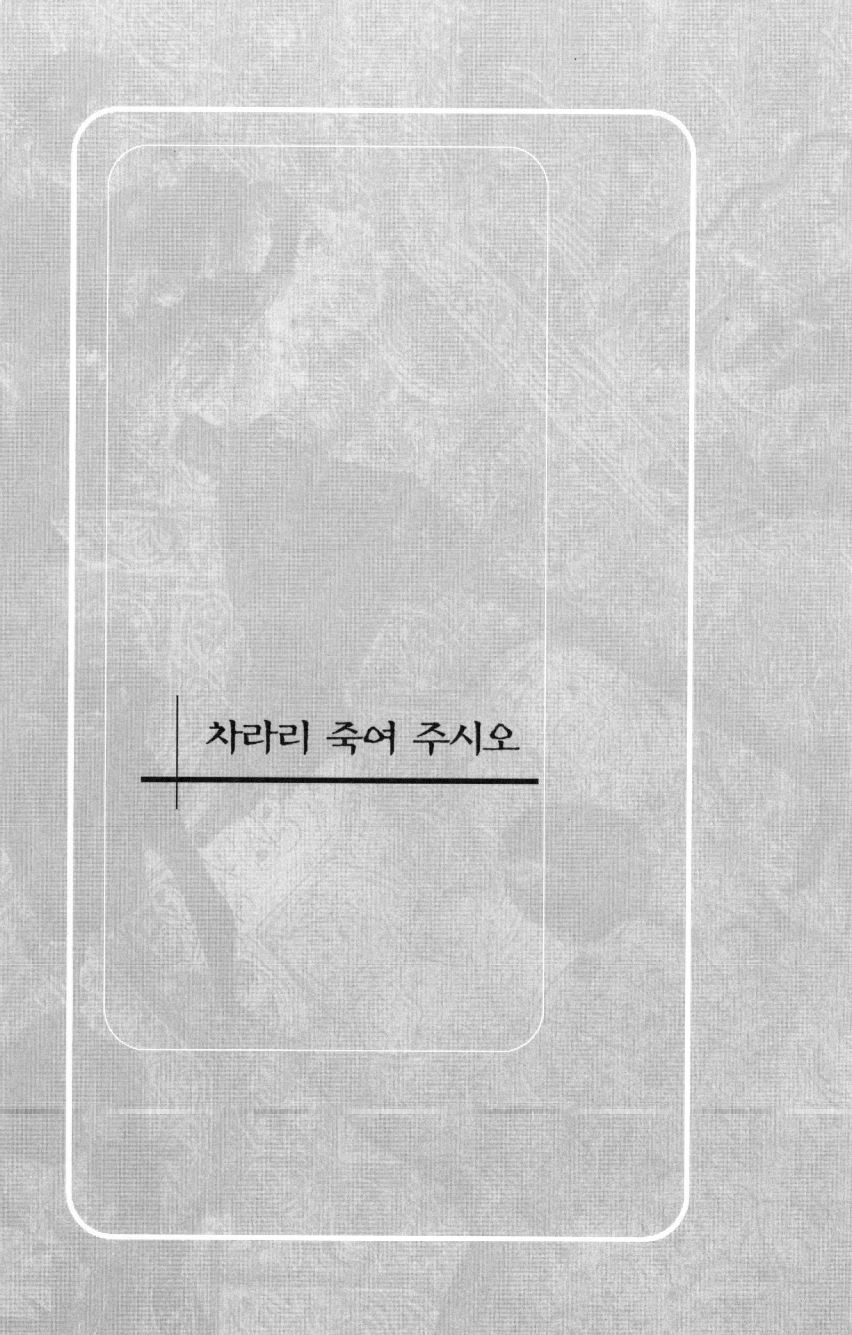

차라리 죽여 주시오

26

최후의 결전

묵향은 아직 조령을 잡아들일 수 있는 기회가 있을 거라고 생각했지만, 그건 천만의 말씀이었다. 왜냐하면 그녀는 이미 장인걸 쪽 진영에 안착해 버렸으니까. 조령은 노하구로 갔다가 장인걸을 만나기 위해 춘릉성으로 갔다.

장인걸은 노하구에 10만의 방어 병력을 남겨 둔 뒤, 50만 대군을 이끌고 춘릉성 앞의 드넓은 벌판 위에 진을 쳤다. 제아무리 마교도들의 무공이 뛰어나다고 하지만, 중무장을 하고 있는 병사들이 그리 만만한 상대는 아니었다. 더군다나 쇠뇌나 투석기, 활 등 각종 장거리 투사 무기까지 두루 보유하고 있기에 가까이 접근하기조차 힘들었다.

조령은 장인걸을 만나러 들어가는 길에 저 멀리 아스라이 보이는 춘릉성의 나지막한 성곽을 볼 수 있었다. 춘릉처럼 작은 성을 공략하기에 장인걸이 동원한 50만 대군은 터무니없을 정도로 엄청난 숫자였다. 병사들이 세워 놓은 군막(軍幕)들이 끝도 없이 이어져 있을 정도였으니까.

조령이 도착했을 때, 장인걸은 막사 밖에까지 나와 그녀를 맞이했다. 금나라에서 장인걸이 차지하고 있는 위치를 생각해 본다면 의아하다 싶을 정도의 환대였다.

"오랜만이구나. 정말 수고가 많았다."

조령이 황녀의 신분을 지니고 있는 만큼, 원칙적으로 따진다면 장인걸은 그녀에게 공대를 해야 옳았다. 하지만 장인걸만큼은 예외였다. 그는 아구다가 황제가 되기도 전부터 그와 친분을 나눴던 사람이다. 그리고 당시 여진족을 이끌었던 오야속이 대권을 물려주려 했던 사람은 장인걸이었다. 그는 자신의 동생이었던 아구다보다, 장인걸이 훨씬 더 뛰어난 사람이라고 판단했었던 것이다.

그런 장인걸의 특수한 신분 때문에 그는 황녀인 조령으로부터 노사(老師)로 불렸다.

"제가 해야 할 일을 했을 뿐입니다, 노사님. 아바마마의 원혼을 달래는 데 작은 도움이 될 수 있었다는 것만으로도 감사한 일이지요."

장인걸은 조령과 꽤 오랜 시간 담소를 나눴다.

사실, 조령이 장인걸에게 도움이 된 것은 딱 하나. 소연을 납치하는 데 결정적인 역할을 한 것뿐이었다. 그 뒤로는 오히려 놈들의 간계에 걸려들어, 엉터리 정보를 알려 줘 혼란만 가중시켰을 뿐이었다.

하지만 그녀가 실수한 그 모든 것을 다 포함한다 해도, 소연을 납치할 수 있도록 도와준 데 대한 공로를 상쇄할 수는 없었다. 그걸 잘 아는 장인걸이었기에 그녀에게 이런 파격적인 대우를 해 주고 있는 것이다.

장인걸의 눈치를 살피던 조령은 기회를 보아 진팔을 만날 수 있도록 해 달라고 졸랐다.

"허어, 네가 그 아이에게 마음이 있는 모양이로구나?"

장인걸의 말에 조령은 살짝 얼굴을 붉혔다.

인질로 잡아들인 아이들의 신상과 자질에 대해서는 장인걸도 잘 알고 있었다. 특히 인질들 중에 폭풍검 서량과 설취가 포함되어 있었던 것은 그야말로 횡재나 다름없었다. 그들을 미끼로 만통음제와 패력검제를 통제할 수 있다는 것을 의미했으니까. 그리고 진팔의 존재 또한 장인걸은 이미 알고 있었다. 조령이 진팔을 마음에 두고 있다는 것을 이미 편복대주에게 들었던 것이다. 하지만 그는 그 사실을 몰랐던 것처럼 조령에게 농을 건넸다.

조령은 전혀 눈치 채지 못했다. 만약 장인걸이 그런 사실을 몰랐다면, 오래전에 진팔을 만수진인과 같은 실혼인으로 만들어 버렸을 것이라는 걸. 소연과 서량, 설취와 달리 아무런 연고도 없는 진팔이 아직까지도 제정신을 유지하고 있는 건 전적으로 조령의 덕분이었던 것이다.

장인걸의 명령에 편복대주는 즉각 편복대 감찰어사를 호출했다. 편복대에는 장인걸 휘하의 모든 부서들이 제대로 움직이고 있는지를 감독하며 살펴보는 감찰부가 존재한다. 감찰어사는 감찰부 안에서 중간쯤 되는 직책이었다.

"자네는 황녀 마마를 모시고 가, 그분께서 '쥐약'을 만나 뵐 수 있도록 하게."

그러면서 편복대주는 장인걸이 내준 허가서를 그에게 건넸다.

"존명!"

편복대주는 조령에게 고개를 조아리며 말했다.

"감찰어사가 마마를 편안히 모실 것이옵니다."

"알겠다."

"원하시는 일 잘 이루어지기를 빌겠사옵니다."

차라리 죽여 주시오 187

"고맙구나."

조령을 보내고 난 다음, 편복대주는 입맛이 씁쓸한지 찻물을 들이켰다. 사실 지금처럼 중요한 시점에 인질들과 다른 사람이 접촉할 수 있도록 허가한다는 것은 썩 내키지 않는 일이었던 것이다.

"황녀를 미행하는 인물은 없었겠지?"

"물론입니다, 대주님. 양양성에서부터 시작해서 이곳까지 철저하게 살펴봤으니 염려하실 필요는 없을 것입니다."

"그렇다면 다행이지만, 아무래도 찝찝해……."

편복대주는 잠시 머리를 긁적거리더니, 뭔가 생각이 났는지 급히 말했다.

"황녀에게 마차를 내주도록 해라. 노하구와 여기를 왕복하는 치중대(輜重隊)로 위장한다면, 조금 더 안심할 수 있겠지."

이때, 수하들 중 한 명이 달려 들어오며 그에게 외쳤다.

"큰일났습니다, 대주님."

"큰일이라니, 또 무슨 일이냐?"

"몽고 놈들이 쳐들어왔다고 합니다."

"뭣이? 몽고 놈들이!"

북부전선에서 날아온 보고서였다. 며칠 전 몽고의 대군이 갑작스럽게 국경선을 돌파했다고 한다. 얼마 전까지만 해도 국경선에는 30만 대군이 포진하고 있었지만, 테무진과 화친이 성립된 이후, 그중 20만을 남쪽 전선에서 써먹기 위해 이동 명령을 내려놓은 상태였다.

그 20만이 남하하여 연경 외곽의 방어부대가 위치하고 있던 자리로 이동하고, 연경 외곽에 있던 방어부대 중 20만을 노하구 쪽으로 이동시키고 있었다. 이 모든 게 북부전선이 완전히 안정되었다고 판단한 뒤 내린 결정이었는데…….

편복대주는 너무나도 분해서 이빨을 뿌드득 갈지 않을 수 없었다.

"이 촌놈의 새끼가 감히 하늘 높은 줄 모르고 나를 우롱해?"

그는 즉시 이 사안을 장인걸에게 보고하려고 했다. 하지만 장인걸에게 달려가는 도중에 그럴 필요가 있을까 하는 생각이 들었다. 지금 장인걸에게 이걸 보고해 봐야 변할 건 전혀 없었다. 자신들의 코앞에는 마교의 최정예들이 자리 잡고 있고, 장인걸의 대군은 그들을 반쯤 포위하고 있는 상황이었다. 언제 대규모 접전이 벌어질지 알 수도 없는 상황에서 병력을 뺄 수는 없는 노릇이었다.

편복대주는 장인걸에게 가던 발길을 다시 되돌려 자신의 집무실로 돌아왔다.

"어쩔 수 없지. 지금은 그저 시간만 끄는 수밖에. 그 촌놈은 이곳이 정리되는 대로 싸그리 쓸어버릴 테다. 으드득."

편복대주는 북부전선에서 연경 쪽으로 이동하고 있는 20만 대군에게 보낼 명령서를 작성했다. 지금 당장 발길을 되돌려, 북쪽 국경선을 침범한 몽고 놈들을 막아 내라고 말이다.

하지만 그는 연경에서 노하구로 이동 중인 20만 대군에 대해서는 연경으로 되돌아가라는 명령을 내리지 않았다. 그는 북부 방어군 20만을 되돌려 보내는 것만으로도 충분히 몽고의 침략을 막아 낼 수 있을 거라고 생각했던 것이다.

* * *

차라리 죽여 주시오 189

편복대주가 붙여 준 감찰어사는 조령과 그녀의 호위무사인 쟈타르를 노하구로 안내했다. 설마 그들이 어제 자신이 떠나왔던 노하구에 있을 거라고는 상상도 해 보지 않았던 조령이었다. 그만큼 노하구는 모든 적들의 집중적인 감시를 받는 곳이었으니까.

그들이 탄 마차는 노하구 외곽에 위치한 제법 규모가 큰 저택 안으로 들어갔다. 쟈타르가 자세히 살펴보니, 그 저택이 다른 집들과 다른 점이 전혀 없다는 게 오히려 의외였다. 뭔가 음산한 마기가 풍겨 나올 거라고 지레짐작을 했기 때문이다.

쟈타르는 그 점을 이해하기 힘들었다. 자신처럼 신분을 노출하지 않아야 할 필요가 있는 일부 황실무사들이나, 편복대원들을 제외하고는 모두 다 마공을 익혀야만 했다. 왜냐하면 그쪽이 훨씬 더 강력한 위력을 지닐 뿐더러, 단기간에 깊은 수준까지 연성할 수 있었으니까.

그가 그런 생각을 하고 있을 때 마차가 멈춰 섰다. 조령을 안내해 온 감찰어사가 마차에서 내리며 목적지에 도착했음을 알렸다. 조령과 함께 마차에서 내린 쟈타르가 보니, 내실로 들어가는 두 번째 대문에 배치되어 있던 경비무사 한 명이 다가오는 게 보였다. 감찰어사는 품속에서 패를 꺼내 그에게 보여 주며 말했다.

"대주님의 명을 받들어 왔다."

"감찰어사님, 어서 오십시오."

"이곳의 책임자에게 안내하거라."

"지금 즉시 통보하도록 하겠습니다."

그는 문 쪽에 서 있는 경비무사들 중 한 명에게 지시했다.

"너는 안에 들어가서 조장님께 감찰어사께서 오셨다고 전해라."

대답은 없었다. 하지만 지시를 받은 그 경비무사는 묵묵히 행동으로 지시를 이행했다. 눈 깜짝할 사이에 그는 안으로 달려 들어가 버렸다. 정말이지 놀라운 신법이었다. 쟈타르는 그가 보여 준 그 한 수만으로도, 그가 자신보다 훨씬 더 윗줄에 놓이는 고수임을 확신했다.

'진팔 공자와 엇비슷한 정도의 수준!'

하지만 쟈타르는 이해할 수가 없었다. 황궁에서는 황제가 밖으로 암행할 때 쓰기 위해 일부 정파의 내공을 익힌 고수를 키웠다. 하지만 그들의 실력은 별 볼 일 없는 수준이었다. 높아 봤자 쟈타르 정도의 수준이었다. 그런데 어찌 저런 고수가 심부름 따위나 하러 달려갈 수 있단 말인가.

경비무사의 안내를 받으며 안으로 들어갈 때, 안쪽에서 허겁지겁 달려오는 인물과 마주쳤다. 그의 경공술은 방금 전 보고를 하기 위해 달려 들어갔던 경비무사에 비교한다면 형편없다고 표현해도 될 정도였다. 굳이 표현하자면 보름달과 반딧불 수준이랄까.

그렇기에 쟈타르는 그자가 책임자의 심부름꾼 정도가 아닐까 생각했다. 하지만 상대가 자신을 소개하자 쟈타르는 놀라지 않을 수 없었다. 바로 그자가 이곳의 책임자였던 것이다. 어떻게 무공도 떨어지는 저런 인물이 책임자가 될 수 있다는 말인가?

감찰어사는 품속에서 명령서를 꺼내 책임자에게 건네며 말했다.

"황녀 마마께서 진팔이라는 죄수와 면담을 나누시는 데 있어 최대한의 편의를 제공하라는 편복대주님의 명령서다."

"대주님의 명을 받들겠습니다."

책임자는 조령에게 고개를 조아리며 정중한 어조로 말했다.

"소인을 따라오시옵소서, 마마. 그자에게 안내해 드리겠사옵니다."

"본녀는 그와 개인적으로 면회를 하고 싶노라."

조령의 말에 책임자는 난처한 듯 대꾸했다.

"아뢰옵기 송구하오나, 규칙상 그럴 수는 없사옵니다, 마마. 속하는 대주님께 무슨 일이 있더라도 그들을 지하실에서 내보내지 말라는 명을 받았나이다."

"그렇다면 할 수 없지. 앞장 서거라."

"예."

다른 사람을 시키지 않고, 책임자는 직접 조령을 인질들이 갇혀 있는 지하실로 안내했다.

감찰어사도 함께 따라 들어오며 책임자에게 물었다.

"죄수들의 상태에 문제는 없겠지?"

"염려 놓으십시오, 감찰어사님. 모두들 건강한 상탭니다."

지하실로 내려가는 문 앞에도 두 명의 경비무사가 지키고 서 있었다.

"안으로 드시옵소서, 마마."

조령과 감찰어사가 지하실 안으로 들어간 다음, 쟈타르도 따라 들어가려고 할 때 책임자가 손을 들어 제지했다.

"이곳에 무기를 소지한 채 들어가실 수는 없습니다."

쟈타르는 즉시 허리에 차고 있던 도(刀)를 풀어 경비무사에게 건넸다. 경비무사는 아무런 대꾸도 없이 무표정하게 쟈타르의 무기를 받았다.

조령은 진팔이 음산하기 짝이 없는 지하 감옥에 갇혀 있을 거라고 상상했었다. 하지만 책임자를 따라 지하실 안으로 들어서니, 자신의 상상과 전혀 다른 장면에 내심 안도의 한숨을 내쉬었다. 넓은 지하실은 사람들이 안락하게 생활할 수 있도록 잘 꾸며져 있었다. 침상에 놓여 있는 이불도 비교적 깨끗했고, 사람들의 옷차림 또한 그러했다.

마침 인질 4명은 식탁에 둘러앉아 얘기를 나누며 음식을 먹고 있는 중이었다. 그러다가 위에서 사람들이 내려오자 그쪽으로 시선을 돌렸다. 그런데 그중 조령의 모습이 보이자 분노를 감추기 힘든 듯 모두의 얼굴이 왈칵 일그러졌다.

사람들의 그런 시선에 조령은 내심 찔끔하지 않을 수 없었다. 자신이 지은 죄를 뻔히 알고 있다 보니, 그들이 자신을 얼마나 증오하고 있을지 잘 알고 있었던 것이다. 그것 때문에 진팔만 만나고자 했던 것이었는데…….

이때, 책임자가 정중하게 말했다.

"저쪽에서 얘기를 나누시옵소서."

책임자가 가리키는 곳을 보니, 한쪽 구석에 물건들을 쌓아 마치 하나의 방처럼 만들어 놓은 곳이 보였다. 저 정도라면 진팔과 조용히 얘기를 나눌 수 있을 듯도 했다.

"자네, 저 안으로 들어가게."

책임자의 지적을 받은 진팔은 떨떠름한 표정으로 안으로 들어갔다. 그는 조령과의 독대를 거부하지는 않았다. 잡초처럼 끈질긴 성격의 그는 실낱같은 가능성이라도 허투루 여기지 않기 때문이다.

조령은 진팔의 뒤를 따라 들어가며 휘장을 들춰 방 안을 살펴봤다. 침상 2개가 놓여 있고, 이불도 아주 깨끗했다. 아마 여기가 여인들을 위한 개인적인 공간인 모양이었다.

조령은 방 안으로 들어가기 전에 책임자에게 말했다.

"편안하게 대화를 나눌 수 있도록 해 줘서 고맙구나."

"과찬이시옵니다, 마마."

"내 편복대주에게 그대의 친절에 대해 전하겠노라."

"감사하옵니다, 마마."

조령이 방 안으로 들어간 후, 쟈타르가 그 휘장 앞에 섰다. 다른 사람들이 가까이 오지 못하도록 막아선 것이다.

책임자는 쟈타르에게 말했다.

"마마께 시간에 구애받지 마시고 천천히 담소를 나누시라고 전해 주십시오."

그런 다음 그는 감찰어사를 안내해 어디론가 가 버렸다. 아마도 이곳 현장의 경비 상황에 대해 보고하기 위함이리라.

"조령 소저께서 이런 누추한 곳까지 어인 일이시오?"

반쯤은 농담조로 이죽거린 진팔이었다. 하지만 조령의 반응에 그는 당황하지 않을 수 없었다. 그녀의 눈에 맺히는 그렁그렁한 눈물을 봤기 때문이다. 왜 조령이 눈물을 보이는 것일까? 자신들을 팔아넘길 때는 언제고…….

"몸은 괜찮으세요?"

진팔은 수갑을 찬 손을 그녀 앞에 들어 보이며 대답했다. 그의 발에도 족쇄가 단단히 채워져 있었다.

"보시다시피."

조령은 애절한 목소리로 사정했다.
"지금 당장 저를 용서해 달라고는 하지 않겠어요. 하지만 저로서도 이럴 수밖에 없는 이유가 있었어요."
조령은 자기가 금나라 황제 아구다의 딸들 중 한 명이라는 것을 밝혔다. 그녀를 한낱 첩자쯤으로 생각하고 있었던 진팔에게 그건 의외의 상황이긴 했다. 그리고 그녀가 이렇게 할 수밖에 없었던 여러 가지 정황들에 대해 늘어놓자, 더 이상 그녀를 증오할 수만도 없게 되어 버렸다. 아버지의 복수를 위해서 금지옥엽으로 성장한 황녀가 진흙탕 속으로 뛰어들었다는데, 그걸 어찌 비난할 수 있겠는가. 설혹, 그 대상이 자신이 되는 개 같은 상황이 벌어지긴 했다 해도 말이다.
"그런 말씀을 황녀께서 저에게 하시는 이유를 묻고 싶군요."
"그, 그건 제가 당신을 여, 연모하고 있기 때문이라구요. 처음 만났을 때부터 나는 당신에게 끌렸어요. 그런데 당신은 어떻게 그렇게까지 무심할 수가 있죠?"
조령의 고백에 진팔은 당황하지 않을 수 없었다.
"어, 어째서 저 같은 걸……?"
"당신은 너무나도 자유스런 사람이었으니까요."
진팔은 조령의 철없는 대답에 한숨을 푹 내쉬며 말했다.
"황녀께서는 지금껏 저와 함께 계시면서 느끼셨을 거 아닙니까? 그놈의 자유라는 건 다 허상이라는 것을 말입니다."
"그건 상관없어요. 처음에는 허상에 속아 끌렸던 것이지만, 그걸 깨달은 후에도 당신은 내 가슴 속에 남았어요. 이 세상 어떤 여인이 당신 같은 무인을 연모하지 않을 수 있겠어요."

말을 하던 조령의 두 눈에서 눈물이 주르륵 흘러내렸다.

"나는 당신을 연모해요. 이런 짓을 했다고 나를 미워하지는 말아 주세요. 이것도 다 당신을 놓치고 싶지 않았기에……."

애절한 조령의 고백에 진팔은 어찌할 바를 몰랐다. 지금껏 살아오며 단 한 명의 여자도 사귀어 보지 않은 진팔이었다. 그런데 여자가 울며 간청하고 있으니 당황해서 아무런 생각도 떠오르지 않았다. 더군다나 소연만 아니었다면, 사귀어 보고 싶다는 생각이 들 정도로 그녀는 매력적인 여성이 아닌가.

한참을 고민하던 진팔은 한숨을 푹 내쉬며 말했다.

"황녀께 한 가지 부탁이 있습니다."

'황녀'라는 말에 조령의 눈에 다시금 습기가 차올랐다. 자신의 처지를 설명하면 약간이라도 거리를 좁힐 수 있을 거라고 생각했는데, 오히려 더 늘어난 것만 같았기 때문이다.

"무슨 일인가요."

"설취 소저와 서량 공자는 이번 일에 아무런 연관이 없지 않습니까?"

그 둘을 지금 당장 풀어 달라는 말인 것으로 판단한 조령은 눈물을 살짝 닦으며 대답했다.

"교주만 처리되면 모두 다 풀려 날 테니 걱정하지 마세요."

"그럴 거라고 생각하십니까?"

"그럼, 아니라는 말인가요?"

진팔은 자리에서 벌떡 일어나 휘장을 살짝 옆으로 걷으며 조령에게 속삭였다.

"저쪽에 서 있는 여인들의 모습을 보십시오."

조령은 일어서서 진팔의 곁에 섰다. 그리고 휘장 틈으로 밖을 훔쳐봤다. 지하에는 4명의 하녀들이 있었는데, 그녀들은 각자 한 명씩의 인질들을 전담해 시중을 들고 있었다. 전담하고 있는 인질의 바로 뒤에 가만히 서 있다가 뭔가 요구를 하면 바로 움직이는 것이다.

"아주 성실한 하녀들인 것 같군요. 그런데 뭘 보라는 거죠?"

진팔은 고개를 흔들며 단호하게 말했다.

"저건 성실한 정도가 아닙니다. 저 여인들은 2개 조로서, 6시간씩 이곳에서 일한 뒤 교대로 휴식을 취하더군요. 그런데 그 6시간 동안 동료들 간에 사소한 대화라고는 단 한 마디도 나누지 않습니다. 제아무리 철두철미하게 교육을 받았다고 해도 그건 너무 비정상적이지 않습니까?"

진팔이 말하고자 하는 뜻을 이해하지 못한 조령이 다시 물었다.

"철저하게 교육받았다면 그렇게 할 수도 있지 않나요?"

"아니죠. 저 여인들을 자세히 살펴보세요."

진팔이 가리킨 여인은 방 밖에 멍하니 서 있었다. 그 여인은 진팔을 담당했던 모양이다. 진팔이 나오기를 기다리는 여인의 얼굴은 무표정하기 그지없었다. 마치 목각인형이라도 세워 놓은 것처럼…….

"저게 정상적인 사람의 모습입니까?"

"……"

"저 여인들을 잘 살펴보면 꽤나 고된 수련을 쌓은 흔적들을 찾아낼 수가 있습니다. 전문적으로 하녀 교육을 받은 사람들이 아니라는 말이죠. 황녀께서는 혹, 마령섭혼심법이라는 것에 대한 얘기를 들어 본 적이 있으십니까?"

"글쎄요. 최면술 같은 잡술은 별로……."

"최면술 따위가 아닙니다. 사람의 인성을 완벽하게 제압할 수 있는 악독한 술법이 몇 가지 알려져 있는데, 그중에서 마교에서 사용하는 것이 바로 마령섭혼심법이지요."

"마령섭혼심법이라고요?"

"예. 마교가 자랑하는 저주받은 술법의 이름입니다. 대원수는 마교 출신이라고 들었으니, 아마 틀림없을 겁니다."

"……."

"쓸 만한 무림인들을 사로잡기만 하면 마령섭혼심법을 통해 저렇게 꼭두각시로 만들어 왔을 겁니다. 저나 다른 사람들도 다 무림에 적을 둔 이상, 언젠가는 누군가의 검에 목숨을 잃을 각오는 하고 있습니다. 하지만 저렇게 되는 건 싫습니다."

진팔의 말에 조령은 충격을 받은 것 같았다.

"저는 두 사람을 탈출시켜 달라는 부탁을 드리는 게 아닙니다. 단지 저 두 사람이 평안한 죽음을 맞이할 수 있도록 도와달라는 겁니다. 저분들과의 옛정을 생각해서라도…, 제발 부탁드립니다."

"그, 그래도……."

"지금 이 상황에서 황녀께 이런 제의를 하는 것도 웃기지만…, 만약 제 청을 들어 주신다면 제 남은 생을 황녀님께 의탁하겠습니다."

지하실에서 나온 조령은 책임자가 마련해 준 숙소로 발길을 옮겼다. 연모하던 진팔과 방금 전까지 대화를 나눴음에도 불구하고 그녀의 안색은 어둡기만 했다.

"목욕부터 하시겠습니까?"

숙소에 도착하자마자 질문을 던지는 쟈타르를 향해 조령은 나지막한 어조로 물었다.

"그의 말이 사실일까?"

쟈타르는 휘장 바로 앞에 서서 다른 사람이 접근하는 걸 막았다. 그러면서 그는 조령과 진팔 사이에 오가는 대화를 엿들을 수 있었다.

"마공 중에 그런 게 있다는 사실은 오늘 처음 알았습니다만, 유감스럽게도 그의 말은 사실인 듯합니다."

설마 했었는데, 쟈타르까지 인정하자 조령은 놀라움을 감추지 못했다.

"정말이라고?"

"예. 저택 내부에 포진하고 있는 고수들의 배치가 매우 수상쩍다는 걸 느끼지 못하셨습니까? 저택에서 본 인물들 중 가장 무공이 뒤떨어지는 자들 중 하나가 바로 그 책임자라는 녀석이었을 겁니다."

아마 이곳의 책임자는 편복대 출신일 가능성이 컸다. 편복대처럼 특별한 경우를 제외하고는 모두 다 마공을 익히기 때문이다. 속성으로 익힐 수 있는데다가 위력까지도 파괴적이니 고수들의 수가 적은 장인걸로서는 선택의 여지가 없었다.

하지만 그렇게 마공을 익혀 마기를 뿌려대는 무사를 이렇게 비밀을 요해야 하는 저택에다 배치할 수는 없는 노릇이 아닌가. 이곳이 수상한 곳이라며 사방에 광고하는 거나 다름없으니 말이다.

"만약…, 만약에 말이야, 그들을 우리 힘으로 구출할 수는 없겠지?"

자결할 수 있도록 도와주는 것만으로도 자신과 함께 하겠다는 약속을 한 진팔이었다. 만약 그들이 탈출할 수 있도록 도와준다면 진팔은 자신을 영원히 사랑해 주지 않을까? 그리고 죽도록 도와주는 것보다 탈출할 수 있도록 도와주는 게 자신의 마음이 더 편해질 것 같았기 때문에 꺼낸 말이었다. 하지만 쟈타르의 반응은 차가웠다.

"외람된 말씀입니다만, 그런 생각은 하지도 마십시오."

"왜?"

"저희 둘로는 어림도 없는 일입니다."

"왜? 쟈타르는 강하잖아."

"솔직히 말씀드리면, 저로서도 지하실에 있던 하녀들조차 제압할 자신이 없습니다."

한 명씩 맞붙는다면 쟈타르가 이길 수 있을지도 모르지만, 그곳에는 하녀가 4명씩이나 있었다.

"그리고 그녀들을 어떻게 운 좋게 처리했다 하더라도, 밖으로 나오면 저보다 강한 고수들이 수두룩합니다."

"만약 그 사람들의 혈도를 풀어 준다면 어떻게 되지?"

"물론 대단한 도움이 되겠지요. 하지만 그렇게 되면 황녀님께서는 제국의 반역도가 되십니다. 설마 그렇게 되길 원하시는 건 아니시겠지요?"

"……."

"아마 진 공자도 그걸 잘 알고 있기에, 황녀님께 그분들이 자결할 수 있도록만 도와달라고 부탁한 것일 겁니다."

"그렇다면 그건 가능할 거 같아?"

"방금 전에 말씀드렸지 않습니까? 그곳에 있는 4명의 하녀조차도 제압할 자신이 없다고 말입니다. 괜한 모험을 하실 필요는 없습니다. 그냥 가만히 놔두셔도 결국 진 공자는 황녀님의 손에 떨어지게 될 테니까요."

조령도 그건 잘 알고 있었다. 하지만 그녀는 가급적이면 진팔의 청을 들어 주고 싶었다. 진팔은 약속했다. 두 사람이 자결할 수 있도록 도와준다면, 자신의 남은 생을 의탁하겠다고 말이다. 그리고 그 둘은 자신과 친분까지 주고받은 사이가 아닌가. 진팔의 부탁 때문이 아니더라도, 그들이 의지를 상실한 꼭두각시가 될 것을 생각하면 마음 한구석이 편치 않았다. 그건 너무나도 잔인한 짓이었으니까.

"진 공자는 심지가 굳은 분이셔. 그 자신이 내 곁에 남겠다고 결심하지 않는 한, 내가 무슨 짓을 해도 그분을 붙잡아 둘 수는 없을 거야. 아니, 그 마령 뭐라는 술법으로 꼭두각시를 만들어 내 곁에 놔둘 수는 있겠지. 하지만 그건 아무런 의미가 없어. 나는 그분의 자유로운 영혼을 사랑한 거니까."

쟈타르는 한숨을 푹 내쉬었다. 황녀의 부탁을 들어 주는 것 외에 다른 방법이 없다는 걸 깨달았기 때문이다. 죽이 되던 밥이 되던 시도해 보는 수밖에 없었다.

다음 날, 조령은 다시 한 번 그 저택을 찾아갔다. 저택의 외곽에 있는 하인들은 평범한 사람들이었다. 그들을 통과해서 내실로 들어가려고 하면, 거기서부터는 제대로 된 실력을 갖춘 경비무사들이 막아섰다.

어제처럼 내실로 통하는 문에는 3명의 경비가 서 있었다. 그들 중 한 명은 경비무사로 변장한 편복대원이었고, 나머지는 실혼인들이었다. 편복대원은 조령이 자신 쪽으로 걸어오는 걸 발견하자마자, 옆에 서 있던 실혼인에게 명령했다.

"조장께 황녀님이 오셨다고 전해."

실혼인은 번개 같은 신법을 전개하여 안쪽으로 달려 들어갔다. 편복대원은 조령에게 달려와 고개를 조아리며 예를 올렸다.

"어서 오시옵소서, 황녀 마마. 자, 소인을 따라 오시옵소서."

어제와 달리 그는 조령을 책임자가 있는 곳까지 바로 안내했다. 그런데 실혼인이 벌써 통보했을 시간임에도 불구하고, 책임자는 모습을 보이지 않고 있었다. 쟈타르의 얼굴에 수심이 차올랐다. 책임자 녀석이 지하실로 안내해야만 이번 계획이 성공할 수 있는데…….

책임자의 숙소에 거의 다 다다랐을 무렵에야 책임자가 허겁지겁 밖으로 뛰쳐나왔다. 어제 봤던 단정한 옷차림과는 달리 그의 의복은 상당히 흐트러져 있었고, 불장난하다 들킨 어린애 마냥 당황한 표정이 역력했다.

"어, 어서 오시옵소서, 황녀 마마."

"진팔을 다시 한 번 더 만나고자 하는데, 괜찮겠느냐?"

"여부가 있겠사옵니까. 자, 이리로 오시옵소서."

그가 앞장서서 안내하자 쟈타르는 그의 뒤를 따르며 조금 열려져 있는 책임자의 방문 틈을 힐끗 바라봤다. 역시나 방 안에는 벌거벗은 여자 하나가 죽은 듯 누워 있었다. 그런데 그녀의 얼굴이 상당히 낯이 익었다. 가만히 생각해 보니 바로 어제 지하실에서 봤던 하녀들 중 하나였다.

순간, 쟈타르의 얼굴에 희미한 미소가 떠올랐다. 가능성이 조금 더 높아진 것이다. 놈이 당황하고 있는 이유를 알아낸 만큼, 그 점을 잘만 이용한다면 성공할 확률이 조금은 더 올라갈 거라는 생각이 들었던 것이다.

몰래 자결하는 데 가장 좋은 건 독약이다. 하지만 쟈타르에게는 독약을 준비할 시간적 여유가 없었다. 그렇다면 심장을 찌를 비수를 건네주는 방법밖에는 없었다.

쟈타르는 조령에게 슬쩍 2자루의 비수를 건넸다. 어제의 경험으로 미루어 봤을 때, 조령에게는 무기를 달라고 요구하지 않았으니까. 그리고 자신도 품속에 비수 4자루, 그리고 장화 안쪽에 각각 비수 1자루씩을 숨겨놓은 상태였다. 책임자가 몸수색을 하더라도 최소한 한두 자루는 가지고 들어갈 수 있을지도 모른다는 데 희망을 걸고 챙겨 넣은 것이다.

역시, 책임자는 조령 일행을 지하실로 안내하면서 무기를 달라는 소리는 하지 않았다. 방금 전에 자신이 보인 추태 때문에 정신이 없었던 것이다. 만약 자신이 실혼녀를 상대로 성욕을 풀고 있었다는 것을 조령이 편복대주에게 고해바친다면 목이 날아가는 건 불 보듯 뻔한 일이었다. 그런 걱정에 정신이 없으니 상대방에게 무기를 뺏어야 한다는 생각이 날 리 있겠는가.

"진팔! 황녀님께서 오셨다."

책임자는 어제 그 둘이 대화를 나눴던 칸막이 쪽을 가리키며 말했다.

"드시옵소서, 황녀 마마."

그런 뒤 책임자는 진팔과 진팔을 담당하고 있는 하녀에게 지시했다.

"자네는 황녀 마마를 따라 들어가게. 그리고 너는 진팔이 나오기 전까지 저쪽에서 대기해."

책임자의 명령을 받은 실혼녀는 그가 가리킨 곳으로 가서 섰다. 멍한 표정으로.

바로 그때였다. 쟈타르가 움직인 것은. 쟈타르는 전광석화 같은 움직임으로 책임자를 제압했다.

"헉! 이, 이게 무슨 짓이오?"

쟈타르는 비수로 책임자의 목을 겨눈 채, 그의 허리에 매여 있는 검집을 풀어 한쪽 구석에 집어 던진 뒤 차가운 어조로 외쳤다.

"하녀들에게 저쪽으로 가라고 명령해라."

책임자는 완강히 고개를 가로저었다.

"그, 그럴 수는……."

그 순간 쟈타르는 발을 들어 책임자의 발등을 꽉 내리찍었다.

"크으윽!"

"내 인내심을 시험하지 마라."

"이, 이래서 뭘 어쩌겠다는 것이냐? 여기에는 무수한 고수들이 포진하고 있다."

"그건 상관없어."

쟈타르는 그렇게 말하며 품속에서 비수 2자루를 꺼내 설취와 서량에게 던졌다.

"시간이 없으니 빨리 하시오."

빨리 자결하라는 말이었다. 하지만 설취는 그럴 생각이 없는 듯, 한쪽 구석으로 물러난 실혼녀들과 책임자를 번갈아 바라봤다. 혹시나 하고는 있었지만, 그녀가 내심 기대했던 전개였다. 실혼녀들이 그 어떤 망설임도 보이지 않고 명령에 따라 그냥 물러선 것이다. 만약 실혼녀들이 이런 비정상적인 명령을 받았을 때, 거부하기라도 했다면 일이 복잡해졌을 텐데…….

마음을 정함과 동시에 설취는 진팔에게 외쳤다.

"진 공자, 그녀를 제압하세요."

내공을 제압당한 상태라, 평소보다는 몸이 굼뜨게 움직였지만 그렇다고 조령 같은 하수를 제압하지 못할 정도는 아니었다. 진팔은 말이 떨어지자마자 수갑의 사슬을 이용해서 조령의 목을 휘감았다. 갑작스런 전개에 기절초풍한 조령이 정신을 채 차리기도 전에 진팔은 조령의 멱줄을 틀어쥐는 데 성공했다. 진팔은 조령의 몸을 더듬어 비수들까지 빼앗았다. 비수가 손에 쥐어지자, 진팔의 표정이 한결 느긋해졌다. 아무리 내공이 없다 해도 멱줄을 베는 것은 전혀 하자가 없었으니 말이다.

진팔은 비수 한 자루를 소연에게 던졌다.

"사저!"

비수를 받아 든 소연은 쟈타르에게로 다가가 그의 앞을 막아섰다. 워낙 순식간에 벌어진 일이었다. 더군다나 쟈타르는 책임자를 붙잡고 있느라 대응이 한 박자 느렸다. 그가 뭔가 대응하려고 했을 때는 이미 상황이 끝나 버린 후였다.

"이게 무슨 짓이오?"

이때, 설취가 입을 열었다.

"도와주러 온 건 고맙지만, 저희들로서도 어쩔 수 없었다는 점 이해해 주시길 바래요. 자, 저쪽으로 물러나 주세요."

설취는 서량에게 말했다.

"서 공자, 저자를 넘겨받으세요."

쟈타르는 갈등하지 않을 수 없었다. 조령의 멱줄을 움켜쥐고 있는 진팔과 그와의 사이에는 3명이 가로막고 있다. 모두들 내공이 없다고 하지만, 기본적인 실력만으로 따진다면 자신보다 월등한 실력자들이다.

더군다나 그들의 눈은 죽음을 각오했는지 차분히 가라앉아 있었다. 그들로서는 이판사판인 것이다. 그러니 이들을 단숨에 제압하고 조령을 구출한다는 것은 거의 불가능한 일이리라. 검을 꽉 쥐고 있던 쟈타르의 손에서 힘이 빠져나갔다.

진팔은 미안한 듯 조령에게 말했다.

"약속을 지키지 못해 죄송하게 생각합니다, 황녀님. 하지만 저는 처음부터 이런 상황을 가정하고 그런 부탁을 한 것은 아니었습니다."

상황을 이렇게 만든 것은 노련한 강호 경험을 보유하고 있는 설취의 능력이었다. 더군다나 그녀의 스승은 중원에서 지혜롭기로 둘째가라면 서럽다는 만통음제가 아닌가.

어쩔 수 없다고 생각했는지 쟈타르는 조심스럽게 뒤로 물러섰다. 그리고 그 자리를 서량이 자지했다. 서량은 비수를 책임자에게 겨누며 싸늘한 어조로 외쳤다.

"저 여자들에게 명령해서 우리들의 혈도를 풀라고 해라."

"그, 그럴 수는……."

"편복대주나 흑살마왕에게 추궁당할 게 겁나냐? 하지만 그 전에 나에게 먼저 목이 떨어질 거라는 걸 명심해."

"그럴 수는 없다!"

책임자가 순순히 이쪽이 요구하는 대로 해 줄 거라고는 생각하지 않았다. 서량은 비수를 책임자의 어깨를 푹 찔렀다. 육체적인 관점에서 지금은 책임자 쪽이 훨씬 더 강력했다. 운이 좋아 선기를 잡은 상태지만, 약간이라도 빈틈이 보인다면 그는 반격해 올 게 분명했다. 이럴 때는 상대를 완전히 제압해 버리는 게 최고였다.

"크으윽!"

평소 순후하고 진중한 모습만을 보여 줬던 서량이었지만, 오늘 그는 왜 자신의 명호가 폭풍검인지를 아낌없이 보여 주었다. 책임자를 향하는 그의 손속에는 전혀 망설임이 없었다. 한동안 서량의 모진 고문을 당하던 책임자는 자포자기한 음성으로 외쳤다.

"저, 저들의 혈도를 푸, 풀어 주도록 해라."

지금 이곳에서 벌어지고 있는 일들이 자신들과는 전혀 무관한 일이기라도 하다는 듯 관심조차 보이지 않고 있던 실혼녀들이다. 그의 말에 미동도 하지 않고 한쪽 구석에 서 있던 실혼녀들이 움직이기 시작했다. 매일 두 차례에 걸쳐 혈도를 점하는 작업을 직접 했던 실혼녀들이다. 해혈법을 모를 리 없었다.

혈도가 풀리자 단전에서 뻗어 나와 온 몸을 휘감아 도는 장대한 기운을 모처럼 느껴 보는 소연 일행들이었다. 워낙 오랜 시간 혈도를 제압당했던 그들이었기에, 어디 조용한 곳에서 운기조식이라도 하고 싶었다. 하지만 지금은 그럴 여유가 없었다. 언제 위쪽에서 다른 고수들이 들이닥칠지 알 수 없는 것이다.

쟈타르가 책임자에게서 빼앗아 한쪽 구석에 던져 놓은 검이 저절로 날아오르더니 서량의 손으로 빨려 들어갔다. 서량은 비수를 허리춤에 찔러 넣은 다음, 그 검을 뽑아들었다.

그때 소연이 나긋한 걸음걸이로 쟈타르에게 걸어가 손을 내밀었다.

"죄송한 부탁이지만 도를 좀 빌렸으면 해요."

쟈타르가 허리에 차고 있는 도는 오랑캐들이 즐겨 쓴다는 만도(蠻刀)였다. 만도는 철의 질이 떨어지는 만큼, 강도를 유지하기 위해 폭이나 두께가 아주 두껍다. 중도를 애용하던 소연이었기에, 지금 서량이 들고 있는 검에 비해 만도가 그녀의 취향에 맞았던 것이다.

떨떠름한 표정을 짓기는 했지만, 쟈타르는 말없이 자신의 도를 풀어 소연에게 건넸다. 소연이 상당한 실력을 갖춘 고수라는 사실을 그도 잘 알고 있었다. 만약 소연이 만도를 뺏을 마음만 먹는다면, 자신으로서는 도저히 막을 능력이 없다는 것도.

모두들 단단히 마음을 먹고 위로 올라갔다. 하지만 탈출은 생각 외로 쉬웠다. 편복대주는 외부에서 적이 쳐들어올 것에 대한 대비만 했지, 이렇게 내부의 배신으로 인해 책임자가 포로가 될 줄은 상상도 하지 못했던 덕분이었다.

저택에 배치되어 있는 고수들은 모두 다 실혼인이었다. 실혼인들은 편복대 1328조의 통제 하에 있었으므로, 조장이 포로가 된 마당에서 실혼인들은 아무런 위협이 되지 못했다. 조장이 비켜서라고 하자, 모든 실혼인들은 마치 잘 익은 수박이라도 잘라지듯 옆으로 쫙 비켜섰던 것이다. 그리고 그들은 그사이를 당당히 걸어서 도망쳐 버렸다.

　　　　　＊　　＊　　＊

"양양성이 보입니다, 사저."

모두들 진팔이 손짓하는 곳을 향해 시선을 고정시켰다. 저 멀리 지평선에 희미하게 성곽의 그림자가 보였다. 물론 진팔보다 훨씬 급수가 떨어지는 쟈타르나 조령의 눈에는 그게 보이지 않았지만 말이다.

성을 바라보던 설취가 감개무량한 어조로 중얼거렸다.

"양양성이 저토록 반가울 줄은 미처 몰랐네요."

개개인의 실력이 뛰어나기도 했지만, 소연 일행이 탈출에 성공할 수 있었던 그들 가장 큰 이유는 묵향이 죽었다고 확신한 장인걸이 2차 추격대를 투입하지 않아서였다. 물론 그들이 그런 사실을 알 리가 없었지만, 살아서 무사히 양양성에 돌아왔다는 것으로도 그저 감격할 뿐이었다.

"자, 빨리 갑시다."

이때, 쟈타르가 진팔에게 애원했다.

"진 소협, 이젠 우리들을 풀어 주게."

"함께 양양성으로 돌아가는 게 좋지 않겠소? 결과적으로 봤을 때 귀하들이 우리들의 탈출을 도운 셈이니, 흑살마왕이 그대들을 가만히 놔두지 않을 것이오."

진팔의 말에 쟈타르는 한숨을 내쉬며 고개를 가로저었다.

"양양성에 가도 마찬가지네. 양양성에는 교주가 있지 않나. 양양성에 돌아왔다는 것을 교주가 안 순간, 마마는 죽은 목숨이나 다름없어."

"그래도 금나라로 돌아간다는 것은 자살행위요. 나는 약속을 천금과도 같이 여기는 사람이오. 얼마 전에 조 낭자와 했던 약속을 어길 생각이 전혀 없소."

진팔은 조령에게로 시선을 돌리며 단호하게 말했다.

"우리와 함께 가자. 만약 교주가 너를 해치려 한다면 내가 목숨을 걸고 막아 주마."

그 말에 소연도 입을 열었다.

"마지막에 동생이 보여 준 용기를 나는 잊지 않아. 우리와 함께 가. 아버지께서 뭐라고 하시던 내가 지켜 줄게. 금나라로 돌아가는 것보다는 그편이 훨씬 안전할 거야."

하지만 조령은 그들과 함께 갈 생각이 없었다. 그녀는 잘 알고 있었다. 진팔이 평생을 자신과 함께한다 해도, 그것은 그의 빈 껍질뿐일 거라는 것을. 진팔의 마음은 영원토록 소연을 그리워할 게 분명했다. 그런 그들의 사이에 눈치 없이 끼어들고 싶지는 않았다. 만약 자신이 그걸 몰랐다면 몰라도, 너무 잘 알고 있지 않은가. 결국은 모두가 다 불행해질 뿐이다.

"아뇨. 나는 어마마마께로 돌아갈래요. 아무리 노사께서 저를 미워하신다고 하더라도, 어마마마께서 계신 한 저를 어떻게 하지는 못할 거예요."

진팔은 다시 한 번 더 양양성으로 함께 가기를 권했지만, 조령의 대답은 한결같았다. 그녀의 미래가 빤히 보였지만, 진팔로서도 어쩔 수가 없었다. 그녀의 의견을 따를 수밖에. 언제까지 여기에서 계속 입씨름만 하고 있을 수도 없는 노릇이고 말이다.

조령 일행과 헤어진 그들은 양양성을 향해 달려갔다. 깨알처럼 보이던 양양성의 성벽이 점점 더 커지더니, 나중에는 웅장한 성벽으로 그 모습이 바뀌었다.

성문 위에 있던 병사들이 진팔 일행을 발견하고는 소리쳤다.

"그대들은 누구인가?"

"천마신교 교주님을 만나 뵈러 왔소."

천마신교라는 말에 성문의 병사가 막 뭐라고 대답하려는 순간, 그와 함께 성문에 서 있던 무사 한 명이 병사를 제지하며 질문을 던졌다.

"혹시 천지문의 진팔 대협이 아니시오?"

"예, 맞습니다."

그 말에 무사의 얼굴에 희미한 미소가 떠올랐다. 그는 무림맹 감찰부 소속으로 진팔의 정체를 알고 있었다.

감찰부는 양양성에서 벌어지고 있는 일들을 파악하여 감찰부주에게 보고하는 임무를 지니고 있었다. 곤륜무황이 여기에 있는 거의 모든 무사들을 거느리고 춘릉성을 향해 이동한 후에도, 감찰부원의 일부는 정보 취득을 위해 이곳에 남아 있었던 것이다.

진팔은 감찰부원에게 자신들이 장인걸의 마수에서 탈출해 왔다는 것을 간단히 요약해 말해 줬다. 그 길고 긴 고생담을 성문 앞에 서서 할 수는 없는 노릇이었으니까 말이다.

"이거 고생이 심하셨구려. 잠시만 기다리시오."

곧바로 성문이 열렸다. 성문 위에서 뛰어내린 감찰부원은 성문 안쪽을 가리키며 진팔에게 말했다.

"지금 성 안으로 들어간다 해도 교주님을 만날 수는 없을 거요."

"어디로 가셨소?"

"흑살마왕과 대회전을 벌이기 위해 춘릉성으로 떠나셨소. 그리고 다른 사람들도 모두 다 그곳으로 가셨지요."

그 말에 서량이 끼어들었다.

"제령문도 그쪽으로 갔습니까?"

"예. 곤륜무황 대협께서 이곳에 있는 모든 문파들에 명령을 내리셨습니다. 지금이야말로 금나라 오랑캐를 멸하기 위해 떨쳐 일어설 때라고 말이지요."

얼마 전까지 장인걸의 마수에 잡혀 개고생을 했던 그들이다. 그렇기에 젊은 무사의 말만 믿고 움직이지는 않았다. 그들은 먼저 마교가 거주하던 장원에 들린 후, 그 다음은 제령문이 있는 장원으로 갔다.

하지만 젊은 무사의 말대로 장원에는 아무도 없었다. 아니, 그 두 장원에만 사람이 없는 게 아니라 양양성 안을 북적거리게 만들었던 그 많은 고수들이 단 한 명도 남지 않고 다 사라져 버려 거리는 을씨년스러울 정도였다.

이때, 성문 앞에서 만났던 그 젊은 무사가 다가왔다.

"모두 춘릉성으로 가셨으니, 지금 속히 출발하신다면 머지않아 만나실 수 있을 겁니다."

"감사합니다."

"뭘요. 참, 교주께 전해 드릴 서신이 있어 춘릉성으로 가는 전령이 있는데, 그를 따라가시면 춘릉성까지 지름길로 가실 수 있을 겁니다. 멀리 둘러가는 것보다 시간이 꽤 절약되죠. 아마 내일 아침 쯤에는 도착하실 수 있을 겁니다."

"오, 그렇습니까? 이거 고맙습니다."

그들은 젊은 무사의 주선으로 춘릉성으로 가는 전령과 함께 길을 떠날 수 있었다. 전령은 경공술을 써서 인적이 없는 산길을 주파해 나갔다. 일행 모두 무공에 있어서는 어느 정도 자부를 하는 인물들이었고, 그 전령은 경공술 외에는 무공이 별로 뛰어난 것 같지 않았기에, 그들은 안심하고 전령의 뒤를 따라갈 수 있었다.

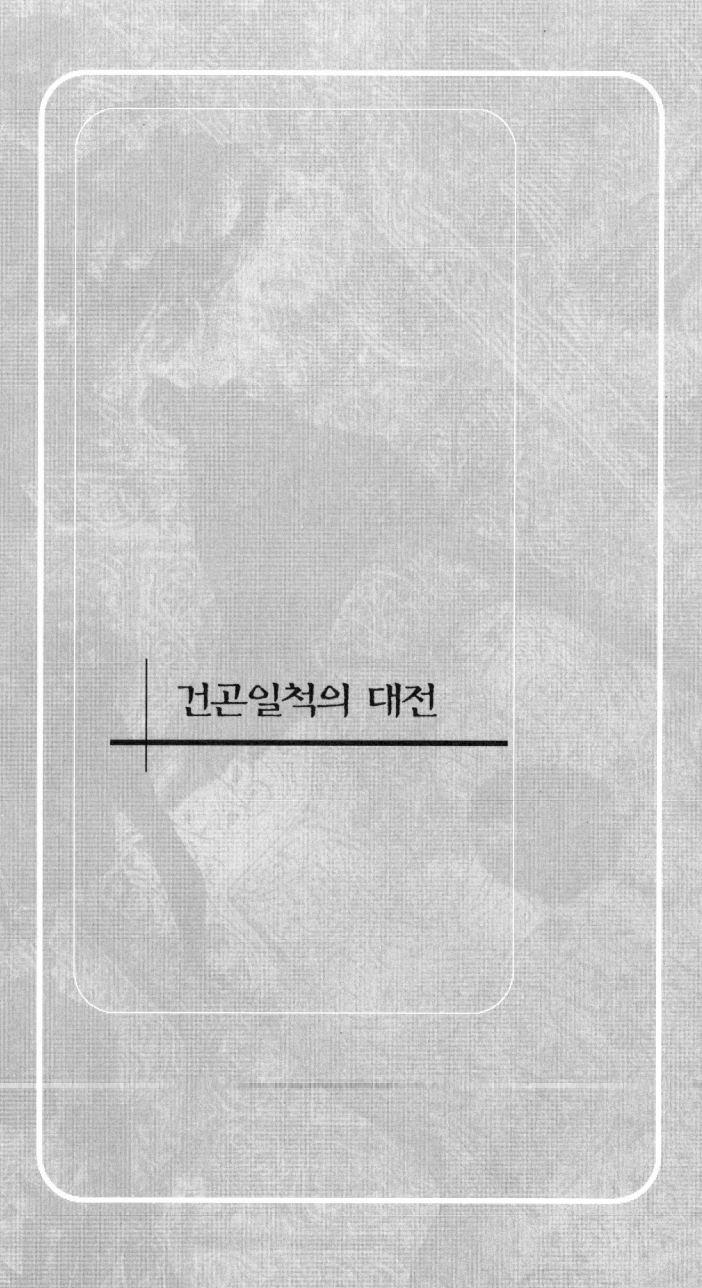

건곤일척의 대전

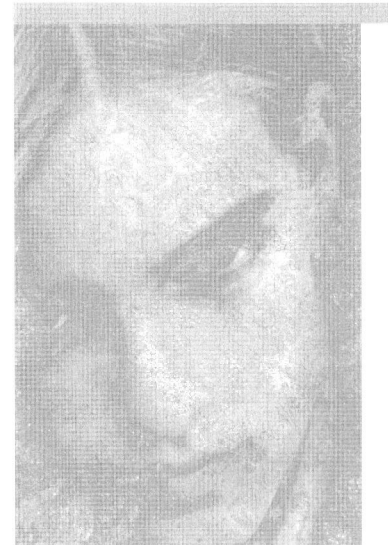

26

최후의 결전

인질들이 탈출했다는 보고를 입수한 편복대주의 얼굴은 창백하게 질렸다. 그들은 자신의 통제 하에 있었다. 그런 만큼 그 책임은 자신에게 있는 것이다.

"이런 멍청한 것들! 어찌 그런 실수를 할 수 있단 말이냐."

"하지만 황녀께서……."

"아무리 황녀를 인질로 잡았다고 해도 그렇지, 황녀 따위의 목숨과 반도의 딸의 목숨이 그 가치가 같겠느냐! 황녀 따위는 어떻게 되도 상관없다. 무슨 대가를 치르더라도 연놈들을 다시 잡아들이도록 해라. 알겠느냐?"

"존명!"

화가 머리끝까지 나서 명령을 내리기는 했지만, 그들을 다시 잡아들이는 게 쉽지 않을 거라는 것은 편복대주도 잘 알고 있었다. 도망친 자들은 거의 절정에 준하는 실력을 갖춘 고수들이다. 실혼인들의 전력을 무시하는 것은 아니었지만, 머리가 텅 빈 실혼인들의 능력에는 분명 한계가 있었다. 전면전이라면 몰라도 추격전에는 그리 유용하지가 못하다는 말이다.

'어쩔 수 없군. 교주님께 책망을 좀 듣는 한이 있더라도, 증원군을 파견하는 수밖에…….'

생각을 정리한 편복대주는 장인걸에게로 달려갔다. 장인걸은 집무실에 혼자 있지 않았다. 장인걸과 담소를 나누고 있는 상대는 천마혈검대주 환영비마 구양운 장로였다. 묵향과의 접전이 임박해 있는 만큼, 장인걸은 황제를 호위하기 위해 남겨 뒀던 천마혈검대원들을 모두 다 불러들였던 것이다. 그들 없이는 싸움 자체가 불가능했으니까.

구양운 장로는 전사(戰士)의 모습이라는 게 과연 어떤 것인지를 보여 주는 듯한 강인한 용모를 지닌 사내였다. 핏빛 혈의(血衣)를 즐겨 입는데다가, 숨이 막힐 듯한 지독한 마기까지 물씬 뿜어내다 보니 가까이 다가가기조차 겁이 날 정도의 인물이었다.

편복대주는 구양운 장로의 얼굴을 보자마자 뒤돌아서서 밖으로 나가려고 했다. 지금 보고하기에는 때가 너무 좋지 않았던 것이다. 하지만 그를 알아본 구양운 장로가 불러 세웠다.

"편복대주, 무슨 일인데 오다가 돌아가는 것인가?"

일순 편복대주의 얼굴이 왈칵 일그러졌다. 하지만 어쩔 수가 없었다. 그는 장인걸에게 다가가 납쭉 엎드리며 사죄부터 했다. 인질들이 가증스럽게도 황녀의 목숨을 위협하여 탈출했다는 보고와 함께. 물론 보고 내용은 실제와는 많이 왜곡되어 있었다. 하지만 노하구에서 올라온 보고만으로 상황 판단을 할 수밖에 없었던 편복대주로서는 그게 진실인 줄 알았다.

그리고 놈들이 어떤 수단을 써서 탈출했는지는 중요한 게 아니었다. 무엇보다 놈들이 탈출했다는 게 가장 핵심적인 보고 내용이었고, 그놈들을 잡아들이기 위해 어떤 수단을 쓸 것인지를 빨리 결정하는 게 중요했던 것이다.

옆에서 듣고 있던 구양운 장로가 끼어들었다.

"인질이라면 부교주의 딸 말인가?"

"그렇습니다."

편복대주의 보고를 들은 장인걸은 그를 질책하기에 앞서 재빨리 명령부터 내렸다. 지금은 한시가 급한 상황인 것이다.

"워더리 장군에게 출동 명령을 하달해라. 수단과 방법을 가리지 말고 어떻게든 그 연놈들을 몽땅 다 잡아들이라고 말이다!"

장인걸이 보유하고 있는 고수 집단은 둘로 나뉘어 관리되고 있었는데, 그중 한 명이 하루아 장군이었고, 다른 한 명이 워더리 장군이었다. 그들의 휘하에는 대략 2천 명 정도의 여진 출신 고수들이 배치되어 있었다.

"존명!"

이때, 옆에서 듣고 있던 구양운 장로가 입을 열었다.

"교주님, 차라리 제 수하들을 몇 명 보내는 게 훨씬 더 효과적일 듯합니다."

편복대주는 장인걸에게로 시선을 돌렸다. 빨리 결정을 내려달라는 듯이.

"놈과의 전쟁이 언제 벌어질지 알 수 없는 지금, 천마혈검대의 전력을 분산시킬 수는 없네."

"허면, 워더리 장군에게 출동 명령을 전달하겠사옵니다, 교주님."

편복대주가 장인걸의 명령을 전달하기 위해 밖으로 달려 나가려 할 때, 반대편에서 그의 부하가 전서 한 장을 손에 들고 달려오는 게 보였다. 그는 편복대주를 보자마자 큰 목소리로 외쳤다.

"대주님, 기뻐하십시오. 적도의 수괴를 함정으로 끌어들여 매몰시켜 버렸다는 급보입니다."

"뭣이!"

부하는 편복대주에게 고개를 조아리며, 방금 전에 입수된 전서를 전했다. 전서에는 깨알만한 글씨로 방금 전 태산에서 벌어진 사건에 대한 간략한 보고 내용이 기록되어 있었다. 그리고 마지막에는 차후에 좀 더 자세한 보고서를 발송하겠다는 글이 덧붙여져 있었다.

편복대주는 전서를 몇 번이나 반복해 읽으면서도 지금 자신이 꿈을 꾸고 있는 게 아닌가 하는 생각마저 들었다. 그만큼 기뻤던 것이다.

이때 장인걸의 목소리가 뒤에서 들려왔다.

"그게 사실이냐?"

부하가 외치는 소리를 장인걸도 들었다. 그는 편복대주가 전서를 들고 자신에게로 달려오기를 기다렸다. 하지만 아무리 기다려도 편복대주는 멍하니 서 있는 게 아닌가. 결국 장인걸은 도저히 점잖게 자리에 앉아 있을 수 없어 태사의를 박차고 뛰쳐나온 것이다. 찢어 죽여도 시원찮을 숙적을 없앴다는 소리를 들었는데, 체면이 뭐가 그렇게 중요하다는 말인가.

장인걸의 목소리에 편복대주는 화들짝 놀랐다. 그는 오른손의 손톱으로 자신의 왼손을 힘껏 찔렀다. 극심한 통증과 함께 왼손에는 손톱이 박힌 자국이 선명히 드러났다. 이게 정녕 꿈은 아니라고 생각한 편복대주는 장인걸에게 고개를 조아리며 보고했다.

"묵향 부교주를 처치했다는 보고이옵니다."

그러면서 황급히 전서를 장인걸에게 전했지만, 장인걸은 눈살만

찌푸릴 뿐 그걸 읽으려 하지 않았다. 아니, 읽을 수가 없었다. 특급 비밀 전서였기에 최상급의 복잡한 암호로 쓰여 있어 그걸 한 눈에 해독할 수 있는 인물은 편복대주를 포함하여 몇 명 되지도 않았기 때문이다.

"대체 뭐라고 써져 있는 것이냐?"

장인걸의 목소리에는 짜증이 잔뜩 묻어났고, 눈에는 노기가 서려 있었다.

순간 자신의 실수를 깨달은 편복대주는 화들짝 놀랐다. 아무리 정신이 없다고 해도 전서를 그대로 교주에게 전하다니, 이런 실수가…….

편복대주는 고개를 조아리며 급히 대답했다.

"태산파로 잠입한 적도들을 함정으로 유인하여 폭사시켰다고 하옵니다. 지하 수십 장 밑에 매몰된 상황이기에 놈이 아무리 날고 기는 재주를 지녔다 해도 살아서 나오기는 힘들 듯 합니다."

"들어간 놈이 묵향이 확실하다더냐?"

"예. 연공실을 막고 있는 강철문을 파괴할 때, 그자가 묵혼검을 사용하는 것을 똑똑히 봤다고 하옵니다."

장인걸은 인상을 찡그리며 중얼거렸다.

"흠, 묵혼검이 놈의 신물(信物)인 것은 확실하지만, 연막전술일 수도 있어."

"물론 그렇사옵니다."

편복대주는 깨알같이 작은 글지들 중 한 부분을 손가락으로 가리키며 말했다.

"여기에 보면, 놈은 거의 40여 명에 가까운 절정고수들을 거느리고 태산으로 달려왔다고 하옵니다. 놈은 우선 지상부를 완전히 제압한 다음, 연공실로 향했다고 하옵니다. 일전에 교주님께도 보고를 드렸다시피, 연공실 입구는 태산파에서 설치해 놓은 1척 두께의 강철문이 막고 있지 않사옵니까? 놈이 함정 안으로 들어가기 쉽도록 하기 위해 그걸 다른 문으로 바꾸는 게 어떨까 교주님께 여쭈었던 그 문 말이옵니다."

편복대주의 말에 장인걸은 고개를 끄덕였다.

"그래, 기억나는군. 그때 본좌가 그냥 놔두라고 했었지. 입구가 너무 취약하면 오히려 놈이 의심할 수도 있다고 말이야."

"예. 바로 그 강철문을 놈은 단 일격에 부숴 버렸다고 하옵니다."

그 말에 장인걸도 깜짝 놀란 모양이었다. 자신이라면 1척 두께의 강철문을 그렇게 부술 수 있을까? 어림도 없는 소리였다.

"그걸 일격에?"

"예. 놈이 부수기에 앞서 화경급으로 보이는 고수 한 명이 검을 뽑아들고 문을 공격했다고 하옵니다. 무시무시한 검기가 회오리쳤지만, 문짝은 수많은 흠집만을 냈을 뿐 끄떡도 없었다고 하옵니다. 그러자 놈이 나서서 문을 한참 살펴보는 듯하더니 허리춤에서 검을 뽑아 들었답니다. 시커먼 광택을 내뿜은 짤막한 검이라면, 놈의 신물인 묵혼검이 틀림없지 않사옵니까. 놈은 단 일격으로 강철문을 산산조각 내버렸다고 하옵니다. 이 정도면 그자가 부교주라는 틀림없는 증거가 아니올런지요?"

장인걸의 얼굴에 그제서야 미소가 떠올랐다. 통쾌한 광소를 터뜨리는 게 아니라, 미소로만 그치고 있었던 것은 그가 아직까지도 묵향의 죽음을 제대로 실감하지 못하고 있었기 때문이다. 이런 날이 오기를 얼마나 학수고대 했던가. 하지만 묵향이라는 벽은 그에게 너무나도 높았다. 감히 그를 죽일 수 있을 거라고는 기대조차 하기 힘들었을 정도로…….

"허어, 설마 놈이 그런 말도 안 되는 함정에 걸려들 줄이야……. 도저히 믿을 수가 없구나."

지금까지 조용히 듣고 있던 구양운 장로가 끼어들었다.

"부교주인지 아닌지 인부들을 동원해 함정을 파보는 것이 어떻겠습니까? 며칠 내로 결과를 알 수 있으실 겁니다."

잠시 생각하던 장인걸은 고개를 가로저으며 대꾸했다.

"괜히 긁어 부스럼을 만드는 짓이다. 만약 놈이 귀식대법이라도 쓰며 그 속에서 질긴 명줄을 연장한 채 기다리고 있다면 어찌되겠느냐? 시체를 확인하겠다고 하다 자칫 놈의 탈출을 도와주는 꼴이 될 수도 있어."

그 자신도 귀식대법에 일가견이 있는 만큼, 공기 한줌 없는 곳에서도 며칠 정도는 충분히 버틸 수 있다는 것을 그제야 떠올린 구양운 장로였다.

"아, 속하의 생각이 짧았사옵니다. 부디 용서하여 주시길……."

"괜찮다. 어쨌건 놈이 그렇게 죽다니……. 정말 믿어지지가 않는구나. 이렇게 기쁜 날, 술이라도 한잔 해야겠어. 같이 한잔 하겠느냐?"

"영광입니다, 교주님."

구양운 장로는 장인걸의 뒤를 따라 몇 발자국 가다가 갑자기 뒤로 돌아서며 편복대주에게 지시했다.

"참, 감패(甘覇) 대장(隊長)에게 전달해 주게. 제3대를 이끌고 지금 즉시 황성으로 가서 황제를 경호하라고 말이야. 나는 나머지 대원들을 이끌고 내일쯤 출발할 거라고 전하게."

"알겠습니다, 장로님."

장인걸은 구양운 장로와 축하주라도 나눌 생각인 모양이었다. 그때, 물러나려던 편복대주의 머릿속을 번쩍 스치는 생각이 있었다. 그는 급히 장인걸에게 달려가 보고했다.

"놈이 죽은 게 확실하다면 지금 당장 춘릉으로 치고 들어가야만 하옵니다, 교주님."

장인걸은 고개를 갸웃하더니 물었다.

"그럴 필요가 있을까? 놈이 죽은 이상, 남은 놈들은 허수아비나 다름없다. 무리해서 소모전을 벌일 필요가 없다는 말이다."

"외람된 말씀이옵니다만, 속하의 생각으로는 그들이 소모전이라도 벌여 준다면 오히려 좋겠사옵니다."

"그건 무슨 말이냐?"

"수괴인 부교주가 죽었다고 하더라도, 그의 밑에는 뛰어난 고수들이 즐비하지 않사옵니까. 만약 부교주가 죽었다는 사실을 안다면, 그들 중 한 명이 곧바로 교주로 등극하겠지요. 그때 새롭게 교주가 된 자가 전투를 하지 않고, 십만대산으로 철수한 다음 후일을 도모하려 한다면 어찌되겠사옵니까?"

그 말에 장인걸은 머리통에 철퇴라도 두들겨 맞은 듯 크게 놀란 표정이었다. 그렇다. 놈들이 십만대산으로 철수라도 하는 날에는 큰일이었다. 이런 평지라면 혹 몰라도, 십만대산 같은 철옹성에 2만이 넘는 고수들이 틀어박힌다면 설혹 500만 대군을 동원한다

해도 승산이 없었던 것이다.

"좋은 지적을 해 주었다. 지금 당장 장수들에게 출진 명령을 내려라."

"존명!"

편복대주가 달려 나가는 뒷모습을 바라보던 구양운 장로는 시선을 장인걸에게로 옮기며 말했다.

"속하도 남아서 싸워도 괜찮겠습니까? 연경에서의 생활은 너무 지루해서……"

"좋을 대로 하게. 아무래도 놈들을 쉽게 흡수하기는 힘들 테니, 자네 도움이 필요할지도 모르겠군."

"속하가 교주님께 도움이 된다니 기쁘기 이를 데 없습니다."

"핫핫핫, 자네가 내 옆에 있다면 세상에 두려울 것이 뭐가 있겠나."

기분이 좋은지 호탕하게 웃음을 터트리는 장인걸의 얼굴에는 십 년 묵은 체증이 쑤욱 내려간 듯 한없이 밝기만 했다.

* * *

뿌우우우~~~.

둥! 둥! 둥! 둥!

심장을 울리는 듯한 커다란 전고(戰鼓) 소리와 귀를 찢는 듯한 나팔소리에 맞춰 금니리의 50만 대군이 일제히 움직이기 시작했다. 보병대는 전군(前軍)과 좌군(左軍), 우군(右軍)의 3개 집단으로 나뉘어 이동을 시작했다.

건곤일척의 대전 225

마교도들이 도망치지 못하도록 일거에 포위망을 구축하기 위해 춘릉성 북쪽을 목표로 전군이 비교적 느린 속도로 움직였다면, 춘릉성의 동쪽과 서쪽을 목표로 하는 좌군과 우군은 전군에 비해 조금 더 빠른 속도로 이동했다.

그리고 대별산맥과 그리 멀리 떨어져 있지 않은 춘릉성의 남쪽은 5만에 달하는 기마대가 흙먼지를 일으키며 빠르게 달려가 우선적으로 포위망을 구축했다. 그런 뒤 목표 지점에 도착한 좌군과 우군의 일부가 아래쪽으로 내려가 남쪽에 대한 포위망을 더욱 굳건하게 강화했다.

포위망을 형성하는 과정에서 50만 대군은 일제히 신속하게 움직였기에, 춘릉성 동서남북의 네 방위는 거의 동시에 틀어 막혀 버렸다. 마교도들이 포위망을 뚫고 도망칠 우려가 있었기에, 장인걸은 포위망 형성에 각별히 신경을 쓴 것이다.

장인걸은 전군(前軍)의 바로 뒤쪽에 자리 잡은 후군(後軍)과 함께 하고 있었다. 후군이야말로 장인걸의 최고 정예부대였다. 천마혈검대원들을 비롯해 하루아와 워더리 장군이 지휘하는 4천에 달하는 여진 고수들. 그리고 아직 고수라는 말을 듣기는 힘들지만, 그래도 무공을 조금이나마 익힌 3만에 달하는 여진족들이 후군의 주 전력이었다. 여진족 고수들은 좀 더 세월이 지나면 금나라 군의 대들보가 되겠지만, 아직까지는 지닌바 실력이 미천한 수준이었다.

대열의 가장 후미에 자리 잡고 있는 게 바로 실혼인들이었다. 그들의 수는 무려 8천2백여 명. 아쉬운 게 있다면, 1류로 구분될 수 있을 만한 고수들의 숫자가 채 500명도 되지 않는다는 점이었다.

포위망이 완성되자, 장인걸의 진영 쪽에서 백기를 든 장수 한 명이 맹렬한 속도로 말을 몰아 춘릉성 앞으로 달려 나갔다. 그는 춘릉성 위에 서 있는 마인들을 향해 큰 소리로 외쳤다.
"듣거라! 지금이라도 늦…, 커억!"
금나라 장수는 장인걸에게 지시받은 대로 항복을 권유하기 위해 달려왔지만, 본론을 채 꺼내기도 전에 비명횡사하는 비운을 당했다. 그의 이마 한가운데에 화살 한 대가 부르르 떨리고 있었다.
금나라 장수가 화살에 맞아 말에서 떨어지는 그 순간, 북쪽 성문이 활짝 열리며 검은색 갑주로 중무장한 기마대가 달려 나왔다. 흑풍대였다. 그리고 흑풍대를 뒤따라 달려 나오는 무리들은 총단의 외곽경비대였다. 마교는 이 전투에 그들의 명운을 건 것이다.
그 뒤를 이어 호법원과 수라마참대, 천랑대, 염왕대, 자성만마대같이 무공이 뛰어난 전투단들이 조그만 성문을 통과한다고 우물거리지 않고 일제히 성벽에서 뛰어내리며 적진을 향해 달려갔다. 무려 3만에 달하는 엄청난 숫자. 이들이야말로 천마신교의 모든 것이었다.
그들은 춘릉성에서 뛰어 나오자마자 쇄기꼴 진형을 구축하며 북쪽을 향해 돌진하기 시작했다. 그들 역시 한눈에 알아본 것이다. 북쪽 포위망 뒤쪽에서 강렬한 마기가 뿜어져 나오고 있다는 것을. 그곳이 바로 장인걸의 본진이었고, 그를 없앨 수만 있다면 이 전투에서 승리할 수 있다는 것을. 아무리 자신들이 고수들이라고 해도, 50만이나 되는 대군과 칼부림을 벌인다는 것은 그야말로 자살행위나 다름없으니 말이다.
"헛! 저럴 수가. 모두들 북쪽으로 이동하라. 전군(前軍)을 지원하라!"

　상부에서 명령이 떨어진 것은 아니었지만, 실전 경험이 풍부한 금나라의 장수들은 저마다 부하들에게 명령을 내리며 북쪽으로 내달렸다. 하지만 장인걸 쪽 진영은 이미 처음부터 허를 찔려 주도권을 뺏긴 상태에서 전투를 벌일 수밖에 없게 되었다. 성 안에 틀어박혀 반항할 줄 알았지, 이렇게 역으로 치고 나올 줄은 상상도 못 했던 것이다.

　마교도들이 달려간 방향에 있던 전군에서는 여기저기에서 목이 터져라 소리치는 장수들의 외침이 들렸다.

　"모두들 제령단(制靈丹)을 복용하라!"

　묵향이 죽은 이상 장인걸은 마교도들을 손쉽게 항복시킬 수 있을 것이라 생각했기에 병사들에게 제령단을 복용하라는 명령을 내리지 않았다. 제령단은 득이 큰 만큼, 실도 큰 약물이었다. 제령단을 복용한 후에 그 후유증을 극복하려면 거의 한 달은 족히 휴식을 취해야 했다. 마교를 무너뜨린 다음에도 할 일이 많이 남아 있는 장인걸은 가급적이면 병사들에게 제령단을 먹이고 싶지 않았던 것이다.

　하지만 예상과는 달리 마교가 적극적으로 전투에 임하려 하자 다급히 제령단을 복용하라는 명령을 내린 것이다. 문제는 갑작스런 이런 조치에 병사들이 제령단의 효능을 제대로 활용할 수 없다는 점이었다.

　제령단은 삼키자마자 바로 그 효과가 발휘되는 즉효성의 약물이 아니었다. 소화되어 몸에 흡수되는 시간이 필요했다. 하지만 전투는 지금 바로 코앞에서 벌어지고 있었다.

마교도들이 뿜어내는 무시무시한 살기에 최전선에 있던 병사들은 죽음에 대한 공포로 창칼조차 제대로 휘두르지 못했다. 도망치고 싶어도 엄청난 대군이 끊임없이 뒤에서 밀려들고 있었기에 몸조차 돌리기도 힘겨웠다.

"으아악!"

순식간에 처절한 비명과 시뻘건 선혈이 전장을 가득 메우기 시작했다. 마교도들이 지나간 자리는 참혹한 모습으로 쓰러진 시체들로 인해 발 디딜 틈조차 없었다.

금나라의 백인대를 이끌고 있는 하루가는 두려움에 찬 눈빛으로 사방을 둘러보았다. 그 역시 전장에서 잔뼈가 굵은 백전노장이었지만 지금은 검조차 제대로 쥘 수가 없을 정도로 두려움에 떨었다. 마교도들은 그가 지금까지 상대했던 수많은 병사들과는 차원을 달리했다. 살갗을 파고들 정도로 지독한 살기도 살기였지만, 아무렇지도 않게 휘두르는 그들의 병기에 부하들의 머리가 터져 나가고 몸이 반 토막으로 잘려졌다.

난세에 태어난 탓에 참혹한 전쟁터는 질리도록 봤다고 생각했던 하루가였지만 이 정도까지는 아니었다. 친형제처럼 아끼던 부하들이 사방에서 처절한 비명을 지르며 허무하게 쓰러져 갔다. 증오는 죽음의 공포까지도 이겨내는 힘을 가지고 있는 것일까. 두려움에 떨던 하루가가 이를 악물며 다급히 품속에서 제령단을 꺼내 복용하려는 순간이었다.

서걱.

하루가의 몸통이 반으로 잘리며 땅바닥에 나뒹굴었다. 채 눈을 감지 못한 그의 시야에는 온 몸이 피로 물든 마교도 하나가 닥치는 대로 부하들을 주살하며 장인걸 대원수가 있는 곳으로 달려가는 것이 보였다.
　두려움에 질린 금나라 병사들의 상태야 그렇다고 해도, 그들을 뚫고 장인걸이 있는 본진을 향해 전진하고 있는 마교 쪽의 입장 역시 결코 좋은 것은 아니었다. 금나라 병사들은 모두 두터운 갑주로 몸을 감싸고 있었기에 내공을 끌어올려 일격을 가하지 않는 한, 잘 죽지도 않았다. 비록 일방적인 도살극을 벌이고는 있었지만, 적을 죽이는 수에 비한다면 진격속도는 매우 더뎠다. 더군다나 사방에서 적의 대군이 꾸역꾸역 밀려들고 있었기에 진격로를 뚫는 게 결코 용이하지 않았다. 적을 죽이고 또 죽이며, 마교의 고수들도 서서히 지쳐가기 시작했다.

　천마신교가 세운 작전은 단순했다. 아무리 적의 숫자가 많더라도, 그 본진만 날려 버리면 된다. 문제는 본진까지 어떻게 뚫고 들어가느냐 하는 것이다.
　적의 수가 많긴 했지만, 인간인 이상 죽음에 대한 공포에서 자유로울 수는 없다. 상대가 되지 않는 압도적인 전력을 과시하며 살육을 벌이면 분명 병사들이 동요할 게 틀림없다.
　그 틈을 노려 본진으로 치고 들어가 장인걸의 목만 베어 버린다면 적의 대군이 아무리 많다고 해도 결국에는 모래성처럼 허물어질 거라 생각한 것이다. 금나라 병사들에게 처절한 공포심을 심어 주는 것, 그것이 바로 이번 작전의 핵심이었다.
　명령을 받은 마교도들은 쇄기꼴로 진형을 짠 뒤 무조건 앞으로 돌진하며, 걸리적거리는 병사들을 최대한 잔인하게 죽이고 또 죽였다. 금나라의 공격은 바로 이 쐐기꼴에 집중되었다. 자국의 병사들이 함께 뒤섞여 있음에도 후방에서 수없이 많은 화살들이 그들이 있는 곳을 향해 우박처럼 쏟아졌다.

슛, 슛.

허공을 가르며 날아온 화살에 맞아 죽는 금나라 병사들의 수가 기하급수적으로 늘어나기 시작했다. 처음에는 두려움에 떨던 금나라 병사들이 시간이 흐르자 전장의 광기에 사로잡혔는지 미친 듯이 칼이나 창을 휘두르며 마교도들을 향해 달려들었다. 우박같이 쏟아지는 화살을 막아 내고, 병사들까지 뚫으며 앞으로 전진하는 것은 제아무리 뛰어난 고수라고 해도 결코 쉬운 일이 아니었다.

하지만 마교의 정예는 그 일을 해내고 있었다. 무시무시한 파괴력으로 피바람을 일으키면서 자신들을 가로막고 있는 수많은 병사들을 뚫으며 앞으로 나가고 있는 것이다. 쐐기꼴 진형의 선두에는 호법원이 자리 잡고 있었다. 그리고 그 뒤를 염왕대와 천랑대가 받쳐 주었다. 혈랑대가 없는 지금, 마교에서 가장 강력한 전투력을 지니고 있는 단체는 호법원이었기에 이런 진형을 짰던 것이다.

선두에서 미친 듯 피바람을 일으키며 앞으로 달려가는 호법원 고수들의 사기는 하늘을 찌를 듯 높았다. 지금껏 그들은 교주와 교내의 중요 인물들을 보호한다는 사명에 얽매여 제대로 된 능력을 발휘한 적이 단 한 번도 없었다. 더군다나 묵향이 교주가 된 이후로는 이용가치가 사라진 폐물 취급까지 받아야 했다.

그런 그들이 이제 자유를 얻은 것이다. 피바람을 일으킬 수 있는 자유를. 그리고 그들의 가장 선두에는 대호법이 연신 투덜거리며 손발을 놀리고 있었다.

"빌어먹을, 수십여 성상 고련의 결과가 겨우 이런 잡것들을 향해 주먹을 휘두르는 것이 될 줄이야."

자신에게 달려드는 병사들을 향해 눈에 보이지 않을 정도의 속도로 권법을 펼치자, 그 순간 10여 명의 병사들이 뭔가에 얻어맞기라도 한 듯 비명을 터트리며 뒤로 튕겨져 날아갔다. 땅바닥에 쓰러진 병사들이 입고 있는 갑옷은 마치 커다란 망치에라도 찍힌 듯 푹 파여 있었다. 입가로 피를 내뿜으며 쓰러진 병사들은 온 몸을 부들부들 떨다 이내 축 늘어졌다. 그리고 그들은 더 이상 움직이지 못했다.

자신을 향해 마교의 고수들이 물밀듯 진격해 오고 있음에도, 그것을 바라보는 장인걸의 입가에는 희미한 미소가 걸려 있었다. 장인걸은 옆에 서 있는 구양운 장로를 바라보며 말했다.

"이번에는 본좌가 이긴 것 같군. 큭큭큭."

"이것도 다 교주님께 무운(武運)이 함께함이 아니겠습니까."

아무리 마교의 고수들이 가공할 만한 무공을 지니고 있다 하더라도 금나라가 이번 전투에 동원한 병사의 수는 무려 50만이다. 더군다나 이제 제령단의 약효까지 발현되기 시작하자, 무자비한 살육을 저지르며 돌진해 들어오는 마교의 진격 속도가 현저하게 둔해지고 있었다.

그들을 막아서는 병사들의 눈에는 핏발이 곤두서 있어 한 치의 두려움조차 찾아볼 수가 없었다. 강력한 마약 성분이 들어 있는 제령단을 복용한 상태에서 전장의 광기에 휩싸이다 보니 금나라 병사들은 이미 피 냄새에 미쳐 버린 늑대가 되어 있었다. 죽음의 공포 따위는 전혀 생각지도 않는 그들의 두 눈에는 적에 대한 엄청난 적개심만이 넘쳐 흐를 뿐이다.

전투가 시작된 지 얼마나 지났을까? 호법원의 고수들은 온 몸이 피에 젖을 만큼 격전을 치르며 겨우 장인걸의 본진 앞까지 진출하는 데 성공할 수 있었다. 바로 코앞에 호법원의 고수들이 밀려들고 있음에도, 장인걸을 둘러싸고 있는 고수들은 전혀 미동조차 하지 않았다.

그런데 장인걸의 수하 고수들이 모두 다 활을 등에 메고 있다는 점도 특이했다. 보통 무공을 익힌 고수들은 암기만 사용해도 충분히 적을 살상할 수 있기에, 거추장스런 활은 잘 사용하지 않았다. 하지만 그들은 마교도들이 바로 코앞에까지 이르렀는데도 불구하고, 활을 꺼내 들지도 않고 가만히 서 있을 뿐이었다.

이때, 장인걸이 큰소리로 외쳤다.

"철영! 뒤에 숨어 있지 말고, 본좌와 얘기 좀 하세!"

대호법이 만류했지만, 철영 부교주는 자신을 향해 돌진해 오는 10여 명의 병사들을 단칼에 베어 버리며 앞으로 나섰다. 여기까지 뚫고 오느라 얼마나 힘들었는지 그의 이마에는 땀방울까지 맺혀 있었다. 호법원의 고수들과 철영 부교주가 지나온 길은 그야말로 시산혈해(屍山血海)! 참혹하게 죽은 시체들로 발 디딜 틈조차 없었다.

철영 부교주는 칼에 묻은 피를 가볍게 흔들어 털어 버린 뒤, 마치 산책이라도 나온 듯 태연한 목소리로 말했다.

"다시 뵙는구려, 장인걸 교주."

장인걸은 그런 철영에게 친근한 미소를 지으며 불쑥 물었다.

"만약 묵향이 없었다면 자네는 나를 따랐을 텐가?"

그 말에 철영은 서슴없이 대답했다.

"물론이지요. 본교 내에서 귀하의 능력을 믿지 못하는 인물은 거의 없을 거라고 노부는 확신하오. 하지만 귀하의 능력이 아무리 걸출하다 해도, 귀하보다 더욱 뛰어나신 분께서 지금 교를 이끌고 계시니 난들 어쩔 수 없지 않겠소이까?"

장인걸은 그 말이 꽤 마음에 든 듯 호탕하게 웃은 뒤 다시 한 번 질문을 던졌다.

"지금도 그 생각에는 변함이 없는가?"

"물론이오. 지금에 이르러 서로 간의 무공 수준이 엇비슷해졌다 할지라도, 전반적인 능력은 귀하가 나보다 훨씬 더 뛰어나다는 사실을 잘 알고 있소. 본교에서 쫓겨났음에도 불구하고, 귀하는 또다시 이만한 세력을 구축하지 않았소이까? 당신이었기에 가능한 일이었겠지요."

"그렇다면 지금부터라도 나를 따르게. 묵향은 이미 태산에서 죽었다네. 자네도 잘 알게 아닌가? 천마신교의 교주라는 자가 이런 건곤일척의 승부를 코앞에 두고, 혈육에 얽매여 딸래미를 구출하겠답시고 태산으로 달려갔다는 것을 말이야."

장인걸의 말에 철영의 안색이 일순 어두워졌다. 그는 긍정도 부정도 아닌 씁쓸한 표정으로 그저 장인걸을 바라만 봤다.

그런 철영의 모습을 보며 장인걸의 얼굴에는 회심의 미소가 떠올랐다. 자신의 말에 철영이 흔들리고 있음을 금방 알아차린 것이다. 이제 조금만 더 설득하면 넘어오려나? 장인걸은 한껏 자애로운 표정을 지어 보이며, 은근한 목소리로 말했다.

"자네가 내게 온다면 부귀와 공명을 함께 할 것을 약속하겠네. 아, 혹시 묵향이 죽었다는 것을 아직도 믿지 못하는 건 아닐 테지? 자네도 얼마 지나지 않아 본좌의 말이 맞다는 것을 알 수 있을 걸세. 태산에서 몇몇 살아남은 혈랑대원들이 그 사실을 증명해 줄 테니 말이야."

철영은 비통한 표정으로 대답했다.

"이미 알고 있소. 귀하가 교주님의 따님을 미끼삼아 태산에 화약을 잔뜩 매설해 뒀다가 일시에 터트려 버렸다는 것도."

"호오, 벌써 태산에서 예까지 달려왔단 말인가? 전서구가 날아온 것과 엇비슷한 속도라니……. 참으로 놀랍구먼."

"놀라실 필요는 없소이다. 사람이 어찌 그 짧은 시간 동안에 태산에서 예까지 달려왔겠소. 전서구를 사용한 거요."

저쪽도 전서구를 사용했을 거라는 생각을 하지 못했다니. 역시 편복대주의 청을 받아들여, 곧바로 전투를 개시하기를 잘했다고 장인걸은 내심 생각했다. 철영이 전후 사정을 다 알고 있다면 얘기하기는 더욱 편해진다.

장인걸은 비릿한 웃음을 흘리며 말했다.

"흐흐흐, 속은 놈이 멍청한 게지. 설마하니 정파나부랭이들처럼 본좌에게 비겁하다고 말하려는 건 아니겠지?"

"물론 아니오."

"그렇다면 내게 오게."

장인걸이 다시 한 번 권했지만 철영은 말없이 고개를 가로저었다. 장인걸은 고지식한 철영이 너무나도 안타깝다는 듯 말했다.

"조금 전에, 만약 그놈만 없다면 본좌를 교주로 모셨을 거라고 하지 않았나? 지금까지의 대화는 본좌를 우롱한 것이었나?"

"그건 내 진심이었소. 하지만 아무리 귀하가 그렇게 말한다 해도, 교주님이 죽지 않았다는 걸 뻔히 알면서 귀하에게 투항할 수는 없는 일이 아니겠소."

철영의 대답에 장인걸은 답답하다는 듯 말했다.

"허어, 참. 그 녀석은 벌써 죽었다니까 그러네."

그러자 철영은 조금 전에 장인걸이 지었던 비릿한 웃음을 흉내 내며 입을 열었다.

"저 뒤쪽에 두 눈 시퍼렇게 뜨고 여길 지켜보고 계시는데, 어찌 귀하는 자꾸 교주님께서 죽었다고 하시오? 귀하는 내가 그런 뻔한 거짓말에 속을 거라고 생각하셨소?"

뭔가 이상하다는 생각에 장인걸은 황급히 시선을 돌려 철영의 뒤쪽을 살펴보았다. 한순간 그의 두 눈이 찢어질 듯 부릅떠졌다. 마치 재미있는 연극이라도 보듯, 자신이 철영을 상대로 수작을 부리고 있는 것을 구경하고 있는 묵향의 가증스럽기 짝이 없는 모습을 발견한 것이다.

장인걸은 일순 기절초풍하지 않을 수 없었다. 아니, 어떻게 놈이 여기에 있단 말인가. 놈은 분명히 죽었을 거라고……. 이때, 장인걸의 눈은 묵향의 허리를 빠르게 훑었다. 그가 죽었다는 확실한 증거 중 하나였던 묵혼검을 찾고 있었던 것이다. 하지만 묵향의 허리에는 묵혼검이 없었다. 그는 아무런 무장도 하고 있지 않았다.

저놈이 가짜일까? 아니면 태산에서 죽은 놈이 가짜일까? 대답은 뻔한 것이었다. 만약 저놈이 가짜라면 자신을 향해 저토록 광오한 눈빛을 보내고 있지 못할 테니 말이다. 마치 자신을 부처님 손바닥

위에 놓여 있는 가련한 손오공쯤으로 보고 있는 그런 눈빛을…….

장인걸은 분노에 이빨을 갈지 않을 수 없었다. 왜 하늘은 나를 낳고, 또 저놈을 낳았단 말인가. 그저 하늘이 원망스러울 뿐이었다.

"으드드득! 이런 비열한 새끼, 감히 본좌를 속이다니!"

묵향은 현재 상황이 꽤나 마음에 든다는 듯 환하게 웃으며 이죽거렸다.

"옛 부하와 회포의 정을 나누는 걸 방해해서 미안하기는 하다만, 이제 본론으로 들어가지. 자네의 거짓말만큼이나, 무공 실력이 늘었기를 기대하지."

순간, 아무것도 없던 묵향의 손에서 시퍼런 빛줄기가 쭉 뻗어 나와 검의 형상을 이루었다.

'이런 빌어먹을! 심검(心劍)인가?'

상대가 얼마나 강한지는 장인걸도 익히 알고 있었다. 그렇기에 그를 상대할 방법을 수도 없이 궁리했고, 또 나름대로 대비책도 세웠었다. 그리고 그가 처음부터 그 방법을 쓰지 않았던 것은 묵향이 이미 죽었을 거라고 오해했기 때문이었다.

"개진(開陣)!"

장인걸의 외침에 뒤쪽에 도열해 있던 실혼인들이 달려 나왔다. 실혼인들의 손에 발화창(發火槍)이 쥐어져 있는 것을 본 마교 고수들이 긴장감을 감추지 못했다. 발화창이 어떤 무기인지는 이미 이전의 전투에서 충분히 맛을 본 상태였기 때문이다.

묵향이 뭐라고 하기도 전에 철영 부교주가 외쳤다.

"호법원은 교주님을 엄호하고, 나머지는 나를 따르라!"

"우와아아!"

하지만 묵향은 뒤로 물러서서 구경이나 하고 있지 않았다. 철영이 앞으로 나서기도 전에 그가 먼저 달려 나갔던 것이다. 그 때문에 후방에서 교주를 호위해야 할 호법원의 고수들 역시 최일선에서 처절한 전투를 벌여야만 했다.

"돌(突)!"

장인걸의 명령에 실혼인들이 적을 향해 일제히 돌격했다. 그와 동시에 사방에서 난전이 벌어졌다. 실혼인들은 제대로 된 이성을 지니고 있지 못하는 만큼, 공격을 펼침에 있어서 자신의 몸을 보호하겠다는 생각 따위는 전혀 가지고 있지 않았다. 그리고 그 때문에 마교 고수들은 적잖이 당황할 수밖에 없었다. 정상적인 사고방식을 가지고 있는 사람이 보여 주는 공격 유형과는 전혀 다른 움직임을 보였기 때문이다. 여기에 춘릉성을 포위하기 위해 우회했던 병사들까지 몰려들자, 전투는 더욱 격해졌다.

실혼인들이 격전을 벌이기 시작함과 동시에 장인걸의 수하 고수들은 그들의 뒤에 서서 일제히 활을 꺼내 들었다. 이미 수없이 훈련을 한 모양이었다. 그들의 움직임에는 거침이 없었고, 대단히 신속했다. 화살에 내공을 실어서 쏘면, 암기 따위를 날리는 것과는 비교조차 불가능할 정도로 강맹한 위력을 지닌다.

난전이 벌어지고 있는 와중에 사방에서 화살이 날아오자 노련하기 그지없는 마교 고수들도 당혹감을 감추지 못했다. 더군다나 그 화살들 사이사이로 천마혈검대와 장인걸이 쏴대는 화살이 섞여 있었다. 그 화살들의 위력은 너무나도 막강해서 쳐내는 것이 거의 불가능할 정도였다.

쉐에에엑!!

내공이 가득 담긴 무시무시한 위력을 지닌 화살이 날아오는 소리. 평상시라면 저렇게 노골적인 파공성을 흘리는 화살에 맞을 사람은 아무도 없으리라. 하지만 지금 이곳은 치열한 난전이 벌어지고 있는 중이었다. 그리고 머리 위로는 수없이 많은 화살이 날아다니고 있었다. 그런 만큼 그 화살이 자신에게로 날아오는지, 아니면 내 옆에 있는 다른 누군가에게로 날아가는 것인지를 소리만 듣고 파악한다는 것은 거의 불가능했다. 더군다나 지금 그들은 실혼인과 병사들을 베느라 정신이 없는 상황이 아닌가.

퍽!

"크으윽!"

자신의 옆에서 싸우고 있던 부하가 갑자기 쓰러지는 것을 본 이찬(李璨)은 주위를 두리번거리며 적을 찾았다. 하지만 어떤 놈이 화살을 쏜 것인지 파악하기가 힘들었다. 워낙에 많은 놈들이 이리저리 숨어 다니며 화살을 날리고 있었으니까.

"이런 망할 새끼들!"

마음 같아서는 이런 비겁한 짓을 하고 있는 놈을 쫓아가서 요절을 내주고 싶었지만, 그럴 수가 없었다. 실혼인들이나, 병사들이 밀려들며 투덜거릴 여유조차 주지 않았기 때문이다. 공격해 들어오는 병사 둘을 베었을 때, 실혼인의 공격이 숨 쉴 틈 없이 이어져 들어왔다. 거기다 언제 어디서 날아올지 모르는 화살까지 경계하며 싸워야 하니 훨씬 더 힘든 싸움이 될 수밖에 없었다.

전장 상황은 눈이 돌아갈 정도로 빠르게 변하고 있었지만, 이찬은 냉정하게 대응하고 있었다. 오랜 수련을 통한 그의 몸은 거의 무의식적으로 반응하며 적의 공격을 막고, 또 베고 있었던 것이다.

사실, 그 정도 실력을 지니고 있었기에 그가 수라마참대에서 십인대장의 직위에 올라갈 수 있었던 것이리라.

이찬은 화려한 검술로 병사 10명과 실혼인 둘을 순식간에 베어 버렸다. 그들이 피를 뿌리며 나뒹굴 때, 또 다른 실혼인 하나가 자신의 뒤편으로 달려오고 있는 것을 이찬은 느꼈다. 그는 실혼인의 공격을 거의 본능적으로 피하며, 녀석의 빈틈을 살폈다. 방어를 도외시한 공격을 펼치고 있는 실혼인이었기에 빈틈은 얼마든지 있었다. 어디를 공격해야 할지가 고민될 정도였다.

하지만 이때 이변이 벌어졌다. 그의 몸 앞을 훑고 지나가던 발화창이 엄청난 연기를 내뿜으며 폭발했던 것이다.

쾅!

"크으윽!"

이찬은 믿어지지 않는다는 듯 자신의 가슴을 내려다봤다. 그곳에는 어느새 시커먼 창촉이 꼽혀 있었다. 화살이 날아오는 힘 따위는 비교도 안 될 정도의 위력으로 호신강기를 꿰뚫고 들어와서는 그의 가슴 깊이 꼽혀 버린 것이다. 이찬은 허무하다는 듯 중얼거렸다.

"내, 내가 이딴 놈들에게……."

놈이 자신과 비슷한 실력 정도만 되었어도 이토록 억울하지는 않았을 것이다.

실혼인은 무감정한 표정으로 천천히 쓰러지고 있는 이찬의 목을 단숨에 베어 버리더니, 또 다른 먹잇감을 향해 몸을 날렸다.

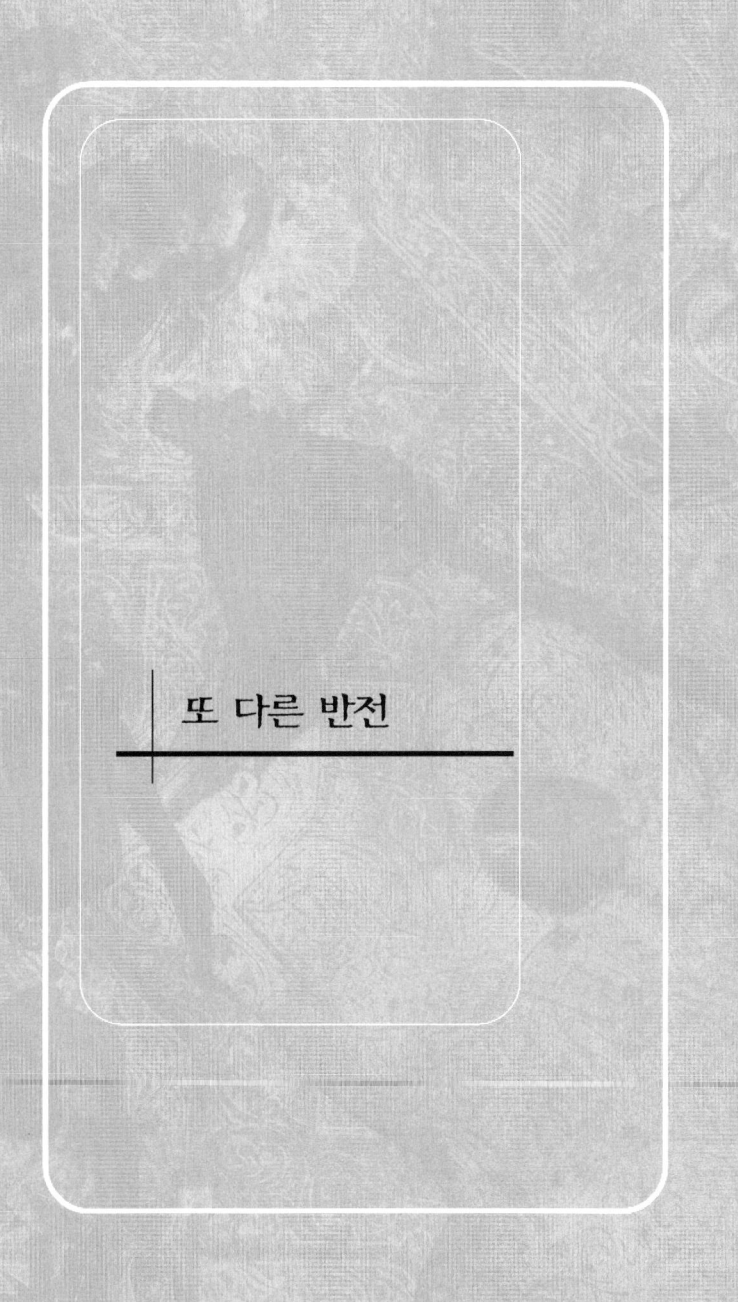

또 다른 반전

26

최후의 결전

춘릉성 앞의 벌판이 잘 내려다보이는 산꼭대기에 무영문의 「감시소」가 설치되어 있었다. 그 일대의 감시를 무영문 쪽에서 해 주겠다고 통보를 해 온 상태였기에, 홍진 장로는 그곳에 비마대 요원을 파견하지 않았다. 안 그래도 인력이 모자라는데, 손을 덜 수 있어 다행이라고 여기며 말이다.

그런데 그 감시소라는 곳이 꽤나 수상쩍었다. 무영문의 요원 몇 명이 숨어서 적의 동태를 감시하고 있어야 할 곳임에도 불구하고, 그곳에는 꽤나 널찍해 보이는 천막이 설치되어 있었다. 물론 주위에서 베어 온 나무나 풀로 아주 세심하게 천막을 위장해 놨기에, 산 밑에서 봐서는 절대로 알아볼 수 없었다.

묵향의 몰락을 자신의 눈으로 직접 확인하고 싶었던 옥화무제는 여기에서 묵으며 묵향과 장인걸의 동태를 살피고 있었던 것이다.

그러던 그녀에게 장인걸 쪽 진영에서 전서가 날아왔다. 태산에 파둔 함정에 묵향이 죽임을 당했다는 것이었다. 그 보고에 옥화무제는 기쁨을 감추지 못했다. 자신과 무영문에 위해를 가하려던 적을 드디어 없애 버린 것이다. 3중으로 함정을 준비했었는데, 겨우 1단계에 걸려 죽어 버렸다는 게 오히려 서운하게 느껴질 정도였다.

옥화무제는 함께 있던 비영단주에게 명령했다.

"이제 더 이상 여기에 있을 이유가 없어졌어요. 본문으로 철수할 준비를 하도록 하세요."

"예, 태상문주님."

비영단주는 곧바로 단원들에게 명령했다.

"철수 준비를 해라. 본문으로 돌아간다."

"옛!"

천막을 걷고, 자신들의 흔적을 지우기 위해 바쁘게 비영단원들이 움직이고 있을 때, 밑에서 커다란 전고(戰鼓) 소리가 울려 퍼졌다.

둥! 둥! 둥! 둥!

옥화무제가 산 밑을 내려다보니, 장인걸의 대군이 출진하여 춘릉성으로 진격하고 있었다. 옥화무제는 철수 준비를 하고 있는 비영단원에게 명령했다.

"그 의자 좀 이리로 가져오세요."

"옛!"

근심이 사라져서인지 환한 웃음을 지으며 옥화무제는 의자에 앉은 뒤 비영단주에게 말했다.

"단주도 이리로 오세요. 이런 좋은 구경거리를 놔두고 그냥 돌아가기에는 너무 아깝잖아요?"

비영단주는 옥화무제가 앉아 있는 자리에 탁자와 의자를 가져다 놓으라고 부하들에게 지시했다. 그리고 간단한 다과와 술도 가져오라 했다.

50만에 이르는 엄청난 대군이 일사분란하게 춘릉성을 향해 돌진해 들어가는 모습은 그야말로 장관이었다. 그리고 뒤이어 벌어진 마교와의 치열한 공방전도 박진감 넘치는 구경거리였다. 이름값에 걸맞게 마교도들의 무공은 엄청난 것이었고, 거의 학살극에 가까울 정도로 금군을 죽이고 있었다. 하지만 금군 또한 사기를 유지하며 격렬하게 싸웠다. 그걸 보며 옥화무제는 미소 짓지 않을 수 없었다.

묵향의 갑작스런 죽음을 이용해 장인걸이 그의 세력을 흡수해 버리는 것이 옥화무제가 가장 우려했던 점이었다. 안 그래도 금나라를 등에 업고 있어 엄청난 세력을 과시하고 있는 그에게 그것은 날개를 달아 주는격이었다.. 그렇게 되면 무림맹의 힘으로도 장인걸을 상대하는 게 버거운 일이 될지도 몰랐다.

옥화무제의 생각은 단순하고 명쾌했다. 아무리 지금 장인걸과 자신이 손을 잡았다고 해도, 그가 너무 큰 힘을 지니게 되는 것은 원치 않았다. 옥화무제가 간절히 바라는 것은 마교를 간신히 이긴 금나라가 무림맹과 싸워 서로 양패구상하는 것이다. 그렇게만 되면 무림에는 무영문에 위협을 가할 만한 세력이나 고수가 다 사라지게 될 것이 아니겠는가. 그런데 마교의 잔당들과 장인걸이 대회전을 벌이며 서로의 세력을 갉아먹고 있으니 옥화무제가 기쁘지 않을 리 없었다.

마교의 잔당들은 장인걸의 대군을 상대로 기대 이상으로 분전하고 있었다. 과연 마교라는 생각이 절로 들었다.

옥화무제가 감탄사를 흘리고 있을 때, 마교의 잔당들은 장인걸의 본진을 향해 계속적으로 뚫고 들어갔다.

"정말 놀랍습니다, 태상문주님. 갑작스런 교주의 죽음으로 인해 사기가 땅에 떨어졌을 텐데도 저런 괴력을 발휘하다니."

"저들이 아직 교주의 죽음을 모르고 있는 것일 수도 있죠."

그렇게 말하던 옥화무제의 눈이 반짝 빛났다. 옥화무제는 급히 자신의 말을 정정했다.

"저들의 능력이 좋아서 뚫고 들어가고 있는 게 아니에요. 저 뒤쪽을 보세요. 장인걸의 본진은 아직 움직이지도 않고 있잖아요."

"그렇다면 장인걸의 유인책에 말려들고 있는 거란 말씀이십니까?"

"아쉽게도……. 아마 저들이 본진에 도착하는 순간, 그때 장인걸은 승부수를 던지겠죠. 저 막강한 전력을 없애기보다는 흡수하고 싶어 할 테니까요."

비영단주는 한숨을 푹 내쉬며 말했다.

"호랑이에게 날개를 달아 준 꼴이 되었군요."

"그래도 저 정도라도 싸워 준 게 어디에요? 장인걸의 부하들도 많이 죽었지만, 마교도들도 꽤나 죽었잖아요. 그 정도로 만족해야죠."

어느 정도 시간이 흐르자 결국 마교의 선봉대는 장인걸의 본진까지 뚫고 들어갔다. 순간, 옥화무제의 눈동자가 호기심으로 반짝였다. 과연 장인걸이 자신의 예상대로 마교의 잔당들을 흡수하기 위해 승부수를 던질까? 아니면 또 다른 어떤 변수가 등장할까. 그녀는 저들이 장인걸의 휘하로 그대로 흡수되기 보다는 뭔가 새로운 변수가 등장하기를 간절히 빌었다.

그리고 그때 그녀의 바람대로 새로운 변수가 등장했다. 바로 묵향이라고 하는……. 묵향의 얼굴을 보는 순간, 옥화무제의 인상이 왈칵 일그러졌다. 변수를 원하기는 했지만, 그 대상이 묵향이라면 차라리 장인걸이 마교의 잔당을 흡수하는 게 나았다.
"아니! 저, 저자가 어찌 살아 있단 말입니까?"
옥화무제는 거칠게 술을 따라서 단숨에 마신 뒤 씨근거렸다.
"우리 모두가 속았다는 말이죠. 저 능구렁이 같은 자식한테!"
장인걸은 물론이고 자신까지 완전히 속아 넘어갔다. 그녀는 이빨을 뽀드득 갈았다. 묵향이 비록 예측하기 힘든 인물이기는 했지만, 계략을 꾸미는 데 있어서는 내심 중원 제일이라 자부하던 그녀였다. 그런데 이런 식으로 뒤통수를 맞다니.

위에서 내려다보니, 진형을 구축하며 마교도들의 앞을 막아서는 1진의 모습이 보였다. 그리고 그 뒤에서 2진 무사들이 화살을 날리고 있었다. 마교를 막아서는 것은 1진만이 아니었다. 사방에서 꾸역꾸역 밀려들고 있는 수많은 병사들까지 이 혼전에 끼어들면서 전장은 피아를 구분하기조차 힘들 정도의 아수라장이었다.

그 와중에도 전장에서 가장 돋보이는 인물은 단연 묵향이었다. 장인걸의 본진과 접촉하기 전까지 묵향은 전면에 나서지 않았지만, 그가 앞으로 나서자 무시무시한 살육전이 벌어졌다. 과연 무림 최강이라는 칭호를 받고 있는 자다웠다.

그 모습을 지켜보던 비영단주가 놀랍다는 듯 중얼거렸다.
"정말 교주의 무공은 놀랍기 그지없군요. 어찌 사람이 저렇게까지 강할 수 있는 것인지……."
"그렇기 때문에 꼭 없애야만 하는 거예요."
"쉬운 일은 아닐 겁니다."
"놀라운 고수라는 것은 부정할 수 없는 사실이지만, 그는 여기서 뼈를 묻을 수밖에 없을 거예요."

잠시 전장 상황을 예의주시하던 옥화무제는 비영단주에게로 시선을 돌리며 물었다.

"맹주는 지금 어디에 있죠?"

"수하로부터 보고를 받은 것은 아닙니다만, 이동 속도로 미루어 짐작해 본다면 늦어도 1시진 이내에 도착할 겁니다."

"곤륜무황은요?"

"곤륜무황 또한 거의 비슷한 시간쯤에 도착할 겁니다."

비영단주는 높직한 산을 손가락으로 가리키며 말을 이었다.

"제 생각으로는 아마 저쯤에서 합류할 듯싶습니다. 저 산 뒤편이라면 다수의 무인들이 매복하기에 충분할 만큼 넓은 공간이 있을 뿐만 아니라, 숨어서 전장을 관찰하기에도 더없이 좋을 테니까요."

"청소는 깨끗하게 해 놨겠죠?"

비영단주는 호탕하게 웃으며 자신 있게 말했다.

"하하핫, 여부가 있겠습니까, 태상문주님. 그쪽은 물론이고, 이 일대에 배치되어 있던 모든 비마대원들을 깨끗하게 소탕했습니다."

"그걸 교주가 눈치 채지 못해야 할 텐데……."

"하하핫, 걱정하실 필요 없습니다, 태상문주님. 이런 난리통에 어떻게 그런 세세한 부분까지 신경을 쓸 수 있단 말입니까. 교주는 전쟁이 끝나기 전까지는 자신의 첩자망이 와해되었다는 것을 절대로 눈치 채지 못할 겁니다."

홍진 장로가 이끄는 비마대도 꽤나 훌륭한 정보 단체였다. 그런데도 이렇게 어이없이 무영문도들에게 소탕당한 것은, 방금 전까지 무영문도들과 협동하여 장인걸을 상대하고 있었던 탓이었다. 서로가 정보를 공유하고 있는 입장이다 보니, 무영문 쪽에서는 비마대에 대한 모든 걸 속속들이 파악하고 있었다.

그런데 갑자기 무영문 쪽에서 배신의 칼날을 들이댔으니, 그 결과가 어떻게 되었겠는가. 믿고 있던 동료에게 갑작스럽게 뒤통수를 두들겨 맞았기에 비마대원들은 미처 대비할 겨를조차 없이 죽임을 당하고 말았던 것이다. 그리고 비마대가 완전히 소탕된 그 빈 공간으로 맹주와 곤륜무황이 거느린 2개 집단이 이동했으니, 그걸 묵향이 어떻게 알 수 있겠는가.

옥화무제는 기대감 어린 표정으로 산 쪽을 힐끔 바라봤다. 맹주라면 자신의 근심을 날려 보내 주지 않을까 하는 기대를 가지고 말이다. 가능성은 충분히 있었다. 지금과 같이 묵향이 소모전을 계속 펼쳐 준다면 말이다.

어떤 의미에서 본다면 묵향에게 완전히 허를 찔린 셈이었지만, 장인걸은 기대 이상으로 잘 싸웠다. 하지만 그는 상대를 잘못 만났다. 묵향이라는 거목 하나만으로도 벅찬 상태였는데, 그에게는 우수한 부하들이 너무나도 많았다. 아마 지금 그에게 묵향이 거느리고 있는 정도 수준의 부하들이 있었다면, 승패가 어떻게 갈렸을지는 아무도 짐작할 수 없었으리라.

장인걸 휘하의 고수들이 지닌바 능력 이상으로 선전한 것은 사실이었지만, 시간이 지나면서 서서히 마교 쪽으로 전세가 기울고 있었다. 장인걸이 사용하는 전술이 매우 악랄한 것이기는 했지만, 묵향의 부하들이 그 전술에 서서히 적응하기 시작했던 것이다. 그리고 최일선에서 묵향의 부하들과 격전을 벌이던 실혼인들이 이제 거의 다 죽어 버렸다는 게 가장 큰 문제였다.

"예상보다 적이 훨씬 더 강합니다, 교주님."

보고를 듣는 와중에도 적을 향해 직접 화살을 날리는 장인걸이었다. 하지만 그의 얼굴에서 전투 시작 전에 보였던 자신감은 많이 희석된 상태였다. 그는 마교의 평균적인 전력을 한영성 교주가 있던 그 시절로 잡고, 모든 작전을 세웠었다. 하지만 막상 부딪치고 보니 그보다 훨씬 더 강했다. 지금 마교가 지닌 전력은 어쩌면 역대 최강일지도 몰랐다. 그리고 그런 적을 처음부터 밀어붙이지 않고 이렇게 가까이 접근하도록 방치한 것이야말로 장인걸이 한 최악의 실수였다.

"어쩔 수 없다. 이제는 총력전이다! 수하들에게도 제령단을 복용시켜라."

"존명!"

장인걸은 직속 수하들에게만은 제령단을 먹이고 싶지 않았다. 그것이 주는 피해가 얼마나 큰지를 잘 알고 있었기 때문이다. 하지만 이제는 선택의 여지가 없었다. 수단과 방법을 가릴 처지가 아닌 것이다. 여기서 무너지면 모든 게 끝장이었으니까.

장인걸의 직속 부하들까지 제령단을 복용했음에도 전황은 전혀 바뀌지 않았다. 치열하던 전장은 한눈조차 팔 겨를이 없을 정도로 더욱 흉험하게 바뀌었다.

시간이 좀 더 흐르자 옥화무제의 기분이 조금씩이나마 좋아지기 시작했다. 장인걸이 묵향을 상대로 꽤나 잘 싸워 주고 있었기 때문이다. 전체적인 판세로 봤을 때, 결국은 묵향이 승리할 것이다. 하지만 묵향의 적은 장인걸 하나뿐만이 아니었다. 온전한 전력을 보유한 맹주가 거느리고 있는 정파연합 앞에 묵향은 결국 쓰러질 수밖에 없으리라.

"수고했어요. 잘 가세요, 흑살마왕. 이제 더 이상 당신의 이름을 들을 수 없다는 게 아쉽군요. 후후훗, 어차피 죽을 거 마지막까지 발악을 해 주면 정말 좋겠군요."

이때, 부하들을 방패막이로 이용하면서까지 끈질기게 저항하던 장인걸이 갑자기 뒤로 도망치는 모습이 보였다. 금나라 병사들은 아직까지도 엄청난 숫자가 살아남아 계속 밀려들고 있는 중이었다. 하지만 병사들이 아무리 많이 살아남아 있다 해도 소용없었다. 군의 수장인 장인걸이 도망쳐 버리면 그걸로 끝이었다. 그걸 잘 알고 있는 옥화무제는 혓바닥을 차며 중얼거렸다.

"쯧쯧, 더 버텨 주면 좋았을 텐데……. 이렇게 무너지는 건가요."

도망치는 장인걸을 묵향이 쫓아가자 워더리 장군이 이끄는 2천의 정예가 묵향의 뒤를 따르려는 호법원 고수들을 죽음을 각오하고 막아섰다. 그 순간, 묵향은 자신이 고립된 줄도 몰랐다. 부하들의 통솔은 모두 철영에게 맡긴 상태였기에, 그는 오로지 장인걸만을 잡기 위해 내달렸다. 물론 앞에 걸리적거리는 것들은 모두 다 죽여 버리면서.

그런 묵향의 앞을 가로막고 선 것은 천마혈검대원이었다. 구양운 장로와 대원들의 얼굴에는 비장감이 어려 있었다.

구양운 장로가 검을 뽑아들며 큰 소리로 외쳤다.

"개진(開陣)!"

구양운 장로의 명령에 따라 4척이나 되는 핏빛 혈검(血劍)들이 일제히 움직였다. 귀곡참륜진(鬼哭斬輪陣)이 발동되는 순간, 장인걸은 그들의 뒤로 피하며 묵향을 향해 화살을 날렸다.

"쓸데없는 짓!"

묵향은 손에 쥐고 있던 빛의 검을 쳐내렸다. 빠르게 날아오던 화살은 빛의 검에 닿는 순간, 한줌 먼지가 되어 허공에 흩날렸다.

묵향의 장기는 경공술과 신법을 활용한 초근거리 접근전이다. 최대한 적과 가까이 붙은 상태에서 무시무시한 공격을 퍼붓는 것이었다. 그렇기에 묵향은 장인걸에게 바짝 접근해 들어갔다. 그리고 그와 동시에 천마혈검대원들이 양옆으로 쫙 늘어서며 묵향을 한가운데에 놓고 포위망을 형성했다.

구양운 장로가 목이 터져라 외쳤다.

"회(回)!"

묵향을 중심으로 진이 돌기 시작했다. 묵향을 포위하고 있는 천마혈검대원들은 전원 다 화경에 근접하는 절정의 고수들이었다. 그런 그들이 묵향을 중심으로 빠르게 돌며 사방에서 공격을 가해 오고 있는 것이다.

그 모습을 지켜보고 있던 옥화무제가 놀랍다는 듯 비영단주에게 말했다.

"저건 귀곡참륜진! 설마 장인걸이 혈교의 진법을 사용할 줄은 몰랐군요."

"마교 고수들 중에서 혈교의 무공을 가장 깊이 있게 공부한 사람이 흑살마왕이니 그럴 수도 있겠지요."

진 안에 갇혀 이리저리 날뛰고 있는 묵향의 모습을 보며 옥화무제의 입매에 미소가 살며시 피어올랐다.

"보아하니 교주는 저 진법을 잘 모르는 것 같은데요?"

묵향의 움직임을 세밀히 관찰하던 비영단주가 감탄스럽다는 듯 말했다. 진법을 모르면서도 저렇게까지 버틸 수 있다니. 과연 천하제일고수라는 칭호가 아깝지 않은 움직임이었다.

"그가 진법을 공부했다는 흔적은 어디에서도 찾지 못했어요. 어쩌면 진법에 대해서 아예 지식이 없을지도 모르죠."

"그렇다면 승산이 있겠군요. 귀곡참륜진은 고수를 상대함에 있어서 꽤나 효율적이라고 알려진 진법입니다. 귀신이 날아오는 듯한 환영(幻影), 귀청을 찢는 듯한 곡소리. 이 모든 것이 사람의 감각에 혼란을 야기한다고 들었으니까요."

그러자 옥화무제는 아니라는 듯 고개를 저었다.

"한 가지 모르고 계시는 게 있군요."

"예?"

"귀곡참륜진의 진정한 무서움은 그런 감각의 혼란 따위가 아니에요. 포위하고 있는 고수들의 공력만큼이나 지독한 압력을 가할 수 있다는 점이 무서운 거죠. 지금 저 안은 웬만한 사람은 일어서기도 힘들 정도의 압력이 짓누르고 있을 거예요. 그런 상황에서 사방에서 쏟아지는 공격을 막아내야만 하는 거죠."

무수한 공격을 당하면서도 묵향은 꿋꿋하게 싸우고 있었다. 정말이지 천하제일고수라는 위명을 얻은 게 전혀 이상하지 않을 정도의 신위였다. 그러다 묵향의 공격이 한 번씩 번뜩일 때마다 피

보라가 짙게 일어났다. 중상을 입은 천마혈검대원은 진 밖으로 이동했고, 그가 빠져나간 빈자리를 다른 대원이 빠르게 메웠다.

그런데 이때 괴이한 일이 벌어졌다. 치명상을 입은 것처럼 보였던 천마혈검대원의 상처가 급속도로 낫더니, 곧이어 멀쩡하게 다시 공격에 가담하는 것이었다.

그것을 지켜본 비영단주의 눈이 놀라움으로 화등잔만 해졌다.

"아니, 저럴 수가! 저게 귀곡참륜진이 맞습니까? 귀곡참륜진에 상처를 치료해 준다는 효능이 있다는 말은 들어 본 적도 없는데……."

놀라움을 금치 못하는 것은 비영단주만이 아니었다. 옥화무제 역시 두 눈을 동그랗게 뜨고 그 모습을 유심히 살펴보았다.

"귀곡참륜진을 개량한 것인지, 아니면 귀곡참륜진처럼 보이는 다른 진법일 수도 있겠지요. 하지만 그게 뭐든지 간에 탐나는 건 사실이에요. 저런 진법만 입수할 수 있다면, 본문은 당장에라도 구파일방을 추월해 버릴 수 있을 텐데……."

"흑살마왕이 준비를 많이 하기는 한 모양입니다."

장인걸은 진 밖에서 묵향을 향해 연신 화살을 쏘고 있을 뿐, 전투에 직접적으로 가세하지는 않고 있었다. 아마도 그 편이 묵향에게 훨씬 더 타격을 입힐 수 있다고 생각한 모양이었다.

팽팽한 접전이 계속 이어지는가 싶더니, 갑작스런 변화가 찾아왔다. 그 변화는 묵향의 손에 뭔가 영롱한 빛의 구슬 같은 것이 생기는 순간 시작되었다. 묵향의 손에 빛나는 구슬 같은 것들이 맺혔다 싶은 순간, 사방을 향해 쏜살같이 튀어나갔다.

진을 구성하고 있는 천마혈검대원들과 묵향 사이의 거리는 매우 가깝다. 검으로 공격을 할 수 있을 정도의 거리였으니 말이다. 그런 상황에서 영롱한 빛의 구슬이 날아왔지만 대원들의 반응은 침착했다. 그 전에 이런 무공에 한 번 당해 본 적도 있었고, 그 가공할 만한 위력에 혀를 내둘러야 했다. 그랬기에 대원들은 나름대로의 대처 방법을 마련해 두었던 것이다.

그들은 묵향이 빛의 구슬을 던짐과 동시에 자신의 검에 내공을 잔뜩 실어서 그대로 들이밀었다. 이건 묵향으로서도 전혀 예상치 못했던 대응이었다. 희대의 마검인 천마혈검에 내공을 잔뜩 불어 넣자 그 파괴력은 거의 어검에 맞먹었다. 천마혈검과 빛의 구슬이 부딪치자 고막을 찢을 것 같은 엄청난 굉음과 함께 대폭발이 일어났다.

과과과쾅!

천마혈검대원들은 처음부터 그걸 노리고 공격을 한 것이었기에 충분한 대비가 되어 있는 상태였다. 그리고 자신의 방어력이 떨어져도 옆에 있는 동료들이 도와줬다. 더군다나 그들은 분산되어 있는 게 아니라, 진식이라는 거대한 틀 속에서 공력을 공유하고 있는 상태였다.

반면 묵향으로서는 완전히 날벼락을 맞은 셈이었다. 바로 앞에서 폭발한 빛의 구슬들로 인한 타격은 거의 현경급 고수에게 기습공격을 당한 것과 똑같은 충격을 그에게 안겨 줬다. 더군다나 묵향은 상대를 얕잡아보고 있었던 만큼, 제대로 된 방어벽을 펼쳐 놓지도 않았었다.

"크으윽!"

묵향의 옷은 거의 다 찢어져 흔적도 찾기 힘들었고, 몸 전체는 미세한 혈흔들로 낭자하게 변했다. 급하게 호신강기로 막는다고 막았는데도 이 지경이었다.

"우웨엑!"

내장까지 뒤흔들릴 정도의 충격을 받은 터라 정신이 일순 아찔했다. 하지만 묵향은 쓰러지지 않았다.

"빌어먹을! 이런 수를 쓸 줄이야."

입에 묻은 핏물을 쓱 닦은 다음 묵향은 미소 지으며 중얼거렸다.

"이렇게까지 본좌를 애 먹이다니, 과연 천마혈검대로군. 하지만 재롱은 여기까지다."

천마혈검을 잃은 대원들은 등 뒤에 메고 있던 발화창을 꺼내 들고 또다시 공격해 왔다. 발화창은 바로 코앞에서 발사가 되는 무기인 만큼, 더욱 무서운 위협이 될 수 있었다.

"아니, 이게 도대체 어떻게 된 겁니까? 갑자기 대폭발이 일어났는데 저로서는 도저히 어떻게 된 영문인지……?"

비영단주의 물음에 옥화무제가 대답했다.

"뭔지는 모르겠지만, 교주가 일격을 날리려고 하는 순간을 노려 그걸 저쪽에서 맞받아친 거예요. 교주의 손에서 강한 빛을 뿜어내는 작은 원구 같은 것이 여러 개 솟아난 뒤 그걸 던지려는 순간, 상대가 먼저 그 원구에 검을 날렸어요. 폭발은 그때 벌어졌죠. 검에 맞은 원구는 몇 개 되지도 않았지만, 그 옆에 있던 다른 원구들까지 폭발에 휩쓸리며 같이 폭발해버린 것 같아요."

설명하면서도 옥화무제는 천마혈검대를 보유하고 있는 장인걸이 너무나도 부러웠다. 자신에게 저런 훌륭한 부하들이 있었다면 얼마나 좋았을까. 그런데 그녀가 그런 생각을 하고 있을 때, 전장 상황이 또다시 반전되었다.

묵향의 손에서 영롱한 빛줄기가 솟아오르더니 땅바닥에 힘껏 틀어박혔다. 그 순간, 거대한 폭발음과 함께 무시무시한 회오리가 사방으로 퍼져 나가며, 주위의 모든 것을 집어 삼켜 버렸다.

콰콰콰콰쾅!!

폭발음과 함께 피어오른 짙은 먼지가 가라앉았을 때, 이미 그곳에 서 있는 사람은 단 한 명도 없었다. 천마혈검대원들은 모두 온 몸이 피투성이가 되어 땅바닥에 쓰러져 있었고, 그건 장인걸 역시 마찬가지였다. 아마도 교주는 방금 전의 그 대폭발로 인해 상대가 혼란에 빠진 틈을 타 순식간에 끝내 버린 모양이었다.

옥화무제가 자세히 보니 묵향은 쓰러져 있는 장인걸을 붙잡고 뭔가 얘기를 하고 있었다. 묵향의 표정은 아주 험악했다. 하지만 그에 비해 장인걸은 자신의 패배를 인정한 듯 모든 것을 포기한 표정이었다.

과연 그들은 지금 무슨 얘기를 나누고 있는 걸까?

옥화무제의 짐작으로는 묵향이 장인걸에게 물어볼 것은 단 하나밖에 없었다. 그것은 바로 소연이의 행방일 것이다.

"쓸데없는 짓."

그렇게 중얼거리는 옥화무제의 얼굴에는 미소가 어려 있었다. 소연이의 행방을 지금 그에게 물어봐야 헛일이었다. 왜냐하면 그녀는 대신에서 매몰되이 죽어 버렸으니까.

장인걸은 분명히 자신에게 말했었다. 쥐약을 둥지 안에 넣어 둘 거라고 말이다. 묵향을 유인하기 위해서라지만 마지막 패로 써먹을 수 있는 소연을 그런 식으로 소모해 버리는 장인걸의 행동을 이해할 수 없었던 그녀였다. 하지만 오늘의 대격전을 지켜 보니 장인걸의 행동이 그리 틀린 것은 아니었다는 생각이 들었다. 저 냉혹한 교주를 상대로 소연을 인질로 잡고 협박을 해 봐야 별 차이가 없었을 것 같았으니까 말이다. 아마 장인걸은 소연을 죽인 뒤 두고두고 묵향을 괴롭게 하려고 했던 것 같았다.

다시 그녀가 보니 대화를 나누던 묵향의 얼굴이 시뻘겋게 달아오르며 미친 듯 분노했다. 갑자기 묵향은 장인걸을 두들겨 패기 시작했다. 순식간에 장인걸의 손과 발이 기형적으로 꺾여 버렸고, 처절한 모습으로 변해 버렸다. 옆에 서 있던 부하들이 그를 말렸지만, 묵향이 멈췄을 때 이미 장인걸의 몸은 축 늘어져 있었다. 장인걸의 몸 상태로 봤을 때, 죽었거나 아니면 죽기 직전의 상태이리라.

이때, 분노한 묵향이 무슨 명령을 내렸는지 잘 모르겠지만, 주위의 고위급 간부들이 일제히 고개를 숙이더니 각자 거느린 부하들에게 명령을 하달했다. 묵향이 어떤 명령을 내렸는지는 그 부하들의 다음 행동을 통해 쉽게 알 수 있었다. 장인걸을 패 죽인 만큼, 이제 더 이상의 살육은 무의미함에도 불구하고, 마교도들의 손속은 더욱 잔인하게 펼쳐졌다. 아마 묵향이 금군 병사들을 모두 다 도륙해 버리라는 명령을 내린 모양이었다.

이유가 어찌되었건, 마교도들이 금군 병사들을 살육한답시고 뛰어다니는 게 옥화무제의 입장에서는 그리 나쁘지 않았다. 아니, 손뼉을 치고 좋아할 일이었다. 비록 지휘관을 잃어 사기가 꺾인 금군 병사들이지만 물경 50만이나 되는 대군이다. 병사들을 학살한다고 마교도들이 힘을 빼면 뺄수록, 다음에 이어질 대회전에서 정파 무림이 승리할 가능성은 더욱 높아지지 않겠는가.

최후의 결전

26

최후의 결전

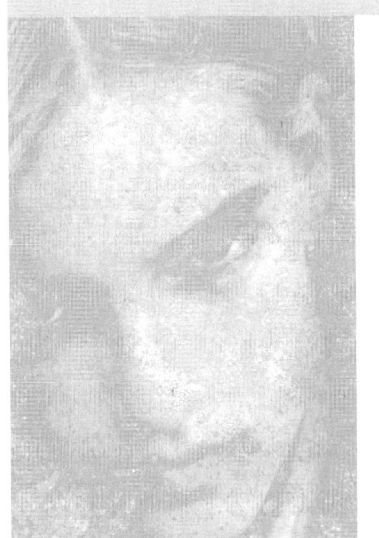

금나라 패잔병들에 대한 학살극은 오랫동안 계속되었다. 이제 제령단의 효과도 다 떨어져 버린 상태였기에, 금나라 병사들은 공포에 질려 뿔뿔이 흩어져 도주하고 있었다. 적들이 자신들을 향해 공격해 들어오지 않는 만큼, 마교도들은 그들을 따라가서 없애 버리느냐 훨씬 더 많은 시간과 노력을 소모하고 있는 형편이었다.
　시체가 즐비하고 피비린내가 진동하는 전장의 한복판에서 묵향은 태연히 술을 마시며 그런 광경을 지켜보고 있었다. 부하들이 이제 그만 춘릉성으로 돌아가서 쉬시라며 권해지만 묵향은 막무가내였다.
　전투는 대승리로 끝이 났고, 숙적이었던 장인걸은 그의 발치에서 목이 없는 시체가 되어 땅바닥에 나뒹굴고 있었다. 교로 돌아가 원로원에 보고할 때 보여 주기 위해 목을 잘라 소금에 절여 놨기 때문이었다.

　"내 딸은 어디에 있나? 빨리 자백하는 게 좋을 걸? 그렇지 않으면 네놈을 죽지도 살지도 못하게 만들어 주마."
　장인걸은 비웃음 가득한 얼굴로 묵향에게 대답했다.
　"크크크, 그년은 저승에서 네놈이 오기를 학수고대하며 기다리

최후의 결전 263

고 있을 게다."

그 말에 묵향은 장인걸의 멱살을 거머쥐고 왈칵 끌어당겼다. 서로의 코와 코가 맞닿을 정도로 장인걸을 끌어당긴 상태에서 묵향은 장인걸의 눈을 매서운 눈초리로 노려보며 으르렁거렸다.

"네놈은 지금 나를 화나게 하기 위해서 거짓말을 하는 거야. 그렇지?"

장인걸은 콧방귀를 뀌며 이죽거렸다.

"흥! 본좌가 뭐가 두려워 네놈에게 거짓말을 하겠느냐. 나는 그 계집을 태산파의 연공실 깊은 곳에 가둬 뒀었다. 네놈과 저승길 길동무나 하라는 본좌의 배려였지."

"끄으윽! 거짓말이야!"

"미친 새끼. 본좌가 네놈에게 거짓말을 할 이유가 뭐가 있겠느냐. 나는 네놈에게 딸이 있음을 처음부터 알고 있었다. 그토록 딸을 아꼈다면, 처음부터 본좌와 반목하지를 말았어야지. 네 딸은 네놈이 죽인 거나 마찬가지야. 네놈은 자신의 잘못된 선택을 평생 후회하며 살게 될 거다, 크흐흐흐."

"닥쳐!"

묵향은 화가 나서 외쳤지만, 오히려 장인걸은 그게 더욱 마음에 든 모양이었다. 그는 더욱 비비꼬인 어조로 이죽거렸다.

"본좌를 꺾었으니 부귀와 공명이 함께 하기는 하겠지만, 정작 네놈 자신은 사는 게 사는 것 같지도 않을 게다. 딸을 죽인 비정한 애비라…, 크하하핫!"

미친 듯 웃음을 터뜨리던 장인걸은 뭔가가 목구멍에 걸렸는지 심하게 기침을 해댔다. 입을 가리는 그의 손에 시뻘건 피가 묻어 있었다. 핏속에 내장 부스러기까지 끼어 있는 걸 보면 그의 내장이 완전히 박살난 듯했다.

장인걸의 비웃음에 묵향은 치밀어 오르는 분노를 억제하지 못했다. 소연이를 빗대어 자신을 비웃는 것인 만큼, 도저히 참기 힘들었던 것이다.

"닥쳐! 닥치라구!"

이성을 잃은 묵향은 자신도 모르게 장인걸을 후려 쳤다. 한번 때리기 시작하자 자신의 행동을 도저히 억제할 수가 없었다. 주위에서 부하들이 말리는 바람에 그가 겨우 손을 뗐을 때, 장인걸의 몸은 축 늘어져 있었다. 이미 숨이 끊어져 버린 것이다.

"이런 젠장, 이렇게 곱게 죽여 줘서 될 일이 아닌데……."

묵향은 너무나도 화가 나서 손까지 부들부들 떨고 있었다.

이때, 그의 뒤에서 대호법이 조언했다.

"교주님, 일단 아가씨의 시신이라도 수습하는 것이 좋을 것 같습니다."

"그렇지. 홍진! 홍진 장로는 지금 어디에 있느냐?"

잠시 후, 온 몸이 피에 젖은 홍진 장로가 달려와 예를 갖추었다.

"부르셨습니까? 교주님."

홍진 장로가 달려올 때쯤 묵향의 분노도 많이 수그러든 상태였다. 묵향은 냉철한 어조로 명령했다.

"너는 지금 당장 태산파로 달려가서 폭발 현장을 샅샅이 파 뒤집어라."

"이미 수하들에게 그리 하라 지시를 내렸습니다."

홍진 장로는 이미 태산파에 수하들을 파견한 상태였다. 그곳에 매몰된 마교도들의 시신을 수습해야 하는데다, 패력검제가 가져간 묵향의 신물인 묵혼검을 찾아와야 했기 때문이다.

"그곳에 본좌의 딸이 갇혀 있었다고 하네."

"예?"

"그 아이의 시신만이라도 찾아다 주게. 알겠나?"

묵향의 말에 홍진은 고개를 조아리며 외쳤다.

"존명! 태산 전체를 파 뒤엎는 한이 있더라도 반드시 명을 완수하겠습니다."

홍진 장로는 먼저 태산으로 달려간 부하들에게 전서구를 날리는 한편, 자기 휘하의 남은 부하들을 모두 이끌고 태산을 향해 달려갔다.

묵향은 싸늘하게 식어 버린 장인걸의 목 없는 시체를 바라보며 투덜거렸다.

"개새끼! 마지막까지 내 속을 뒤집어 놓고 가는군."

묵향은 술병을 들고 거칠게 입으로 털어 넣었다. 그 지독한 천일취를 몇 병씩이나 마셨는데도 불구하고, 취기는 전혀 올라오지 않았다.

"가서 술을 좀 더 가져와."

묵향의 명령에, 그의 뒤에 시립하고 있던 우호법이 부하에게 슬쩍 눈짓을 했다. 그러자 부하는 춘릉성을 향해 술을 가지러 달려갔다.

한 번에 수십 병이라도 가지고 올 수 있었지만 부하는 단 두 병만을 가지고 돌아왔다. 천일취는 지독하게 독한 술이다. 만약 우호법이 이런 식으로 제어하지 않았다면, 아마 지금쯤 묵향은 완전히 뻗어 버렸을지도 모른다.

그러는 동안 서서히 저녁놀이 지기 시작했다. 노을은 전장의 참상을 아는지 마치 피를 뿌려놓은 것처럼 붉디붉었다.

"술은 아직도 도착 안 했나?"

"잠시만 기다리십시오, 교주님. 저쪽에서 달려오고 있는 게 보입니다."

"한꺼번에 많이 좀 가져오라고 해. 감질나게 두 병씩 가져오지 말고."

"교주님, 여기서 이러지 마시고 춘릉성으로 돌아가시는 게 어떻겠습니까?"

묵향은 그 말에 대답조차 하지 않고 짙은 노을이 깔리는 산등성이로 시선을 돌렸다. 그러자 지금까지 아무런 말도 하지 않고 그저 바라만 보고 있던 마화가 슬그머니 끼어들었다. 묵향이 이렇듯 슬퍼하는 게 소연의 죽음 때문이라는 것을 잘 알기에 지금껏 만류할 수가 없었던 것이다.

"우호법님의 말이 맞아요. 춘릉성으로 돌아가요."

"여기가 어때서? 소연이를 추억하는 데 있어 이곳이야말로 최고의 장소잖아."

주위를 빙 둘러보며 묵향이 말했다. 그의 주변에는 수천 아니, 수만이 넘어가는 시체들이 널려 있었다. 그리고 한쪽에는 이번 전투에서 전사한 마교 고수들의 시체를 따로 모아 두고 있는 중이었다. 전투가 끝났으니, 예법에 따라 장례를 치르기 위해서였다.

춘릉성 인근을 가득 메운 시체들과 짙은 혈향. 거기에다가 아직 숨이 끊기지 않은 중상자들이 흘려내는 신음 소리까지. 짙은 노을로 인해 온 천지가 마치 피에 잠긴 것만 같았다. 더 이상 뭐라 표현하기 힘들 정도로 음산한 분위기였지만 묵향이나, 그의 수하들은 그런 것에 신경조차 쓰지 않았다. 철혈을 숭상하는 그들에게 있어서 어쩌면 이런 장소야말로 최고의 조문 장소일지도 몰랐다.

이때, 철영 부교주가 허겁지겁 달려오는 게 보였다.

"교주님! 큰일 났습니다."

"무슨 일인가?"

"이 일대에 배치해 두었던 비마대원들과의 연락이 모두 끊어졌습니다."

마교 고수들의 경우 마기를 흘리는 만큼, 정찰을 위해 내보내기가 곤란했다. 상대편이 그 기척을 알아채고 재빨리 숨어 버릴 게 뻔하니까.

"언제부터 끊어졌나?"

"워낙 혼전 중이라…, 그건 알 수가 없습니다만, 속하가 관찰 초소 몇 군데로 수하들을 보내 본 결과 모두들 죽어 있었다고 합니다."

"다른 비마대원들에게도 연락을 취해 봤나?"

"예. 하지만 응답을 한 대원은 아무도 없었습니다."

그 말을 들은 묵향은 자리에서 벌떡 일어섰다. 그리고 주위를 둘러보며 소리쳤다.

"지금 당장 수하들을 모두 집결시켜라!"

"존명!"

철영 부교주는 입술을 오므린 뒤 가늘고도 긴 휘파람 소리를 냈다. 그러자 그에 화답하듯 여기저기에서 휘파람 소리가 타원형을 그리듯 계속해서 울려 퍼졌다. 휘파람은 마교의 독특한 명령 전달 방법 중 하나였다.

"수하들이 모두 집결을 완료하려면 시간이 좀 걸릴 겁니다."

금군 병사들은 죽음의 공포에 시달리며 필사적으로 도망을 쳤다. 더군다나 아직 살아남은 금군 병사들의 수는 어마어마했다. 그런 그들을 모두 주살하기 위해 마교도들은 사방으로 뿔뿔이 흩어져 있는 중이었다. 따라서 수하들이 얼마나 멀리까지 그들을 쫓아갔는지는 철영 부교주조차 제대로 파악할 수가 없었다.

고개를 끄덕인 묵향은 대호법에게 명령했다.

"지금 당장 부하들을 보내 주변을 샅샅이 정찰해 보도록 해라."

"옛."

대호법이 호법원 고수들을 두 명씩 짝을 지어 사방으로 내보내고 있을 때, 묵향은 철영 부교주를 바라보며 물었다.

"시체는 확인해 봤겠지? 언제쯤 죽은 것 같던가?"

"제법 시간이 경과된 상태였다는 보고였습니다. 어쩌면…, 전투가 벌어지기도 전에 죽었을지도 모르겠습니다."

"흠, 혹시 장인걸의 소행일까?"

그러자 철영 부교주는 고개를 가로저으며 말했다.

"편복대에는 그럴 만한 능력이 없습니다. 속하의 생각으로는 무영문의 소행이 아닐는지……."

철영 부교주의 추측에 묵향의 눈이 번쩍 빛난다.

"무영문? 지네가 그렇게 생각하게 된 이유는 뭔가?"

"이 일대에 쫙 깔아 뒀던 비마대원들이 한 명도 남김없이 전부 다 죽임을 당했기 때문입니다. 지금까지 비마대는 무영문과 공조

체제를 이루고 있었습니다. 역으로 말하면 이쪽 사정을 가장 낱낱이 파악하고 있는 것 역시 무영문이라는 거죠. 그들이 만약 한순간에 뒤통수를 쳐왔다면, 비마대원들도 속수무책으로 당할 수밖에 없었을 겁니다."

"흐음…, 그런데 무영문이 우리를 배신할 이유가 없지 않나?"

"혹시 교주님의 계획을 눈치 챈 게 아닐까요?"

철영 부교주의 말에 묵향의 얼굴이 왈칵 일그러졌다. 충분히 그럴 수 있는 일이었다. 자신이 무영문을 없앨 궁리를 하면서도 시치미를 뚝 떼고 있었듯, 옥화무제 또한 이쪽의 속셈을 눈치 채고서도 모르는 척하고 있었을 가능성이 큰 것이다.

"교활한 계집! 내 이년을 잡기만 하면……."

묵향은 더 이상 말을 잇지 못했다. 저 멀리 보이는 산 쪽에서 수없이 쏟아져 내려오고 있는 무사들을 보고는 일순 말문이 막혀 버렸던 것이다.

달려오는 무사들 중에서 말을 타고 있는 사람은 단 한 명도 보이지 않았다. 모두들 경공술을 전개하고 있었다. 즉, 새까맣게 몰려오고 있는 저들 모두가 무공을 익히고 있다는 뜻인 것이다.

처음 그들을 발견했을 때만 해도, 마교 고수들의 눈에는 비웃음이 어렸었다. 교주 주위에 모여 있는 고수들은 거의가 다 호법원의 고수들이었다. 마교의 최정예인 만큼, 저 정도 숫자의 고수들쯤이야 그들의 눈에 차지도 않았던 것이다.

하지만 산 뒤편에서 쏟아져 나오는 무사들의 행렬은 끝이 없었다. 최소한 만 명은 넘어 보이는 데도 불구하고, 아직까지도 계속 산을 넘어 오고 있었다. 도대체 얼마나 많은 인원이 몰려오는 것인지 짐작조차 가지 않았다. 그제야 모두의 얼굴에는 팽팽한 긴장감이 어리기 시작했다.

"교주님, 일단 춘릉성으로 철수하시는 게 어떻겠습니까?"

대호법의 조언에 묵향은 고개를 저으며 말했다.

"일반 병사들이라면 모르겠지만 저런 고수들에게 춘릉성처럼 작은 성이 무슨 의미가 있겠나. 차라리 여기서 부하들을 기다리는 게 더 나아."

묵향의 말대로 사방에서 휘파람 소리를 들은 부하들이 달려오고 있었다. 하지만 하루 종일 치열한 전투를 치렀을 뿐만 아니라, 도망치는 금군 병사들을 주살하기 위해 뿔뿔이 흩어져 있었다. 만약 묵향이 춘릉성으로 철수한다면 달려오던 부하들은 하나씩 흔적도 없이 죽음을 당할 것이 뻔했다.

묵향은 자신이 완전히 뒤통수를 맞았음을 깨달았다. 부하들이 온전한 상태라면 혹 모르겠지만, 이 상태로 저 많은 무사들과 싸운다는 것은 거의 자살행위나 다름없었다. 하지만 도망칠 수는 더더욱 없었다. 지금 자신이 도망친다면 이 일대 사방으로 흩어져 있는 마교 전력 대다수가 위험했다.

잠시 생각하던 묵향이 달려오는 무사들을 향해 발걸음을 옮기기 시작하자, 마화가 그 뒤를 따랐다. 그녀의 눈에는 두려움에 가득 차 있었다. 수많은 전장을 거쳐 온 마화는 잘 알고 있었다. 이런 상황에서 저들에게 맞선다는 것은 자살행위라는 것을. 하지만 그녀는 묵향을 만류할 수가 없었다. 이쪽에서 물러선다고 해서 피해 갈 수 있는 상황이 아니라는 것을 잘 알기에.

묵향이 성큼성큼 걸음을 옮기자, 철영 부교주를 비롯해 대호법

등 주위에 있던 고수들이 뒤를 따랐다. 신호를 받고 황급히 달려온 고수들 역시 거친 숨을 내쉬며 그 뒤를 따랐다.

묵향이 자신들에게 다가오자 달려오던 정파 고수들은 경공술을 멈추고 조용히 자리를 잡았다. 선두에 서 있는 인물들은 모두 다 세인들에게 널리 알려져 있는 정파 최고의 명숙들이었다. 맹주를 비롯하여 곤륜무황, 황룡무제, 청호진인, 맹호검군, 공지대사 등 전대고수들부터 시작해 현재 각파를 대표하는 기라성 같은 고수들이 모두 모여 있었다.

묵향은 맹주의 뒤쪽에 공지대사와 함께 서 있는 공공대사의 얼굴을 보자 자신에게 최악의 상황이 닥쳤음을 깨달았다. 어쩌면 마화와 함께 탈출하는 것조차도 힘들지 모르겠다는 생각이 들 정도로. 그 때문이었을까, 묵향은 매서운 눈초리를 공공대사에게 보내며 이죽거렸다.

"그렇게 안 봤더니…, 그때 보여 준 귀하의 모습은 가식이었소?"

하지만 공공대사는 묵향의 물음에 아무런 대답도 하지 않았다. 대신 맹주가 묵향을 향해 가볍게 포권하며 말을 걸었다.

"오랜만이구려, 교주."

"흥! 지금까지 코빼기도 안 보이더니, 일을 다 끝내고 난 다음에야 달려 나온 속셈이 뭐요?"

맹주는 부드러운 미소를 지으며 대꾸했다.

"악을 말소하기 위해 왔소이다."

"너무 늦게 왔구려. 본교의 반도는 이미 본좌가 끝장을 냈으니 말이오."

"허허, 흑살마왕만이 악은 아니지 않소이까. 노부는 이번 기회에

악의 근원인 귀교를 아예 세상에서 멸하려 하오."

그 말이 떨어짐과 동시에 맹주의 뒤편에서 작은 소란이 일었다. 마교를 없앤다는 말을 지금 처음 들었기 때문이다. 지금 이 자리에 모인 사람들은, 지금이야말로 천하를 어지럽히는 금나라와 그를 돕는 흑살마왕을 뿌리 뽑을 때라는 격문(檄文)을 보고 달려왔다. 하지만 격문의 그 어디에도 마교를 공격하자는 말은 없었다. 그러니 그들이 당황하지 않을 수 없었던 것이다.

"그래서 본좌가 장인걸과 놈이 이끄는 50만 대군과 격전을 벌일 때, 행여 들킬세라 꽁지를 빼고 숨어 있었다는 말이오?"

"허허, 이이제이(以夷制夷)라는 말이 있지 않소. 세상의 악을 제거하기 위해 몇날 며칠을 움츠려 있어야 한다고 해도 노부는 그리 했을 것이오."

태연하게 대꾸하는 맹주의 모습에 묵향은 울화통이 터져 죽을 뻔했다. 치밀어 오르는 혈압에 묵향은 뒷골을 지그시 누르며 으르렁거렸다.

"하는 행동으로 본다면 네놈이 더 악당인 것 같은데, 누구를 보고 악의 근원 운운하는 것이냐?"

묵향이 화가 머리끝까지 나 있건 말건, 맹주는 전혀 상대와 말싸움을 할 생각이 없었다. 맹주는 뒤쪽에 서 있는 군웅들을 향해 큰 소리로 외쳤다.

"마교는 지금껏 중원정복을 위해 수없이 많은 혈겁을 일으켜 왔소. 근래 중원 각지에서 벌어지고 있었던 수많은 혈겁들 또한 본맹이 금나라와 정면충돌하도록 마교가 꾸민 계략이었소. 노부는 그 증거를 이번에 입수했소."

"무슨 말도 안 되는 개소리를……."

맹주의 말에 묵향이 뭐라 반박하려 했지만, 맹주는 그 말을 무시한 채 계속 자기 할 말만 지껄였다.

"저 인간의 탈을 쓴 마두는 나라를 위해 구국의 심정으로 힘을 합치자고 노부를 속였고, 노부는 그 말을 곧이곧대로 믿었기에 하마터면 큰일날 뻔 했소이다. 은밀히 조사해 본 결과, 마교가 중원 정복을 위해 사용한 악독한 계책들을 수를 셀 수도 없을 만큼 많이 발견했소. 그에 노부는 마교의 계략을 역이용해 흑살마왕과 정면 충돌하도록 하여 지금에 이른 것이오."

"허, 기가 막혀서 말이 안 나오는군. 그건 본좌가……."

하지만 맹주는 묵향이 해명할 기회 따위는 처음부터 줄 생각이 없었다. 그는 검을 쑥 뽑아들며 큰 소리로 외쳤다.

"그 더러운 입으로 지껄이는 변명 따위는 들어 줄 생각이 없소이다. 자, 철혈을 숭상하는 귀교의 율법대로 칼을 뽑으시오."

"이런 썩을!"

맹주가 검을 뽑아드는 것과 동시에 그의 주위에 서 있던 정파의 핵심고수들 역시 모두들 검을 뽑아들었다. 그중에는 황룡무제처럼 교주와 우호적인 관계를 유지해 온 고수들도 있긴 했지만, 맹의 뜻을 거스를 수는 없었다.

돌아가는 꼴을 보니, 무림맹이 승리할 가능성이 거의 9할을 넘어선 상황이었다. 이럴 때 괜히 교주 편을 드는 듯한 인상을 보여 맹주에게 찍혔다가는 뒤끝이 안 좋을 게 뻔하지 않은가. 교주에게 미안한 노릇이기는 했지만, 기호지세(騎虎之勢)였다. 그건 뒤쪽의 군웅들 역시 마찬가지였다. 맹주의 폭탄 발언에 웅성거리던 군웅들 역시 전투가 벌어질 분위기가 되자 모두들 검을 뽑아들었다.

맹주가 내심 흡족한 미소를 지으며 군웅들에게 공격 명령을 내리려고 할 때였다. 갑자기 청아한 공공대사의 목소리가 사방으로 울려 퍼졌다.

"아미타불! 모두들 잠시만 기다리시오."

공공대사의 목소리에서 감히 거스르기 힘든 힘과 무게가 느껴졌다. 모두들 멈칫하는 순간, 공공대사가 앞으로 쓱 나섰다. 공공대사는 묵향에게 합장을 해 보이며 말했다.

"오랜만에 뵙습니다, 시주."

'이건 또 무슨 속셈이야?' 하는 생각을 하며 묵향은 떨떠름한 표정으로 아무 대꾸조차 없이 그를 바라보았다.

"오늘 빈승은 교주께 일대일 비무를 청하고자 하는데, 받아들이실 의향이 있으시오이까?"

공공대사의 목소리가 사방을 향해 퍼져 나갔다. 그와 동시에 모든 고수들의 이목이 그쪽으로 집중되었다. 공공대사라면 수십 년 전에 정파 최고의 고수로 추앙받았던 고승이다. 그런 인물이 교주와 일대일 대결을 청하고 있으니, 모두의 관심이 집중될 수밖에 없었다.

묵향은 뒤에 서 있는 부하들의 상태를 힐끔 바라봤다. 공공대사의 의도가 뭔지는 모르겠지만, 지금으로서는 들어주는 수밖에 도리가 없었다. 사방으로 흩어진 부하들이 모두 모이고, 또 원기를 회복할 시간적 여유가 절실했기 때문이다.

"좋소. 본좌도 원하는 바요."

그때 맹주가 난감한 표정으로 앞으로 나서며 뭐라 말하려 했다.

최후의 결전 275

묵향은 그걸 보고는 재빨리 큰 소리로 말했다.
"우선, 대사께서 현경의 지고한 경지에 오른 것을 축하드리오."
묵향이 일부러 모든 군웅들이 들을 수 있도록 내공을 실어 말했기에 쩌렁쩌렁 울려 퍼지는 그의 목소리를 듣지 못한 자가 없을 정도였다. 그리고 묵향의 말에 군웅들의 눈이 휘둥그레졌다. 공공대사가 현경의 벽을 깼다는 말은 처음 들었기 때문이다.
"본좌 또한 탈마 즉, 현경에 준하는 경지에 올라 있으니 이렇게 되면 무림사 최초로 현경급 고수들끼리 대결하는 것이 되겠구려."
묵향의 말이 채 끝나기도 전에 사방에서 기대에 찬 함성이 울려 퍼졌다.
"우와아아아!"
공공대사를 말리려고 앞으로 나섰던 맹주는 떨떠름한 표정을 지으며 뒤로 물러설 수밖에 없었다. 맹주의 힘으로 이들의 대결을 말릴 단계는 이미 벗어나 버렸다는 것을 안 것이다. 이곳에 모인 모든 군웅들의 얼굴은 세기의 대결을 관전할 수 있다는 기대감에 가득 차 있었다.
"군웅들이 저렇게 기대하고 있는데, 그에 호응해 주는 게 도리겠지요?"
"아미타불……."
묵향은 고개를 돌려 부하들에게 명령했다.
"모두 100장 뒤로 물러나라."
그에 맞춰 공공대사 역시 무림의 동도들에게 합장을 하며 부탁했다.
"모두들 100장 뒤로 물러나서 관전해 주셨으면 감사하겠소이다.

협조를 부탁드리오이다."

그 말에 정파의 군웅들 역시 뒤로 주춤주춤 물러섰다. 맹주가 동원한 인원은 거의 6만에 달했다. 뒤쪽에 있는 사람들은 조금이라도 좋은 자리를 차지하기 위해 앞으로 밀려들고 있다 보니, 앞쪽에 자리 잡은 사람들이 뒤로 물러서는 것도 쉬운 일은 아니었다.

이윽고 반경 100장에 달하는 빈 공간이 만들어지자, 그 한 가운데에 이 시대가 배출한 최고의 고수 두 명이 나란히 자리를 잡았다.

"시주께서 먼저 손을 쓰시겠소?"

공공대사는 예의상 건네본 말이었다. 교주보다 자신이 나이가 훨씬 더 많으니까. 하지만 묵향은 사양하지 않고 곧바로 공격해 들어갔다. 묵향의 평소 지론은 선수필승(先手必勝)! 비슷한 수준끼리는 먼저 공격하는 쪽이 승리한다고 생각하고 있었고, 그걸 실천하는 인물이었다.

"흐읍!"

언제 튀어나온 것인지는 모르겠지만 묵향의 손에는 빛으로 만들어진 검이 하나 들려 있었다. 묵향은 그것을 검처럼 다루며 공공대사를 공격하기 시작했다. 그에 대응하는 공공대사의 손도 뿌연 빛줄기가 솟아 올라와 감싸고 있었다.

스팟, 스팟.

묘한 작은 소리를 내며 빛줄기끼리 부딪쳤다. 하지만 비무를 지켜보는 군웅들은 잘 알고 있었다. 빛줄기에 감겨 있는 힘과 위력이 자신들의 상상 이상이라는 것을.

순식간에 수십 초식이 흘러갔다. 웬만한 고수가 아니라면, 그들이 어떻게 움직이고 있는지 파악하기조차 힘들 정도였으니, 세세한 움직임은 아예 보지도 못하고 그냥 넘어갔다.

"우와아!"

과연 현경급 고수간의 대결이라는 생각이 절로 들 정도의 치열한 육박전이었다. 자신들이 생각하는 무공의 차원을 아예 벗어난 듯한 절대자들의 움직임에 모두들 경탄을 금치 못했다.

공공대사와 묵향간의 거리는 많이 벌어졌을 때라도 3장을 채 벗어나지 않았다. 정말이지 지독할 정도의 초근접전이라고 할 수 있었다. 1류를 상회하는 실력을 갖춰 기를 자유자재로 다룰 수 있는 경지가 되면, 그때부터는 적과 나와의 거리의 개념이 사라진다. 아무리 먼 거리의 적이라도 기를 이용해 공격할 수 있게 되기 때문이다. 그리고 그때 이후로 근접전을 벌이는 일은 차츰 줄어든다.

하지만 두 사람은 일반적인 무공의 개념을 뛰어넘었다. 묵향은 검술을 펼쳐 공공대사의 굳건한 방어벽을 허물기 위해 노력했고, 공공대사는 권장을 위주로 하여 묵향의 공격을 막아 냈다. 묵향의 심검과 공공대사의 주먹이 맞부딪칠 때마다 뭔가가 갈리는 듯한 묘한 소리와 함께 강한 충격파가 사방으로 퍼져 나갔다.

그렇게 한참 동안 공수를 주고받던 두 사람은 어느 순간 거리를 벌렸다. 묵향이 무림에 출도한 이래 이 정도로 숨 막히는 대결을 한 적은 아마 공공대사가 최초일 것이다. 예전에 이세계에서 엘프 카렐과도 비무를 한 적이 있었지만, 카렐은 묵향이 사용하는 무공을 잘 몰랐기에 박빙의 공방전을 펼치지는 못했었다.

하지만 공공대사는 그렇지 않았다. 묵향이 지닌 모든 무공을 아낌없이 펼쳐도 될 만큼 그의 무공은 정심했고, 깊이가 있었다.

뒤로 물러선 묵향의 얼굴에는 희미한 미소가 떠올라 있었다. 묵향은 공공대사를 향해 정중히 포권을 하며 입을 열었다.

"과연 명불허전. 이제야 대사 같은 인물을 만난 게 통탄스러울 뿐이오."

"아미타불, 일전에 시주의 가르침을 받지 않았다면 이 정도까지 맞춰 드리기도 힘들었을 거외다."

대답하는 공공대사의 얼굴에도 자애스런 미소가 떠올라 있었다. 공공대사는 과거 묵향과의 비무를 머릿속 깊이 기억하고 있었다. 그리고 그걸 토대로 깨달음을 얻어 진정한 현경급의 경지에 오른 것이다. 그는 예전의 묵향처럼 몸은 현경에 올랐으면서도 그걸 어떻게 사용해야 할지를 몰랐었다. 만약 묵향과의 비무가 없었다면 결코 깨달음을 얻지 못했을 것이다. 물론 그 당시 묵향이 자신의 목숨을 빼앗아 버렸다면 깨달음은 커녕 지금 이 자리에 서 있지도 못했겠지만.

"이제 몸이 풀렸을 테니 본격적으로 해 봅시다."

지금까지와는 달리 강력한 파괴력을 지닌 무공 위주로 공격하겠다는 선언이었다. 그에 공공대사 또한 감히 경시하지 못하고 내력을 한껏 끌어올렸다. 그와 동시에 그의 몸이 황금색으로 달아올랐다. 몸 전체를 금강불괴신공으로 감싼 것이다.

쾅! 콰쾅!

그때부터 벌어진 두 사람의 대결은 범인들의 상상을 초월한 것이었다. 두 사람이 부딪칠 때마다 강기의 회오리가 사방으로 뻗어나가며 대폭발을 일으켰다. 비무를 바라보는 군웅들의 얼굴에는 믿기 힘들다는 경악이 어렸지만, 화경급 고수들의 놀라움은 더욱 컸다. 산 속에서 숨어서 지켜봤던 장인걸과의 대결에서 선보인 무공에 비해 훨씬 더 강력하게 느껴졌던 것이다.

"저, 저럴 수가……."

맹주를 비롯한 그의 측근 고수들은 오늘 무슨 일이 있어도 마교 교주를 없애야 한다는 것에 공감했다. 저렇게 강한 무공을 지닌 자가, 마교처럼 막강한 단체까지 거느리고 있지 않은가. 만약 저자가 역대 교주들처럼 무림일통을 부르짖으며 쳐들어온다면, 그때는 정말이지 대책이 없는 것이다.

물론 정파 쪽에도 공공대사와 같은 뛰어난 인물이 있긴 했지만 방금 전에 봤듯이 두 사람은 서로에게 적대감을 보이지 않고 있었다. 따라서 오늘 어떠한 무리를 해서라도 정사 대전으로 몰고 가 교주를 죽여야 한다고 맹주는 다짐했다. 그렇지 않다면 이런 좋은 기회가 다시는 없을 거라고 확신하고 있었다.

이때, 뒤쪽에서 허겁지겁 달려온 무사 한 명이 감찰부주에게 다가가 뭔가를 전했다. 작은 쪽지였다. 급하게 쪽지를 읽은 감찰부주의 얼굴에 활짝 미소가 어렸다. 생각지도 못한 호박이 넝쿨째 굴러 들어온 것이다. 그는 쪽지를 가져온 부하에게 나지막한 목소리로 속삭였다.

"이 뒤쪽으로 끌고 와서 대기시켜 놓도록 해라."

"예."

감찰부주는 두 사람의 비무를 관전하느라 정신이 없는 맹주에게로 슬그머니 다가가서 쪽지를 건네며 속삭였다.

"바라지도 않았던 대어를 확보했습니다, 맹주님."

맹주는 쪽지를 읽자마자 불태운 뒤 행여 누가 봤을까 주위를 두리번거렸다. 다행히 모두들 교주와 공공대사 간의 비무를 구경하느라 정신이 쏙 빠져 있는 상태였다. 맹주는 안도의 한숨을 푹 내쉰 다음, 시선을 다시금 교주와 공공대사를 향해 돌렸다. 하지만 그의 표정에는 방금 전과 달리 자신감으로 가득 차 있었다. 교주를 없앨 수 있다는 뭔지 모를 자신감으로.

꽈꽈쾅, 꽈쾅!
점차 시간이 지나면서 승부의 추가 묵향 쪽으로 기울고 있다는 것을 군웅들은 느꼈다. 공공대사의 무공 역시 가공할 경지였지만 그의 공격은 교주의 근처에도 다가가지 못한 채 소멸되고 말았다. 그에 비해 교주의 공격은 벌써 3번이나 공공대사의 방어벽을 뚫고 들어와 금강불괴지체에 부딪쳤다.
"아미타불!"
도저히 안 되겠다고 생각했는지 공공대사는 최후의 대결을 준비했다. 지금까지 수세를 취하던 것에서 벗어나 공공대사의 몸이 무시무시한 속도로 묵향을 향해 돌진했다. 그리고 그와 동시에 또다시 초근접전이 벌어졌다.
서로간의 몸과 몸이 부딪칠 때마다 엄청난 충격파가 뻗어 나왔다. 엄청난 굉음이 터질 때마다 두 사람을 중심으로 반경 100장이 수십 개의 폭탄이 터진 것처럼 움푹움푹 파였고, 뿌연 먼지가 하늘을 가득 메웠다.
그 순간, 군웅들은 뒤로 더 물러서야만 했다. 100장 밖임에도 몸을 주체하기 힘들 정도의 충격파가 밀어닥쳤기 때문이다. 군웅들이 지금 비무가 어떻게 되어 가는지 알 수조차 없을 정도로 너무 빠르게 비무가 전개되고 있었다.

그러던 어느 순간이었다. 지금까지 있었던 굉음보다 훨씬 더 큰 폭발음이 터지며 엄청난 충격파가 사방으로 밀려 나갔다. 군웅들이 두 눈을 부릅뜨고 보자 교주의 몸이 땅바닥에 처박혀 있었고, 공공대사는 그런 교주의 등을 향해 무시무시한 강기의 세례를 퍼부었다.

콰쾅, 콰콰콰쾅.

"고, 공공대사께서 이기셨……."

하지만 소리치던 군웅은 채 말을 잇지 못했다. 당장 죽을 것만 같았던 교주가 어느새 일어나 또다시 공공대사를 향해 검을 휘두르고 있었기 때문이다.

"허어, 정말 대단하구려. 수십 년을 고련해도 넘을 수 없었던 현경의 경지가 바로 저런 것이었다니……."

곤륜무황의 감탄에 맹주는 별거 아니라는 듯 대답했다.

"대단한 것은 사실이지만 교주가 무적이라고 할 수는 없소. 흑살마왕이 그의 수하들과 함께 교주를 밀어붙이는 장면을 보지 않았소? 준비를 제대로 갖추기만 한다면, 충분히 승산이 있다고 노부는 생각하오. 더군다나 우리에게는 교주와 맞수를 이룰 수 있는 공공대사가 계시지 않소?"

"그렇구려."

일세를 풍미한 두 고수간의 격돌은 점차 종말을 향해 치달았다. 물론 승자는 묵향이었다. 공공대사가 아무리 뛰어난 무인이라도, 현경을 경험한 시간이 너무나도 짧았다. 그 경험의 차이가 승패의 향방을 갈라놓았던 것이다.

한참을 싸우던 공공대사가 갑자기 뒤로 물러섰다. 그의 옷은 충격파로 인해 걸레로도 못쓸 정도로 넝마가 되어 있었고, 온 몸에는 비오듯 땀이 흘러내리고 있었다. 그리고 어느새 내상까지 입었는지 공공대사의 입가에는 피를 토한 흔적까지 남아 있었다.

묵향 역시 그리 좋아 보이지는 않았지만 공공대사보다는 상황이 나아 보였다. 묵향은 이마에서 흘러내리는 땀방울을 닦아낸 뒤 쾌활한 음성으로 말했다.

"핫핫, 이제 힘이 다하신 게요? 대사."

"허허, 워낙 나이가 들다 보니 더 이상은 힘에 부치는구려."

그 말이 끝나자마자 맹주는 주위에 있는 측근들에게 눈짓을 했다. 교주를 향해 집중공격을 가할 준비를 하라는 뜻이었다.

공공대사는 묵향을 향해 차분히 합장을 하며 입을 열었다.

"오늘의 비무는 빈승 생애 최고의 비무였소이다. 이제야 마지막 번뇌의 사슬을 끊어 버릴 수 있을 듯하구려."

"핫핫, 당장 해탈이라도 하실 듯한 표정이시구려. 이거 배가 아파서 그냥은 못 보내드리겠는데."

공공대사는 빙그레 웃으며 말했다.

"앞으로 소림을 잘 부탁하오."

말을 마친 공공대사의 입가로 핏물이 흘러나왔다. 그리고 준수했던 그의 얼굴에 주름이 가기 시작하더니 순식간에 서 있는 것조차 힘겨운 늙은이의 모습으로 변해 버렸다. 스스로 단전을 파괴해 무공을 없애 버린 것이다.

깜짝 놀란 묵향이 황급히 공공대사를 부축하며 말했다.

"왜, 왜 그러셨소이까?"

"아미타불, 비우고 버리지 아니 하면 미련으로 인해 번뇌만 쌓이는 법. 현경의 깨달음을 얻고 난 뒤, 빈승은 또 다른 번뇌에 시달려야 했소이다. 천성이 돌중인지라 이번에 깨달은 것이 과연 어떤 위력을 지니고 있는 것인지 실험해 보고 싶어 견딜 수가 없었던 것이외다. 그러던 차에 오늘 시주로 인해 그렇게 궁금해 하던 것을 모두 알게 되었으니 이제는 모든 것을 버리고 승려 본연의 모습으로 돌아가야 하겠지요."

"그, 그래도 무공까지 없애실 필요가……."

이 순간 군웅들은 단전을 파괴한 사람이 흡사 교주가 아닌가 착각이 들 정도로 혼란스러웠다. 교주는 안타까워 말조차 하지 못하고 있는데 반해, 공공대사는 흡사 해탈이라도 한 듯 부드러운 미소를 짓고 있었으니 말이다.

공공대사는 자신에게 그토록 안타까운 표정을 보내고 있는 묵향에게 합장으로 답례한 다음, 조용히 뒤로 돌아서서 천천히 걸음을 옮겼다. 황망한 표정으로 그 모습을 지켜보던 군웅들은 저마다 자리에서 일어서며 공공대사가 지나갈 수 있도록 길을 만들어 주느라 분주히 움직였다. 모든 것을 잃었지만, 모든 것을 얻은 듯한 표정을 짓고 있는 공공대사에게 그들은 무한한 존경을 보내고 있었다.

생각지도 못했던 공공대사의 행동에 맹주는 묵향을 향해 공격 명령을 내릴 시기를 놓쳐 버렸다. 그는 다급히 옆에 서 있던 소림사의 방장에게 말했다.

"이, 이럴 수는 없소. 어찌 무림의 악을 놔두고 저런 행동을……."

하지만 소림의 방장인 덕량대사의 얼굴에는 묘한 갈등이 떠올라 있었다. 그는 지금 교주와 싸워야 하느냐를 두고 고민하고 있었다. 그가 원로들을 설득해 봉문을 깨고 하산했던 이유는 장인걸에 대한 복수와 그를 통한 소림의 명예 회복이었다. 하지만 그는 이곳에서 장인걸의 몰락을 구경할 수 있었다. 물론 교주가 대신해 준 복수였지만 어찌되었든 교주는 소림의 원한을 갚아 준 은인이 된 것이다. 그리고 자신은 그 은인을 참살해야만 하는 위치에 서 있게 되었고…….

그리고 무엇보다 덕량대사를 당혹케 한 건 수십 년간 고련해 온 무공을 불법 수행에 방해가 된다 하여 없애 버린 공공대사의 행동이었다. 더군다나 현경이라는 가공할 만한 무공이었지 않은가. 덕량대사는 그 모습을 보는 순간 지금까지 마음 한 구석에 있던 뭔가가 산산이 부서지는 것을 느꼈다.

"아미타불……."

덕량대사는 아무 말 없이 그저 불호만 외우며 두 눈을 감았다.

그때였다. 갑자기 곤륜무황이 묵향을 향해 앞으로 나서며 입을 열었다.

"시주, 오늘 정말 좋은 구경했소이다. 빈도의 안계가 탁 트이는 듯하구려."

곤륜무황의 칭찬에 묵향은 시큰둥한 표정으로 대꾸했다.

"귀하에게 보탬이 될 일은 없을 거요. 그나저나 귀하도 내게 비무를 요청할 것이오?"

이제 공공대사가 떠났으니 정사 대회전이 시작될 거다. 그런데 얼른 달려들지는 않고, 뭔 헛소리가 이리도 많은지……. 묵향은 서서히 짜증이 나고 있는 중이었다. 하지만 그런 묵향의 응대에 곤륜무황은 손을 휘휘 내저으며 장난스레 응대했다.

"허허, 빈도 같은 사람이 열 명이 달려들어도 안 될 것 같은데, 왜 그런 무모한 짓을 하겠소. 혹, 곡차라면 몰라도 말이오."

그렇게 말한 곤륜무황은 무량 대장로에게 명령했다.

"이제 그만 돌아가자."

"예? 그건 무슨 말씀이십니까? 사숙."

"무림을 어지럽히던 흑살마왕의 죽음도 봤고, 천하에서 첫손가락에 꼽힐 만큼 강한 두 영웅의 대결도 보지 않았더냐? 이만큼 견문을 넓혔으니, 이제 본문으로 돌아감이 옳지 않겠느냐."

"하, 하지만……."

곤륜무황이 성큼 앞장서서 걸어가자, 무량 대장로는 끽소리도 못하고 따라갈 수밖에 없었다. 그리고 그 뒤를 따라 곤륜파 제자들이 따라갔다.

곤륜무황이 철수를 시작하자마자 덕량대사 역시 마음을 굳힐 수 있었다. 곤륜파가 앞장선 상태라, 대열을 이탈하며 눈총을 받을 일이 없어진 것이다. 덕량대사는 맹주에게 합장하며 말했다.

"저희 소림도 이만 물러가려 합니다, 맹주. 공공 사조께서 본사로 돌아가시니, 그분을 모셔야 할 게 아니겠습니까. 그럼, 다음에 뵙겠습니다."

맹주는 당황하지 않을 수 없었다.

"아, 아니 이러면 안 되는데……."

맹주가 말리려고 했지만, 소림 방장은 뒤도 돌아보지 않고 허겁지겁 공공대사의 뒤를 따라갔다. 그리고 그런 방장의 뒤를 따라 수

많은 소림의 무승들 역시 발걸음을 옮겼다. 며칠 전 소림을 나설 때, 그들은 소림의 명예를 되찾는다는 사명감에 불타고 있었다. 그리고 지금 소림을 향해 돌아가는 그들의 발걸음에는 숨길 수 없는 자부심이 묻어나고 있었다. 천하제일고수와 거의 비등한 대결을 펼친 인물이 소림에서 나왔다는 점. 그리고 불법 수행을 하기 위해 단 한 순간도 망설이지 않고 그 엄청난 무공을 없앤 공공대사의 행동에 깊은 감명을 받았던 것이다.

군웅들이 만들어 준 길을 통해 걸어가는 소림의 제자들은 알 수 있었다. 군웅들의 두 눈에 소림에 대한 존경심이 가득 차 있다는 것을. 결국 공공대사가 무공을 버림으로 인해 소림의 영광이 되돌아온 것이다.

그러자 뒤쪽에서 눈치만 살피고 있던 황룡무제 역시 소림의 뒤를 따라 슬그머니 황룡문도들을 이끌고 내빼버렸다. 이런 파장(罷場) 분위기로 어찌 마교를 이길 수 있겠는가. 이런 때는 분위기에 편승해서 내빼는 게 최고였다. 괜히 교주와 원한 관계를 맺어 봐야 좋을 건 하나도 없었으니까.

"이, 이럴 수가……."

연이은 군웅들의 이탈로 머릿속이 하얗게 비어 버린 맹주가 몸을 휘청거렸다. 그만큼 충격이 컸던 것이다. 산에서 나오기 전까지는 충분히 승산이 있다고 생각했다. 아니, 필승의 자신이 있었다. 하지만 직접 눈으로 목격한 현경의 경지는 정말 가공할 만한 것이었다. 그래도 만약 공공대사만 있어 주었다면 합공을 해서라도 교주를 죽일 수 있었을 것이다. 하지만 공공대사가 무공을 폐한 뒤 떠난 후부터 모든 것이 변해 버렸다.

곤륜이 떠났고, 소림도 떠났다. 그리고 황룡무제 역시 슬그머니 문도들을 이끌고 사라져 버렸다. 그뿐만이 아니라 애써 끌어모은 군웅들 역시 하나 둘씩 자리에서 벗어나 집으로 돌아가기 시작했다.

만약 묵향이 자신을 가만 놔둔다면, 맹주는 지금이라도 당장 발걸음을 돌려 무림맹으로 돌아가고 싶었다. 하지만 그럴 수는 없었다. 아니, 그럴 수 있을 리 없었다. 자신들이 곱게 되돌아갈 수 있게 교주가 놔줄리 없는 것이다.

맹주를 비롯해서 무림맹 장로들의 얼굴이 사색으로 물들고 있을 때였다. 감찰부주가 갑자기 묵향을 향해 전음을 보냈다.

〈당신의 혈육이 우리 손에 있소. 그러니 협상을 하지 않겠소?〉

『〈묵향〉 27권에 계속』